Mordskünstler

AF158836

Für Theres, die sich die Mühe gemacht hat, das Manuskript zu korrigieren.

Peter Lukasch

Mordskünstler

Kriminalroman

Die Handlung und ihre Personen sind frei erfunden. Jede Ähnlichkeit mit tatsächlich geschehenen Ereignissen, lebenden oder verstorbenen Personen ist zufällig und vom Autor nicht beabsichtigt. Ebenso ist der Ort Grafenhotter erfunden und existiert in Wirklichkeit nicht.

Die Deutsche Nationalbibliothek verzeichnet diese Publikation in der Deutschen Nationalbibliografie; detaillierte bibliografische Daten sind im Internet über dnb.d-nb.de abrufbar.

© Peter Lukasch 2014
Neuausgabe 2016

Covergestaltung: Peter Lukasch unter Verwendung eines Motivs von Gustav Klimt: Allee vor Schloss Kammer

Herstellung und Verlag:
BoD – Books on Demand, Norderstedt
ISBN 978-3-7392-4157-9

Prolog

Das Atelier war ein großer Raum, den man durch zwei kleinere, dürftig eingerichtete Zimmer erreichte. Die Dachschräge war durch Glasfenster ersetzt worden und füllte das Zimmer mit Licht. Der Sonnenstand bewirkte, dass die Helligkeit nur bis zur Mitte des Raumes reichte und dann nach und nach einem Halbdunkel Platz machte. Die Ausdünstungen von Leim, Öl, Farben und Pigmenten verdichteten sich zu einem intensiven, mit sonst nichts vergleichbarem Geruch. An den Wänden hingen und standen Bilder, die vom künstlerischen Wirken ihres Schöpfers zeugten. Neben einer altmeisterlichen Flusslandschaft hing eine Zeichnung, die fatal an Picasso erinnerte, und darüber ein goldschimmerndes Bild in Art Klimts. Es war kunterbunt alles vertreten, was die Jahrhunderte hindurch an Stilrichtungen aufgetreten und dann von neueren, moderneren Strömungen abgelöst worden war.

An der Grenze zwischen Licht und Halbdunkel saß ein kleiner Mann mittleren Alters auf einem Stuhl und hielt in einer unbequemen Haltung den Kopf leicht erhoben und zur Seite gedreht.

Ihm gegenüber, im hellen Licht, hatte der Meister seine Staffelei aufgestellt und arbeitete mit konzentriertem Gesichtsausdruck.

„Wissen Sie", sagte er im Bemühen, seinen Kunden zu unterhalten und ihn von seiner unbequemen Haltung abzulenken, „es ist heutzutage nicht leicht für einen Künstler. Ob man Erfolg hat oder nicht, ist nicht mehr eine Frage des Talents, sondern bloß eine Frage der Vermarktung. Wenn Sie einen anerkannten Kunstkritiker finden, der Ihre Werke ausführlich bespricht und einen Sinn hineininterpretiert, der Ihnen selbst bisher entgangen ist, sind Sie schon dabei. Wenn dann mehrere Ihrer Bilder zu einem unvernünftig hohen Preis verkauft werden, haben Sie es geschafft. Am Ende ist es der Preis, der den anerkannten Künstler macht, nicht so sehr das, was er produziert."

Er nahm eine Spachtel zur Hand und vermischte pastöse Farben auf seiner Palette. „Mein Lehrer auf der Akademie hat immer gesagt: ‚Lernen Sie porträtieren, dann werden Sie Ihr Auskommen haben. Alles andere ist Glückssache.' Nur leider ist es mit dem Porträtieren auch nicht mehr so wie früher. Ja, vor Jahren, da sind in jedem Ministerium, in jeder Behörde, in jedem Gerichtshof und in vielen großen Unternehmungen Ölbilder von früheren Ministern, Präsidenten, Direktoren und solchen Leuten an der Wand gehangen. Richtige Gemäldegalerien waren das. Davon haben sich auch viele, denen eine solche Ehre nicht zuteil wurde, inspirieren lassen und sie haben sich zumindest für das häusliche Wohnzimmer malen lassen. Damit ist es längst vorbei. Sie sind eine seltene Ausnahme, noch einer von der alten Schule, der wahre Könnerschaft zu schätzen weiß."

Er nickte seinem Kunden wohlwollend zu. „Zum Glück haben das Kunstgeschäft und die Vorliebe für berühmte Namen eine Nische geschaffen, in der unsereiner noch überleben kann. Nicht wenige Leute wollen jetzt einen fast echten Chagall, einen Marc, einen Picasso, oder was sonst immer gewünscht wird, im Wohnzimmer hängen haben. Dann fertige ich, wie so mancher meiner Kollegen auch, eine Kopie an, die das Original möglichst genau nachempfindet. Mit solchen Aufträgen kann man sein Auskommen finden, obwohl es künstlerisch natürlich nicht sehr befriedigend ist."

Eine Frau trat ins Zimmer. Sie war barfuß und mit einer Art durchsichtigem Schleier bekleidet, unter dem sie nur ein knappes Höschen trug. Ansonsten verbarg sie kein Detail ihrer atemberaubenden Figur. Ein leichter Hauch nach Sandelholz begleitete sie und ein weit deutlicherer Geruch nach frisch gekochtem Kohl. Sie stellte eine Tasse neben den Meister. „Dein Kamillentee. Das Essen wird bald fertig sein."

„Danke, Salome", sagte der Meister. Die Frau nickte dem Besucher freundlich zu und verließ das Zimmer.

„Denken Sie sich nichts dabei, weil sie fast nackt herumläuft", bemerkte der Meister amüsiert. „Das war meine Muse und mein Lieblingsmodell. Ich male sie derzeit als Salome. Deshalb läuft sie auch so herum. Sie verkleidet sich gern, immer nach der Figur, für die sie gerade Modell steht. Sie heißt auch gar nicht Salome. Ich nenne sie nur nach ihrer jeweiligen Rolle. Vorige Woche war sie Judith, Sie wissen schon, diejenige, die dem Holofernes den Kopf abgeschnitten hat und davor Lilith. Das bringt Abwechslung in eine Beziehung."

Der Besucher bewegte leicht den Kopf, weil ihn der Nacken schmerzte. „Dieser Akt in Rot dort an der Wand gefällt mir besonders gut. Das Gesicht des Modells erinnert mich irgendwie an das ihrer Salome. Könnte es ein Modigliani sein? Er schaut aus wie echt."

Der Meister nickte. „Das ist die Kunst bei einer guten Kopie oder einer Neuschöpfung im Stil eines bekannten Künstlers."

„Könnte man es nicht wirklich für echt halten? Ich meine, sogar dann, wenn man Experten heranlässt?"

Der Meister betrachtete seinen Besucher aufmerksam. „Nein. Ich stelle keine Fälschungen her, sondern nur Kopien, die auch als solche bezeichnet werden."

„Aber Sie könnten eine Fälschung herstellen, die als echt durchginge, wenn Sie nur wollten? Ich bin mir sicher, Sie könnten das!"

„Möglicherweise könnte ich das", sagte der Meister. „Ach bitte halten Sie doch den Kopf ruhig." Er wischte die Spachtel mit einem farbbefleckten Tuch ab. „Sie gestatten?"

Er trat an seinen Besucher heran und fasste ihn unters Kinn. „Heben Sie den Kopf etwas an, so dass man die Kehle sehen kann. Ja, so ist es gut."

„Der Modigliani ...", begann der Besucher wieder.

„Ist eine Fälschung, Sie haben völlig recht", unterbrach ihn der Meister. Er stieß seinem Besucher die Spitze der Spachtel seitlich in den Hals, durchtrennte die Halsschlagader, zog mit einer kraftvollen Bewegung die scharfe Kante durch die Kehle seines Opfers und durchschnitt auch Luft- und Speiseröhre. Der Mann stierte seinen Mörder an und versuchte aufzuspringen. Der Meister legte ihm die Hand auf die Brust und hielt ihn im Sessel fest. Aus der Kehle des Sterbenden blubberte Blut und spritzte auf den Kittel seines Mörders, wo es sich mit anderen Farbflecken vermischte. Nach kaum zwanzig Sekunden war es vorbei. Der Tote sackte im Sessel zusammen.

„Kommst du essen?", fragte Salome, die wieder ins Zimmer getreten war. Sie betrachtete den Toten und versuchte das Zittern in ihrer Stimme zu unterdrücken und kaltblütig zu wirken. „Was für eine Schweinerei! Hättest du ihn nicht einfach erwürgen können, wie den anderen auch?"

„Ich habe daran gedacht", gestand der Meister, „aber dann konnte ich nicht widerstehen. Frisches Blut hat so eine wunderbare Farbe. Es lässt sich mit nichts anderem vergleichen, es ist so inspirierend, findest du nicht auch?"

Kapitel 1

Der Raum war groß, fast schon ein kleiner Saal, die Möbel Designerkunstwerke aus Stahl, Glas und edlem Holz. An den Wänden hingen farbenprächtige abstrakte Gemälde, die wahrscheinlich echt und sündteuer waren. Ein überdimensionierter Schriftzug aus Glasmosaiken zwischen den hohen Fenstern, die auf die Ringstraße hinausgingen, machte dem Besucher klar, wo er war: ‚Glabus, die Versicherung für alle Wechselfälle des Lebens.' Es war das Wartezimmer zum Allerheiligsten, das Wartezimmer zur Generaldirektion. Amadeus saß auf einem Sessel, der den Körperkonturen angepasst war, an einem der Glastische zwischen wunderbar gepflegten, großen Blattpflanzen und blätterte in Firmenprospekten. Mehr gab es hier nicht zu lesen. Gelegentlich eilten Angestellte durch den Raum. Ihre Schritte waren auf dem dicken Teppich nicht zu hören. Auch sonst war es still hier, gesprochen wurde nur im Flüsterton, wie in einer Kirche. Niemand nahm von ihm Notiz. Trotzdem, das wusste Amadeus genau, war seine Anwesenheit längst registriert und auf geheimnisvollen Kanälen weitergemeldet worden. Er blickte auf die Uhr an der Wand und fragte sich, wie lange er diesmal würde warten müssen. Er kannte das Ritual. Direktor Anton Hochkutzer ließ seine Besucher meist warten. Die Dauer dieser Wartezeit hing von der Wichtigkeit des Besuchers ab. Wichtige Besucher – aus Sicht Hochkutzers – wurden schon nach wenigen Minuten vorgelassen. Unwichtige, die ein Anliegen hatten, mussten sich unter Umständen bis zu einer halben Stunde gedulden, um ihnen die Belanglosigkeit ihrer Person und ihres Problems vor Augen zu führen. Bittsteller ohne Termin hatten natürlich überhaupt keine Chance auch nur bis in dieses Wartezimmer vorzudringen, das versteht sich von selbst.

Amadeus hatte einen Termin um vierzehn Uhr. Jetzt war es fünf Minuten davor. Eine Sekretärin trat an ihn heran und sagte mit gedämpfter Stimme: „Der Herr Direktor erwartet Sie bereits, Herr Heinrich. Wenn Sie bitte mitkommen wollen."

Amadeus verbarg seine Überraschung und folgte ihr durch einen kurzen Gang zu einer hohen Polstertür. Sie war eine hochgewachsene Frau mit einer perfekten

Figur und einem Bubikopf. Zu hochhackigen Schuhen trug sie Strümpfe mit Naht. Amadeus, der Hochkutzers Faible für die Zwanzigerjahre des vorigen Jahrhunderts kannte, fragte sich, ob die Dame nur für die Termine des Herrn Direktors, oder auch für die Regulierung seines Hormonhaushaltes zuständig war. Neben der Tür war ein Leuchtschild mit der roten Aufschrift ‚Nicht eintreten'. Die Sekretärin drückte einen Knopf. Sogleich erlosch das Verbot und machte der grünen Aufforderung ‚Bitte eintreten' Platz. Die Sekretärin öffnete die Tür und verkündete feierlich: „Herr Amadeus Heinrich von der Detektei Heinrich & Co ist hier, Herr Direktor."

Hochkutzer, der hinter einem mächtigen Mahagonischreibtisch saß, blickte hoch und tat, als ob er überrascht sei. Dann sprang er auf, eilte mit ausgestreckten Armen auf seinen Besucher zu und rief geradezu enthusiastisch: „Wie schön, dass Sie Zeit gefunden haben, um mich zu besuchen, lieber Amadeus. Kommen Sie, nehmen Sie Platz, mein Lieber!"

Er komplimentierte Amadeus zu einer bequemen Sitzgarnitur. Üblicherweise hatten Besucher auf dem Sessel vor dem Schreibtisch Platz zu nehmen.

„Es ist Feuer am Dach", dachte Amadeus, der hier noch nie eine so zuvorkommende Behandlung erlebt hatte.

Wie durch Zauberhand erschienen auf dem Tisch zwei Tassen Kaffee mit Milch und Zucker und ein Aschenbecher.

„Danke, Isabella", sagte Hochkutzer. „Die Unterlagen, bitte."

Isabella legte einen Ordner vor ihren Chef und versäumte nicht, ihm dabei einen tiefen Blick in ihren Ausschnitt zu gewähren. „Also doch", dachte Amadeus. Hochkutzer lächelte wohlwollend und sah Isabella nach, wie sie mit wiegendem Hinterteil aus dem Zimmer stöckelte. Er klappte ein Kistchen auf und hielt es Amadeus hin. „Zigarre?"

„Nein, danke. Wenn Sie gestatten?" Amadeus zog seine Zigaretten hervor, zündete sich eine an und sah Hochkutzer abwartend an.

Hochkutzer seufzte und kam zur Sache. „Ihr Büro hat uns wissen lassen, dass Sie grundsätzlich bereit wären, den Auftrag zu übernehmen, dass Sie vorher aber noch einige Punkte klären wollen. Ich nehme an, Sie sind zumindest in groben

Zügen über die Sache informiert? Es hat ja einigen Wirbel in der Presse gegeben." Er machte eine Pause und fuhr mit dramatisch erhobener Stimme fort. „Uns ist ein Klimt geraubt worden, ein echter Klimt." Er meinte natürlich nicht ihm persönlich, sondern bloß, dass seine Versicherung für den Schaden aufkommen musste.

„Die Pressemeldungen waren ein wenig widersprüchlich", bemerkte Amadeus. „Von welchem Wert reden wir?"

„Die Versicherungssumme beträgt fünf Millionen." Hochkutzer wirkte sehr bedrückt. „Der Schaden ist nicht rückversichert, obwohl das angezeigt gewesen wäre. Wenn es hart auf hart kommt, müssen wir alles selber bezahlen. Das ist selbst für unsere Anstalt ein erheblicher Brocken. Der Aufsichtsrat sitzt mir deswegen schon im Nacken. Es ist sogar die Rede von unverantwortlicher Fahrlässigkeit."

Amadeus nickte nachdenklich. „Wieso ist das Bild in einer Galerie in Krems ausgestellt worden? Soviel ich gehört habe, gab es dort keine ausreichenden Sicherheitsvorkehrungen."

Hochkutzer rang die Hände. „Es sollte doch nur für ein paar Tage sein. Die Eigentümerin des Bildes, eine entfernte Verwandte des Galeriebesitzers, hat darauf bestanden, ja es sogar zur Bedingung für den Abschluss der Versicherung gemacht. Ein sehr vorteilhafter Abschluss, wie ich hinzufügen darf." Er meinte natürlich vorteilhaft für die Versicherung. „Es sollte auf diese Weise Werbung für die neu eröffnete Galerie gemacht werden. Wer rechnet denn schon damit, dass so etwas passiert?"

„Ich habe gelesen, dass es sich um einen bisher unbekannten Klimt handelt, der erst unlängst aufgetaucht ist. Ich nehme an, sie haben die Provenienz und die Echtheit des Bildes prüfen lassen?"

„Die Herkunft ist eindeutig gesichert. Es handelt sich um ein Portrait, das Klimt im Jahre 1907 von einer gewissen Baronin Barkenstein angefertigt hat. Im Jahr darauf ist die Baronin spurlos verschwunden. Es wurde allgemein davon ausgegangen, dass sie mit ihrem Liebhaber durchgebrannt ist. Der Baron, der von der Untreue seiner Frau überzeugt war, hat daraufhin das Bild von der Wand genommen und auf dem Speicher verschwinden lassen. Im ersten Weltkrieg ist der Baron, der kinderlos war, gefallen. Sein Vermögen, einschließlich der Villa bei Krems, auf deren Speicher das Bild ruhte, ist an einen Neffen gefallen. Einer von dessen Nachfahren, Manuel Barkenstein heißt er, hat das Haus geerbt. Seine Frau hat das Bild zufällig gefunden und von ihrem Mann, der sie abgöttisch liebt, zum Geschenk erhalten."

„Eine schöne Geschichte. Wie schaut es wirklich mit der Echtheit aus? Ich brauche Ihnen ja wohl nicht zu erzählen, dass Kunstfälschung ein lukratives Gewerbe ist und man bei bisher unbekannten Meisterwerken mehr als vorsichtig sein muss. Ich kann mich erinnern, dass in der Presse darüber sehr kontrovers spekuliert worden ist."

„Nun ja. Es ist wahrscheinlich echt. Die Experten waren sich noch nicht völlig einig und wollten weitere Untersuchungen vornehmen. Dazu ist es nicht mehr gekommen und wir werden wohl für die ganze Summe gerade stehen müssen."

„So ohne weiteres? Das wundert mich."

Hochkutzer antwortete ohne jede Verlegenheit: „Wir haben natürlich noch nicht bezahlt und die üblichen Einwände erhoben. So gewinnen wir Zeit. Ein Prozess kann jahrelang dauern. Aber die Barkensteins haben ein paar gewiefte Anwälte mit ihrer Vertretung beauftragt und wegen des Medieninteresses ist es auch keine Werbung für uns, wenn wir uns allzu lange sperren. Sogar das Fernsehen will einen ausführlichen Bericht senden."

„Ich verstehe", meinte Amadeus nachdenklich. „Und dann gibt es dabei noch das Problem mit dem Toten."

„Ja, schrecklich ist das, nicht wahr? Der arme Mann! Zum Glück hatte er keine Lebensversicherung bei unserer Anstalt abgeschlossen."

Hochkutzer griff in den Ordner und schob einige Fotos über den Tisch. Es handelte sich um Polizeifotos vom Tatort, die in Hochkutzers Händen sicher nichts zu suchen hatten. Amadeus gab keinen Kommentar dazu ab. Er betrachtete die Bilder. Sie zeigten einen Mann, den man mit einer Samtkordel, die um seinen Hals geschlungen worden war, erdrosselt hatte. Das Gesicht war blaurot verfärbt, die Zunge quoll ihm aus dem Mund. Man hatte den Toten mit der Kordel an einem Haken an der Wand aufgehängt. Dort hing er, mit eingeknickten Beinen, die den Boden berührten.

„Das ist der Haken, an dem das Bild gehangen hat", bemerkte Hochkutzer. „Die Räuber haben das Bild mitgenommen und dafür den Galeriebesitzer an die Wand gehängt."

Amadeus nickte mehrmals. „Der Mord erschwert die Sache. Private Ermittlungen werden kaum möglich sein, ohne dass einem die Polizei ständig über die Füße stolpert. Wissen wir, wer mit den polizeilichen Ermittlungen betraut ist?"

„Er heißt Hagenberg, Chefinspektor Hagenberg."

„Oh, verdammt", murmelte Amadeus.

„Sie kennen ihn?"

„Recht gut sogar. Ich möchte ihm nur ungern in die Quere kommen."

Amadeus griff ohne zu fragen über den Tisch und durchblätterte den Ordner. „Ein schönes Dossier haben Sie da. Ich nehme an, dass vor mir bereits jemand anderer an der Sache gearbeitet hat. Richtig?"

Die Frage war Hochkutzer unangenehm. „Wir hatten kurzfristig die Detektei Mauser mit Erhebungen beauftragt." Amadeus zog die Augenbrauen hoch und schwieg abwartend. Die Detektei Mauser gehörte zu seinen schärfsten Konkurrenten. „Mauser hat sehr kulante Tarife", fuhr Hochkutzer fort, „deswegen habe ich es mit ihm versucht."

„Und wieso haben Sie Ihre Meinung geändert?"

„Mauser ist vor zwei Wochen verschwunden, spurlos verschwunden. Zum Glück hat er vorher einen detaillierten Zwischenbericht abgegeben."

„Sieh an", meinte Amadeus. „Es scheint, als ob alles Mögliche verschwindet. Zuerst die Baronin Barkenstein, dann ihr Bild und jetzt der Mann, der es suchen sollte."

„Ich habe im Moment keinen Sinn für Ihre Scherze, lieber Amadeus. Wir haben in der Vergangenheit auch mit Ihnen sehr gute Erfahrungen gemacht und ich möchte, dass jetzt Sie das Bild für uns suchen und finden."

„Letzteres kann ich Ihnen nicht versprechen, aber ich will es versuchen. Ich fürchte bloß, sie werden mein Honorar nicht so kulant finden, wie das, welches Mauser bekommen hat. Ich verlange zwanzigtausend Euro monatlich. Dafür arbeiten ich und mein Partner mindestens einen Monat an dieser Sache. Habe ich bis dahin keine brauchbaren Ergebnisse, breche ich ab. Die Entscheidung liegt bei mir. Auch Sie haben natürlich jederzeit die Möglichkeit, auf meine weiteren Dienste zu verzichten. Dann wird das Honorar für das jeweils begonnene Monat zur Gänze fällig. Zuzüglich bekomme ich Spesen: Pauschal fünftausend Euro ohne Abrechnung. Sollte ich mehr benötigen, melde ich mich. Die Zahlung erfolgt im Voraus, das werden Sie sicher verstehen."

Hochkutzer stöhnte gequält auf.

„Für den Fall, dass ich das Bild sicherstelle oder sonst Material liefere, welches es Ihnen ermöglicht, keine oder nur einen Teil der Leistung zu erbringen, gleichgültig ob auf Grund eines Gerichtsurteils oder eines Vergleiches, bekomme ich zusätzlich fünf Prozent auf Basis der eingesparten Summe."

Hochkutzer schüttelte den Kopf.

„Für den unwahrscheinlichen Fall, dass ich das Bild auch noch binnen sechs Monaten nach Beendigung unseres Vertragsverhältnisses sicherstelle", setzte Amadeus gnadenlos fort, „bekomme ich gleichfalls und sofort fünf Prozent, wohlgemerkt von der Versicherungssumme und nicht vom tatsächlichen Wert des Bildes. Sind wir uns einig?"

Hochkutzer erhob die Hände, als ob er den Himmel um Hilfe anrufen wolle. „Lieber Amadeus, das scheint mir doch etwas überzogen zu sein."

„Ist es nicht, lieber Anton. Ich bin mein Geld wert."

Hochkutzer zuckte zusammen. Er pflegte zwar gelegentlich Untergebene lieb zu nennen und sie mit ihrem Vornamen anzureden, um ihnen so sein Wohlwollen auszudrücken, aber er hielt es für völlig unangebracht, wenn er seinerseits so angeredet wurde. Allerdings war Amadeus, der abwartend lächelte, ja auch kein Untergebener im engeren Sinn, sondern eher ein Geschäftspartner.

„Isabella", rief Hochkutzer mit halblauter Stimme. Die Schöne stand so überraschend schnell im Zimmer, dass Amadeus gar nicht mitbekam, wie das zugegangen war. „Sie haben ja mitgehört, Isabella. Fertigen Sie den Vertrag nach den Bedingungen aus, die Herr Heinrich genannt hat."

Hochkutzer wandte sich Amadeus zu: „Wir werden Ihnen den Vertrag ehestens zuschicken, Herr Heinrich. Fünfundzwanzigtausend Euro werden Ihnen überwiesen werden, sobald Sie den Vertrag unterschrieben haben. Das Dossier Mausers können Sie mitnehmen. Ich hoffe in unserem beiderseitigen Interesse, dass Sie erfolgreich sein werden. Einen schönen Tag wünsche ich noch."

Mit dem lieben Amadeus war es vorbei. Jetzt war er wieder Herr Heinrich. Die Audienz war beendet.

Amadeus deutete eine Verbeugung an und verließ eilig das Gebäude der für alle Wechselfälle des Lebens zuständigen Glabus-Versicherung.

Kapitel 2

Amadeus hielt mit seinen Mitarbeitern Kriegsrat. Genau genommen hatte er für Ermittlungsarbeiten nur einen Mitarbeiter, seinen Partner Richard Wizzig. Die Sekretärin Doris war bloß für den administrativen Bereich der Firma zuständig. Trotzdem hatte sie sich wie selbstverständlich zu ihren Chefs gesetzt, nachdem sie Kaffee serviert hatte. Sie war nämlich ausgesprochen neugierig. Amadeus verwehrte es ihr nicht. Es gab ohnehin keine Firmengeheimnisse, um welche Doris nicht Bescheid wusste.

Sie saßen in Amadeus' Zimmer in einer bequemen Sitzgarnitur. Doris ließ sich nicht einmal durch die Rauchwolken vertreiben, die Amadeus produzierte, obwohl sie Tabakrauch hasste. Jetzt betrachtete sie interessiert eine großformatige Fotografie, die ein Gemälde zeigte.

Darauf war die Ganzfigur einer stehenden Frau zu sehen, im Halbprofil, aber das Gesicht dem Betrachter zugewandt. Sie hatte schwarzes Haar, das sich in neckischen Löckchen auf der Stirn kräuselte. Das Gesicht war rund, unter den hohen Backenknochen war kräftiges rotes Rouge aufgetragen. Die dunklen Augen blickten hochmütig am Betrachter vorbei. Ihre rechte Hand zog das bunt gemusterte Kleid hoch, das ihr von der zarten Schulter geglitten war und eine rosa schimmernde Brustwarze freigab. In ihrer linken Hand hielt sie einen Fächer, der lässig auf dem Knie ruhte. Den Hintergrund bildete ein ornamentales Blattgeranke in düsterem Grün, das an eine Allee erinnerte, die im Unendlichen verschwand.

„Das ist es also", meinte Doris. „Ob es wirklich echt ist?"

„Wenn ich das nur wüsste", sagte Amadeus. „Das wäre nämlich ganz entscheidend für unser weiteres Vorgehen. Wenn es echt ist, müssten wir in erster Linie von einem einfachen Kunstraub ausgehen. Entweder wird das Bild dann verschwinden und sehr viel später vielleicht wieder auftauchen, oder es wird der Versicherung für ein Lösegeld angeboten. Wenn es eine Fälschung ist, müssten wir in Betracht ziehen, dass dieser Umstand bei dem Raub eine Rolle gespielt haben könnte: Beispielsweise, um eine weitere Prüfung der Echtheit zu verhindern. Dann müssten wir hauptsächlich jene Leute unter die Lupe nehmen, die eine solche Fälschung herstellen könnten und natürlich die Besitzerin des Bildes."

„Der Mord ist atypisch", warf Wizzig ein. „Nicht der Mord an sich, das kann bei einem Raub schon vorkommen, sondern die Art, wie man die Leiche dann drapiert hat: Den Galeriebesitzer anstelle des Bildes an die Wand zu hängen! So verhalten sich keine Profis."

„Es könnte sein", grübelte Amadeus, „dass es nicht nur um das Bild gegangen ist, sondern dass der Mord geplant war. Es wäre nämlich viel einfacher gewesen, in die Galerie einzudringen und das Bild zu stehlen, wenn dort niemand anwesend war. Die geradezu demonstrative Art wie die Leiche drapiert wurde, könnte uns etwas über das Motiv und damit über den Täter verraten. Was wissen wir über den Galeriebesitzer?"

Wizzig kramte in den Unterlagen. „Da haben wir ihn schon: Werner Liblich, zweiundvierzig Jahre alt, hat sich erfolglos in verschiedenen Berufen versucht und dann die Galerie ‚Zum Ausbrecher' in Krems eröffnet. Er hat zwei Vormerkungen nach dem Suchtmittelgesetz; nichts Besonderes, der Kerl hat einfach gerne Hanf geraucht."

Doris schaute ihren Chef missbilligend an und wedelte mit der Hand.

„Das ist ganz gewöhnlicher Tabak, Doris", sagte Amadeus mild und fuhr fort: „Mauser muss beste Verbindungen zur Polizei haben. Er hat praktisch den ganzen Polizeiakt kopiert."

„Das nächste Problem." Wizzig hielt drei Finger hoch, als ob er die Probleme zählen wollte. „Wieso ist Mauser verschwunden? Der Mann war tüchtig und zuverlässig, da gibt es nichts zu sagen. Ist ihm etwas zugestoßen? Hat sein Verschwinden vielleicht etwas mit der Sache zu tun, an der er gearbeitet hat?"

Amadeus nickte. „Bemühe unsere Kontakte bei der Polizei. Ich will alles wissen, was dort über das Verschwinden Mausers bekannt ist. Versuche herauszubekommen, wer seine Quelle war. Vielleicht kann uns der oder die Betreffende weiterhelfen, aber diskret, nicht kleinlich sein, bloß sehr diskret. Wir wollen keine Probleme bekommen, von wegen Verletzung des Amtsgeheimnisses oder

Anstiftung zum Amtsmissbrauch und solchen Dingen. Versuche auch an einen Mitarbeiter der Firma Mauser heranzukommen. Ich glaube, er hat ein paar Leute, die für ihn arbeiten. Am besten wäre eine Bürokraft, eine die genauso neugierig ist, wie unsere Doris."

Doris schnaubte verächtlich. Wizzig nickte und machte sich Notizen. „Geht klar."

„Wie wahrscheinlich ist es jetzt wirklich, dass es ein echter Klimt ist?", erkundigte sich Doris, die das Bild noch immer in Händen hielt, hartnäckig.

Wizzig schob einen Stoß Zeitschriften in die Mitte des Tisches. „Ich habe alles zusammengesucht, was darüber publiziert worden ist. Die Meinungen waren sehr geteilt. Um es kurz zusammenzufassen: Drei von fünf mehr oder weniger kompetenten Sachverständigen bezeichnen das Bild schlichtweg als Fälschung oder jedenfalls nicht von Klimt stammend. Zwei halten für möglich, dass es echt sein könnte. Für einen absolut echten Klimt, ohne jeden Zweifel, hält es nur ein von den Barkensteins beigezogener Privatgutachter."

„Es ist nicht signiert", meldete sich Doris zu Wort. Sie hatte das Bild inzwischen mit der Lupe von Amadeus' Schreibtisch genau untersucht.

„Richtig beobachtet, Doris", lobte Wizzig. „Es ist tatsächlich nicht signiert. Sonst wäre der Wert, die Echtheit vorausgesetzt, um ein Vielfaches höher. Hört euch jetzt an, was Professor Kunststotter, ein anerkannter Sachverständiger bei einem Interview mit dem ‚Spekulum' erklärt hat."

Das ‚Spekulum' war ein seit kurzem auf dem Markt befindliches Hochglanzmagazin, das seine Leser durch eine Fülle bunter Bilder erfreute und sich praktisch mit jedem Thema beschäftigte, das Anlass zu sensationsträchtigen Spekulationen bot.

Wizzig räusperte sich, schlug die Zeitschrift auf und begann vorzulesen:

„Spekulum: Sie haben sich in jüngster Zeit mehrfach kritisch zu dem jüngst aufgefundenen Klimt geäußert und seine Echtheit angezweifelt, Herr Professor. Worauf gründet sich Ihre skeptische Einstellung?

Kunststotter: Nicht nur angezweifelt; ich bin davon überzeugt, dass es sich um keinen Klimt handelt. Es geistern immer wieder Meldungen über bisher unbekannte Meisterwerke, die überraschend aufgefunden wurden, durch die Presse. In keinem einzigen mir bekannten Fall, ich wiederhole, in keinem einzigen Fall hat sich das bewahrheitet. Entweder handelt es sich um Fälschungen, oder um echte Bilder unbekannter oder bedeutungsloser Maler, die man bloß einem berühmten Namen zuschreiben will, um ihren Wert zu erhöhen.

Spekulum: Und sie meinen, das ist auch hier der Fall?

Kunststotter: Natürlich. Es gibt keinen einzigen Hinweis in der Literatur, dass Klimt je eine Baronin Barkenstein gekannt oder gar gemalt hätte. Diese Geschichte beruht auf einer mündlichen Überlieferung in der Familie Barkenstein, ist aber durch kein einziges Schriftstück belegt. Außerdem ist das fragliche Bild nicht signiert, was sehr ungewöhnlich wäre, wenn es wirklich von Klimt stammte.

Spekulum: Die Eigentümerin des Bildes hat eine Fotografie der Baronin Barkenstein aus dem Jahre 1907 vorgelegt. Es weist eine auffallende Ähnlichkeit mit dem Gemälde auf.

Kunststotter: Mag sein. Das sagt nichts darüber aus, von wem das Gemälde gemalt wurde.

Spekulum: Sie werden aber zugeben müssen, dass dieses Bild unbestreitbare Ähnlichkeit mit den bekannten Werken Klimts aufweist.

Kunststotter: Das ist es ja gerade. Es schaut aus, als ob jemand versucht hätte, sämtliche Stilelemente, die für Klimt typisch sind, in einem Bild zu vereinigen, unabhängig von der Schaffensperiode des Künstlers. Das ist kein Klimt, das ist eine Travestie, eine Karikatur von einem Klimtbild.

Spekulum: Wir haben das Original gesehen. Es scheint nach dem Urteil anderer Fachleute meisterhaft gemalt zu sein.

Kunststotter: Der Urheber mag die Technik, das Handwerk beherrscht haben, aber sonst nichts. Jedes künstlerische Einfühlungsvermögen fehlt ihm. Er hat nichts anderes als ein peinliches Plagiat geschaffen.

Spekulum: Herr Barkenstein hat erklärt, er erwäge eine Klage gegen Sie, wenn Sie rufschädigende Behauptungen aufstellen sollten. Halten Sie Herrn Barkenstein oder seine Frau für Betrüger?

Kunststotter: Das habe ich nicht gesagt. Ich bezweifle nicht, dass das Bild zufällig gefunden wurde. Bloß die Annahme, es könne sich um einen Klimt handeln, ist Wunschdenken. Wenn Barkenstein das Bild für eine eingehende Untersuchung durch ein unabhängiges Institut mit modernen naturwissenschaftlichen Methoden, wie Röntgenfluoreszenzanalyse, Computertomografie und Röntgenbeugung zur Verfügung stellen würde, wären seine Hoffnungen rasch zunichte gemacht. Er hat derartiges aber bisher stets abgelehnt. Warum, darüber möchte ich öffentlich lieber nicht spekulieren.

Spekulum: Wir danken Ihnen für das Gespräch, Herr Professor Kunststotter."

Amadeus betrachtete nachdenklich den farbenfrohen Bildteil zu diesem Artikel. Neben etlichen Klimtgemälden und natürlich dem strittigen Gemälde selbst, war auch eine etwas unscharfe, altertümliche Fotografie im Sepiaton reproduziert worden. Es zeigte eine elegante Dame Mitte dreißig, die in entspannter Haltung auf der Lehne eines mächtigen geschnitzten Sessels saß und die Hände im Schoß gefaltet hielt. Ihr Kleid ließ sich in das erste Jahrzehnt des zwanzigsten Jahrhunderts datieren. Sie sah nicht direkt in die Kamera, sondern mit leichtem Lächeln am Betrachter vorbei, so als ob hinter diesem jemand stünde, dem ihre ganze Aufmerksamkeit galt. Die Ähnlichkeit mit der Dame auf dem strittigen Gemälde war frappant.

„Ich weiß nicht recht", murmelte Amadeus. „Was geben die Unterlagen Mausers sonst noch her?"

„Nicht viel", sagte Wizzig. „Sie sind zwei Wochen alt und es ist zu hoffen, dass die Polizeierhebungen inzwischen ein Stück vorangekommen sind. Interessant ist der vorläufige Zwischenbericht Mausers. Er erklärt, dass er eine vielversprechende Spur gefunden habe und mit einem entscheidenden Durchbruch rechne. Welcher Art diese Spur sein soll, gibt er nicht preis."

„Er hat den Mörder gefunden und der hat ihn umgebracht", mutmaßte Doris mit düsterer Miene.

„Der Gedanke drängt sich auf", murmelte Amadeus. „Wo setzen wir jetzt an?"

„Die Räuber wurden auf der Flucht von einer Zeugin beobachtet", referierte Wizzig aus dem Akt. „Es hat sich nach Aussage dieser Zeugin um einen Mann und eine Frau gehandelt. Die Personenbeschreibung ist aber eher dürftig. Die Zeugin heißt Susanna Jehlik und betreibt in der Nähe des Tatortes ein Geschäft. Aber das brauche ich dir ja nicht zu erzählen. Das hat dich ja überhaupt erst dazu veranlasst, dich für diesen Fall zu interessieren."

„Ja, ich kenne sie", bestätigte Amadeus, „schon seit Kindertagen. Ich habe sie erst unlängst wieder gesehen. Sie wird sicher hilfsbereit sein."

„Noch eine Geliebte von Ihnen?", wollte die nicht nur neugierige sondern auch vorlaute Doris wissen. Obwohl sie keine konkreten Anhaltspunkte dafür hatte, verdächtigte sie ihren Chef eines ausgesprochen unmoralischen Lebenswandels. Noch während Amadeus gedanklich an einer tadelnden Antwort arbeitete, klingelte es an der Tür und Doris ging nachsehen.

„Draußen steht einer", meldete sie, „der angeblich vom ‚Spekulum' kommt und den Chef sprechen will. Ein Reporter! Soll ich ihn fortjagen?"

Amadeus und Wizzig wechselten einen Blick. „Lassen Sie ihn herein", befahl Amadeus. Wizzig raffte die Unterlagen zusammen und verstaute sie in einem Schrank.

„Herr Karel Meisenbichler, Reporter beim ‚Spekulum'", meldete Doris würdevoll und führte den Besucher ins Zimmer. „Sie macht das fast so gut, wie diese Isabella, die Vorzimmerdame Hochkutzers", dachte Amadeus amüsiert und stand auf.

Meisenbichler war etwas jünger als Amadeus, klein und dicklich, mit einer Brille, deren Drahtgestell ihrem Träger ein alternativ-intellektuelles Aussehen verleihen sollte. Das fettige Haar war zu lang und sträubte sich im Nacken über dem Kragen der Jacke, die vorne offen stand und erkennen ließ, dass ihr Träger darunter ein rosa Hemd trug.

Amadeus schauderte leicht zusammen, rückte seine Krawatte zurecht und fragte zuvorkommend: „Was führt Sie zu mir, Herr Meisenbichler?"

Der Reporter sah sich um. „Das ist also die Detektei Heinrich."

„Das ist sie." Amadeus behielt sein verbindliches Lächeln bei.

„Das ‚Spekulum' arbeitet an einer Story, zu der ich einige Fragen an Sie hätte."

Meisenbichler nahm unaufgefordert Platz. Wizzig zog die Augenbrauen hoch, Doris schaute empört, Amadeus lächelte weiterhin. „Bitte nehmen Sie doch Platz, Herr Meisenbichler. Um was geht es denn?"

„Um den Raub des Klimtgemäldes in Krems. Wie weit sind Sie mit Ihren Nachforschungen inzwischen gekommen? Für wie wahrscheinlich halten Sie es, dass dieses Gemälde wieder auftaucht? Sind sie von dessen Echtheit überzeugt?"

Amadeus schaute erstaunt und erklärte wahrheitsgemäß: „Ich habe in dieser Sache nicht ermittelt." Das ‚noch' ließ er wohlweislich weg. „Wie kommen Sie auf so etwas?"

„Sie arbeiten doch für die ‚Glabus'."

„Das schon, aber nicht ausschließlich. Ich war in letzter Zeit mit etwas anderem beschäftigt."

„Ich weiß. Mit dieser Sache in Grafenhotter. Wir haben einen Artikel darüber geschrieben."

Amadeus schaute Wizzig hilfesuchend an. „Ein sehr informativer Artikel", warf Wizzig ein, „mit dem Titel ‚Der Schnüffler und die schöne Schlosserin: Eine Liebesgeschichte mit Todesfolgen'."[1]

Amadeus, der diesen Artikel nie gelesen hatte, schaute indigniert und Doris machte „Ha!"

„Wenigstens ist einer hier, der gepflegten Journalismus zu schätzen weiß", sagte Meisenbichler. „Ich dachte, dieser neue Kunstraub liegt ganz auf Ihrer Linie?"

Amadeus beugte sich vor. Seine Stimme nahm einen vertraulichen Ton an. „Sie sollten es einmal mit der Detektei Mauser versuchen. Ich habe läuten hören, dass die an der Sache dran ist."

Meisenbichler kaute an seinem Bleistift. „Ich auch. Bloß da ist kein Weiterkommen. Der Chef scheint untergetaucht zu sein und in seinem Büro herrscht Stillstand. Dort wird zurzeit überhaupt nicht mehr gearbeitet. Ich habe mit einer Bürokraft von Mauser, einer gewissen Lizzy Ramböck gesprochen, die war aber nicht sehr mitteilsam. Sie wissen nicht zufällig, was dort vor sich geht?"

---

[1] Heinrichs erster Fall: Mordsmädchen

„Keine Ahnung. Man sollte allerdings nicht zuviel hineingeheimnissen. Vielleicht hat Mauser die Sache aufgegeben und macht Urlaub. Das tun wir übrigens auch demnächst."

„Aha. Und wo, wenn ich fragen darf? Vielleicht in Krems?"

„Nicht direkt. Ich mache wahrscheinlich ein paar Tage Ferien in Grafenhotter. Lassen Sie mir einfach ihre Karte da. Wenn ich etwas erfahre, das Sie interessieren könnte, rufe ich Sie an."

Meisenbichler schaute skeptisch, weil er nicht daran glaubte, schob aber eine Visitenkarte über den Tisch und wurde von Doris hinauskomplimentiert.

„Die Lizzy", sagte sie, als sie zurückkam, „war vor zwei Jahren Praktikantin bei uns, erinnert ihr euch? Ich bin sehr gut mit ihr ausgekommen. Ob ich vielleicht gelegentlich mit ihr über alte Zeiten plaudern sollte?"

„Tun Sie das Doris", sagte Amadeus zögernd. „Aber sehr vorsichtig. Nicht gleich mit der Tür ins Haus fallen."

„Glauben Sie, ich bin nur dazu zu gebrauchen, Ihnen Kaffee zu kochen und die Buchhaltung zu führen?", fragte Doris beleidigt. „Ich wäre eine gute Ermittlerin, wenn Sie mich nur ließen." Amadeus vermied eine Antwort. „Was machen Sie in Grafenhotter?", fuhr Doris über sein Schweigen verärgert fort. „Eine Freundin besuchen? Welche denn? Die Lisa oder die Lotte?"

„Das ist nur eine Frau und sie heißt Lieselotte", flüsterte Wizzig. „Hör auf ihn zu ärgern, sonst wird er ungemütlich."

„Ich weiß es besser", flüsterte Doris zurück. „Der hat einen ganzen Harem, das kannst du mir glauben."

Amadeus stand auf. „Wartet wenigstens, bis ich fort bin, wenn ihr über mich klatschen wollt. Für heute machen wir Schluss. Jeder weiß, was er zu tun hat. Ich fahre morgen früh nach Grafenhotter." Er wandte sich an Wizzig. „Du kannst mich bei Lisa erreichen. Ich habe schon mit ihr telefoniert. Ich werde bei ihr wohnen. Es ist ja nicht weit von Krems entfernt."

„Ha!", machte Doris.

Kapitel 3

Die schweren Vorhänge waren vor die großen Fenster gezogen worden und schirmten das Atelier gegen die Nacht ab. Im Inneren brannten mehrere helle Lampen und strahlten die Staffelei an, an welcher der Meister konzentriert arbeitete. Neben ihm standen zwei weitere Staffeleien, auf die große Fotografien geheftet waren. Sie zeigten Ausschnitte eines Gemäldes in hoher Farbqualität und Schärfe.

„Dieser Kampendonk ist eine echte Herausforderung", bemerkte er zu der Frau, die sich im Halbdunkel des Raumes auf einem Diwan räkelte. Sie war nackt und nahm die Pose eines Modells bei einer Sitzung ein. Das, was der Meister im Augenblick schuf, hatte zwar nichts mit einem realistischen Abbild ihrer Reize zu tun, aber er liebte ihre nackte Gegenwart.

„Heinrich heißt er also", fuhr der Meister fort. „Amadeus Heinrich. Was für ein ungewöhnlicher Name für einen Privatschnüffler. Ist er tüchtig?"

„Er ist ausgesprochen erfolgreich. Er hat bereits etliche aufsehenerregende Fälle geklärt, an denen die Polizei gescheitert ist, darunter auch zwei oder drei Morde."

„Wie lästig! Ist er an Geld interessiert?"

„Sehr sogar. Bei Erledigung seiner Aufträge ist er allerdings absolut integer; unbestechlich, wenn es das ist, woran du gedacht haben solltest. Außerdem ist seine Erfolgsprämie so hoch, dass du sie nur ungern überbieten würdest."

„Wie lästig, wie ausgesprochen lästig! Das könnte abermals drastische Maßnahmen notwendig machen, wenn er uns zu nahe kommt."

„Wir sollten uns in dieser Hinsicht möglichst zurückhalten. Jeder weitere Tote erhöht das Risiko, dass eine Spur zu uns gefunden wird."

„Wie recht du doch hast meine kluge Schöne, meine Salome. Hat dieser Heinrich keinen schwachen Punkt an dem man ihn packen kann? Jeder Mensch hat so einen Punkt."

Die Frau zuckte mit den Schultern, setzte sich auf und zündete eine Zigarette an.

„Bitte sei vorsichtig", ermahnte sie der Meister. „Hier herinnen ist alles feuergefährlich. Du wirst doch nicht brutzeln, zusammenschmoren und verkohlen wollen?" Er betrachtete ihre makellosen Brüste und kicherte. Die Vorstellung schien ihn zu erheitern.

„Er ist in eine Frau ganz vernarrt", berichtete Salome ungerührt. „Sie heißt Lieselotte Schmied und ist Schlossermeisterin in Grafenhotter. Eine eigenartige Person; recht hübsch, aber ziemlich verrückt, wenn du mich fragst."

„Zum Glück sind wir beide ja stinknormal, du und ich." Der Meister kicherte abermals. „Was ist mit dieser Lieselotte?"

„Sie soll ein schwieriges Kind gewesen sein, angeblich sogar gewalttätig. Sie hat die Angewohnheit, so von sich zu sprechen, als ob sie zwei verschiedene Personen wäre: Die böse, wilde Lisa und die brave Lotte, die ihr immer sagt, was sie nicht machen soll."

„Was für eine exquisite Idee. Damit kommt sie durch?"

„Sie kann ihre Eigenarten sehr gut kaschieren, wenn sie nicht unter engen Freunden ist. Sie nennt sich Charlotte, ist in der Gemeinde allgemein beliebt und als Schlosserin und Künstlerin anerkannt."

„Was du nicht sagst! Eine Künstlerin soll sie sein?"

„Auf ihrem Gebiet ist sie das sicher, auch wenn sie nicht sonderlich bekannt ist. Sie fertigt Metallskulpturen an."

„Das ist ja hochinteressant. Du bist wie immer eine Quelle wertvoller Informationen, geliebte Salome. Empfindet sie etwas für ihren Verehrer?"

„Du meinst für Heinrich? Oh ja, sicher. Ich glaube allerdings, sie hat Angst aus einer Liebschaft eine dauerhafte Beziehung entstehen zu lassen."

Der Meister nickte versonnen. „Daraus ließe sich im Ernstfall vielleicht etwas machen. Heinrich wird sicher alles tun, um Unheil von ihr abzuwenden und umgekehrt gilt wahrscheinlich dasselbe. Ja, ja, die Liebe ist ein mächtiger Hebel, mit dem sich alles drehen lässt, wenn man es nur geschickt anstellt. Das kann zwar ein wenig kompliziert werden, aber mich reizen solche Herausforderungen. Ich denke, ich werde bei nächster Gelegenheit die Bekanntschaft des Herrn Heinrich suchen, um mir selber ein Bild von ihm zu machen." Er legte sein Werkzeug beiseite und seufzte. „Ich fürchte, wir müssen unsere heutige Sitzung beenden, meine Schöne. Leider habe ich auch noch eine bürgerliche Existenz, der ich mich jetzt widmen muss. Dieser Empfang wird schrecklich öde werden. Die Menschen dort werden mich unsäglich langweilen, aber es muss sein, wenn ich meine Tarnung aufrecht erhalten will. Ich lasse es dich wissen, sobald wir beide wieder zusammenkommen können."

Die Frau stand mit katzenhafter Geschmeidigkeit auf und trat an ihn heran. „Hoffentlich bald", raunte sie, während seine Hände über ihr Gesäß glitten und eine Farbspur von intensivem Blau hinterließen. „Willst du dich nicht ein wenig entspannen, bevor du zu diesen Leuten gehst? Kann ich etwas für dich tun?"

„Das wäre sehr freundlich von dir, liebste Salome."

Ihre Hände glitten unter seinen Kittel.

„Du bist wirklich sehr verständnisvoll", flüsterte der Meister und begann leise zu keuchen, „und dabei so ausgesprochen inspirierend."

Kapitel 4

„Du inspirierst mich", verkündete Lisa. Sie hämmerte fröhlich auf einen rotglühenden Eisenstab ein, der sich unter ihren kundigen Händen zu einer anmutigen Rundung krümmte. Ihr klingelndes Lachen stob gemeinsam mit verblassenden Funken zu der geschwärzten Decke ihrer Werkstatt empor. Amadeus saß in sicherer Entfernung auf einem Hocker und betrachtete sie voller Zuneigung.

„Ich habe es ohne dich nicht mehr ausgehalten", versicherte er. „Ich musste einfach herkommen."

„Schwindler! Das stimmt sicher nur zur Hälfte. Du bist hergekommen, weil du hier in der Gegend einen neuen Auftrag angenommen hast. Trotzdem bin ich froh, dass du da bist."

Amadeus stand auf und wollte sie in den Arm nehmen.

„Wirst du weggehen! Du verbrennst dir noch die Finger! Hier ist alles heiß, sehr heiß sogar." Sie lachte abermals, schob den Eisenstab ins Feuer und stützte die Hände in die Hüften. „Wir können uns am Abend ausführlich unterhalten. Jetzt habe ich zu tun und du auch. Fahr nach Krems hinüber, Susi erwartet dich in einer Stunde."

Sie meinte jene im Polizeiprotokoll erwähnte Zeugin, Susanne Jehlik, die zu ihren besten Freundinnen zählte.

Widerstrebend fügte sich Amadeus. Eine halbe Stunde später bummelte er von der Ringstraße kommend durch die Altstadt von Krems. Beim Hohen Markt, kurz bevor die obere Landstraße in die untere Landstraße übergeht, in welcher Susi ihr Geschäft hatte, an der Ecke zur sogenannten Wegscheid, hielt er inne und betrachtete nachdenklich die Skulpturen eines Brunnens. Ein gut gekleideter Mann in altertümlicher Tracht mit einem Schwert an der Seite kniete am Boden und sah flehend zu einer Frau empor, die die Hände in die Hüften stützte und mit strenger Miene auf ihn herabblickte. Diese Figurengruppe wurde Simandlbrunnen genannt und ließ wenig Raum für Deutungen. Bei dem dargestellten Mann handelte es sich der Überlieferung nach um einen Bürger der Stadt, den seine Frau derart herumkommandiert hatte, dass er geradezu sprichwörtlich geworden war.

„Erinnert dich das an etwas?", fragte eine Frauenstimme hinter ihm spöttisch. „Kommst du von deiner Lieselotte, und bist du jetzt auf dem Weg zu mir?"

Er wandte sich überrascht um. Hinter ihm stand eine hübsche Frau, nur wenig älter als Lisa, und sah ihn mit ihren Katzenaugen mutwillig an.

„Susi!", rief Amadeus mit ehrlicher Freude. „Wie schön dich zu sehen. Ja, ich war eben auf dem Weg zu dir."

Die Frau legte ihm die Arme um den Hals und gab ihm ungeniert auf jede Wange einen kräftigen Kuss.

„Wie läuft es zwischen dir und Lisa?" Die Frage war eher rhetorisch. Susi wusste wahrscheinlich besser über Lisas Gefühle für ihn Bescheid, als er selbst. Sie war an Herzensangelegenheiten aller Art und auch an deren körperlichen Komponenten stets sehr interessiert und hatte in ihrer Freundin Lisa sicher eine willige Gesprächspartnerin gefunden.

„Ich arbeite daran", gestand Amadeus. „Aber ich kenne mich manchmal mit ihr nicht aus."

„Das sollst du auch gar nicht, mein Lieber", lachte Susi. „Wo kämen wir denn hin, wenn für euch Mannsbilder alles so einfach wäre?"

Sie hängte sich bei ihm ein. „Lass mich raten, warum du mit mir reden willst. Du bist wegen des Raubes von diesem berühmten Bild hier. Stimmt's?"

„Ja. Ich habe den Fall für die Versicherung übernommen, stehe aber erst ganz am Anfang. Ich habe deinen Namen im Polizeibericht gefunden. Du hast angeblich die Täter auf der Flucht beobachtet."

Sie bummelten durch die Fußgängerzone. Die Läden begannen aufzusperren und die Straße füllte sich mit Menschen.

„Beobachtet ist übertrieben", meinte Susi. „Ich habe am Abend zufällig von meinem Geschäft aus gesehen, wie zwei Personen eilig die Galerie verlassen haben und Richtung Steiner Tor gegangen sind. Der Mann hatte eine ziemlich große Rolle unterm Arm. Ich habe mir nichts Besonderes dabei gedacht. Eine viertel Stunde später hat die Elisabeth plötzlich wie verrückt zu schreien begonnen, weil sie den Mord entdeckt hatte."

„Wer ist diese Elisabeth?"

„Elisabeth Gruntner heißt sie. Sie ist Angestellte in der Galerie. Am Abend wollte sie noch einmal ins Geschäft gehen, um ihre Handtasche, die sie dort vergessen hatte, zu holen. Dabei hat sie den Raub und den Mord entdeckt."

„Aha", sagte Amadeus.

„Sie scheidet als Täterin aus", meinte Susi, als ob sie seine Gedanken gelesen hätte. „Sie war vorher bei mir. Mindestens drei Stunden."

„Bei dir?"

„Ja. Wir haben uns angefreundet und sie hat mir öfters nach Ladenschluss Gesellschaft geleistet."

„Ich dachte, du bist mit der Anna Moser aus Grafenhotter beisammen?"

„Das bin ich auch. Bitte Amadeus, mach kein Gesicht, als ob du von der Sittenkommission kämst. Darf ich deswegen keine andere Frau anschauen?"

„Arme Anna", murmelte Amadeus.

„Jetzt reicht es mir aber. Was denkst du dir eigentlich?"

„Gar nichts."

„Das wird auch gut sein. Der Anna brauchst du ja nicht unbedingt etwas erzählen."

„Klar. Wie haben die beiden Personen ausgesehen, die du beobachtet hast?"

„Ich kann dir leider keine brauchbare Personenbeschreibung liefern. So genau habe ich auf die beiden nicht geachtet. Beide waren wie Männer gekleidet, aber eine war eine Frau. Sie war etwas größer als ihr Begleiter."

„Wieso glaubst du, dass es eine Frau war?"

„In dem Punkt kannst du mir vertrauen, lieber Amadeus. Ich erkenne eine Frau, wenn ich eine sehe. Auch wenn sie sich als Mann verkleidet hat, dann erst recht."

„Hast du dich nicht gewundert?"

„Nicht sehr. Am Abend laufen hier eine Menge sonderbarer Typen durch die Gegend."

„Wie spät war es?"

„Lass mich überlegen. Elisabeth ist um etwa achtzehn Uhr, kurz nach Geschäftsschluss zu mir gekommen. Zu der Zeit waren noch viele Leute auf der Straße. Etwa um zwanzig Uhr sind wir wieder aufgestanden. Dann habe ich uns eine Kleinigkeit zu essen gemacht und bin einen Sprung ins Geschäft vorgegangen. Dabei habe ich durch die Auslage die beiden Figuren aus der Galerie kommen sehen. Es war schon fast dunkel. Das muss um etwa zwanzig Uhr dreißig gewesen sein. Elisabeth hat mich kurz nach einundzwanzig Uhr verlassen und ist zur Galerie hinübergegangen."

Sie hatten Susis Geschäft erreicht. Sie deutete über die Straße. Das Geschäftslokal, in dem die Galerie etabliert gewesen war, machte einen verlassenen Eindruck. Man hatte das Schild abgenommen und die Schaufenster mit Papier verklebt.

„Irgendwelche Partner des Besitzers lösen das Geschäft auf", berichtete Susi. „Elisabeth ist noch bis Ende des Monats dabei behilflich. Dann ist sie arbeitslos, aber ich glaube, ich habe schon etwas Neues für sie gefunden. Komm herein! Ich öffne in einer halben Stunde, bis dahin geht sich noch ein Kaffee aus."

Sie ließ Amadeus eintreten und führte ihn auf die Terrasse, die hinter dem Haus auf einen kleinen Garten hinausging. Amadeus ließ sich in einem der Korbstühle nieder und genoss die milde Herbstsonne.

„Hast du den Galeriebesitzer gekannt?", erkundigte er sich.

„Nicht gut. Er hat mir bei der Eröffnung seiner Galerie einen Antrittsbesuch gemacht, als neuer Nachbar, und er hat mich zur Präsentation des Klimt eingeladen. Dazu ist es aber nicht mehr gekommen."

„Hast du das Bild selber gesehen?"

„Nein. Es sollte erst bei einer großartigen Präsentation der breiten Öffentlichkeit vorgestellt werden."

„Aber es war schon vorher in der Galerie?"

„Schon seit zwei Tagen. Es ist an seinem Platz an der Wand gehangen. Der Galerist hatte es mit einem schwarzen Tuch verdeckt, damit es niemand sehen konnte, um so die Spannung zu steigern."

„Man weiß also gar nicht sicher, ob es da war?"

„Es war sicher da. Elisabeth hat es gesehen und war ganz begeistert. Sie hat gesagt, es sei wunderschön."

„Mich wundert, dass man mit dem Raub nicht bis in die späte Nacht gewartet hat."

„Vielleicht war das gar nicht so ungeschickt. In der Nacht wären die Täter einem zufälligen Passanten eher aufgefallen. Sobald sie in der Galerie waren, konnten sie ungestört zu Werk gehen, weil die schweren schwarzen Vorhänge hinter dem Schaufenster zugezogen waren."

Amadeus nickte. „Das Bild konnten sie unauffällig mitnehmen. Sie haben es von der Wand genommen, komplett aus dem Rahmen gelöst, zusammengerollt und in einer Papprolle fortgetragen. Ich würde mich gerne mit Elisabeth unterhalten."

„Das kann ich ohne weiteres arrangieren. Ruf mich morgen an."

„Ausgezeichnet. Wie ich an die Besitzer des Bildes, diese Barkensteins, herankomme, muss ich mir noch überlegen. Ich möchte mich nicht unbedingt als Detektiv vorstellen, der für die Versicherung arbeitet. Dann schmeißen sie mich wahrscheinlich gleich hinaus, weil die Versicherung nicht zahlen will."

„Auch dabei kann ich dir helfen. Morgen findet im Karikaturmuseum eine Ausstellungseröffnung statt. Ich bin eingeladen mit Begleitperson. Ich werde dich mitnehmen. Es wäre ohnehin etwas Neues, wenn ich mich mit einem Mann zeige. Das wird die Klatschbasen sicher zu gewagten Spekulationen anregen. Ich habe gehört, Barkensteins kommen auch. Seit ihr Klimt geraubt worden ist, reißen sich die Leute um sie. Sie sind so etwas wie Lokalberühmtheiten geworden."

Amadeus war begeistert. „Ausgezeichnet, Susi! Ich könnte dich abküssen."

Susi lachte: „Wirklich? Hast du noch nicht genug Schwierigkeiten mit Frauen? Willst du jetzt auch noch mit einer Lesbe anbändeln?"

„Nicht doch!"

Susis Heiterkeit steigerte sich. „Du schaust echt niedlich aus, wenn du so verlegen bist, du großer Detektiv. Komm her!" Sie nahm sein Gesicht zwischen beide Hände und gab ihm einen herzhaften Kuss auf den Mund. Man hörte, wie draußen jemand an der Ladentür rüttelte. „Jetzt mach dich davon", befahl Susi, „und ermittle wo anders. Ich muss Brötchen verdienen. Vergiss nicht, mich anzurufen."

Sie ließ Amadeus hinaus und wandte sich dem ersten Kunden des Tages zu.

Amadeus drängte sich durch die zahlreichen Passanten, die die Fußgängerzone zu füllen begannen, passierte das Steiner Tor, ein noch erhalten gebliebenes Stadttor der ehemaligen Stadtbefestigung, überquerte den Südtirolerplatz und suchte sich im Stadtpark ein ruhiges Plätzchen, wo er nachdenken konnte. Die Fontäne des Springbrunnens stieg aus einem großen runden Becken empor, das mit trübem Wasser gefüllt war. Die Wassersäule teilte sich in drei oder vier Strahlen und plätscherte ins Becken zurück. Als ob er dieses eher bescheidene Schauspiel wettmachen wollte, produzierte der Brunnen einen hübschen kleinen Regenbogen. Natürlich nicht an jeder Stelle und nicht immer. Das hing vom Sonnenstand und den Lichtverhältnissen ab. Amadeus umrundete das Becken, bis er eine Stelle gefunden hatte, wo der Regenbogen gut zu sehen war und setzte sich auf eine Bank. Es war still hier, obwohl der Trubel der pulsierenden Stadt gar nicht weit entfernt war. Er zündete sich eine Zigarette an und nahm das Handy zur Hand.

Wizzig meldete sich sofort. „Hör zu", sagte Amadeus. „Ich habe erfahren, dass der Galeriebesitzer Partner gehabt hat, die jetzt den Laden dichtmachen. Versuche herauszufinden, wer das ist. Ich möchte von diesen Leuten alles wissen, was du in Erfahrung bringen kannst."

Noch ein zweites Telefonat war zu erledigen. Amadeus seufzte tief und wählte eine Nummer. Am anderen Ende waren undefinierbare Geräusche zu hören, die sehr missmutig klangen. „Ich möchte Herrn Chefinspektor Hagenberg sprechen."

„Ist am Apparat."

„Hier Amadeus, Amadeus Heinrich."

„Ich weiß."

„Äh, ich würde dich gerne sprechen – nicht am Telefon. Ich hätte dir etwas zu sagen."

„Wird auch höchste Zeit. Wir treffen uns in einer Minute."

„Was?"

„Auf fünfzehn Uhr von deiner Position aus."

Amadeus drehte verstört den Kopf in die angegebene Richtung. In einer Entfernung von etwa zwanzig Meter stand ein Mann im Schatten eines mächtigen Baumes und steckte eben sein Handy in die Tasche. Hagenberg war ein massiger Mann und einige Jahre älter als Amadeus. Sie kannten einander aus ihrer gemeinsamen Zeit bei der Polizei. Auch seither hatten sich ihre Wege gelegentlich gekreuzt, wenn sie beide – jeder auf seine Weise – an demselben Fall gearbeitet hatten. Hagenberg galt allgemein als einer der erfolgreichsten Ermittler des Landeskriminalamtes. Der eigenwilligste war er zum Kummer seiner Vorgesetzten auf jeden Fall. Jetzt kam er gemächlich herüber und setzte sich neben Amadeus.

„Du bist mir unheimlich", gestand Amadeus. „Wo kommst du auf einmal her? Das ist ja zum Fürchten!"

„Nicht wahr? Aber keine Sorge, es ist ganz einfach. Ich war am Tatort in der Galerie. Nicht dass es da noch viel zu sehen gäbe. Die Leute von der Spurengruppe haben alles umgedreht und jedes Stäubchen, das ihnen brauchbar schien, mitgenommen. Ich dachte bloß, ich schau noch einmal nach, ob ich vielleicht doch noch etwas Interessantes entdecke. Und was sehe ich? Meinen alten Freund Amadeus, der aus dem Haus einer Zeugin kommt. Also bin ich dir nachgegangen, um zu sehen, was du so treibst. Du bist also an diesem Klimtmord dran?"

„Eigentlich nicht an dem Mord. Ich soll bloß das Bild wieder beschaffen."

„Das wird sich wohl nicht trennen lassen. Gut, dass du es der Mühe für wert gefunden hast, mich darüber zu informieren. Gut für dich natürlich."

„Ich hätte nicht erwartet, dir hier zu begegnen. Ist dein Revier nicht viel weiter östlich, in der Gegend von Hainburg?"

Hagenburg schaute missmutig. Amadeus kannte die Neigung seines Gesprächspartners zu Depressionen, die gelegentlich von Wutanfällen abgelöst wurden. Im Augenblick schien die depressive Phase zu überwiegen.

"Man hat mich hergeschickt. Einfach so, weil ich der geeignete Mann für diesen Fall wäre. Dabei gibt es eine Sondergruppe, die für Kunstdiebstähle, Kunstfälschungen und dergleichen zuständig ist. Bloß die haben abgelehnt, weil es einen Mord gegeben hat und gemeint, das wäre nicht ihre Sache. Dabei verstehe ich von diesen Kunstdingen überhaupt nichts. Das ist einer jener Fälle, wo wahrscheinlich nichts herauskommen wird und ich bin der Blamierte."

"Warum hast du dich dann darauf eingelassen?"

"Das ist nicht so einfach wie bei dir. Du kannst sagen, du übernimmst einen Fall nicht und damit ist die Sache erledigt. Aber mein Vorgesetzter geht demnächst in Pension und ich habe mich um seine Nachfolge beworben. Da macht man besser keine Schwierigkeiten, wenn man im Rennen bleiben will. Ein Misserfolg bei einer so spektakulären Sache ist einer laufenden Bewerbung freilich auch nicht förderlich." Er seufzte abgrundtief.

"Wie weit bist du mit deinen Ermittlungen bisher gekommen?"

"Wenn du mich aushorchen willst, muss ich dich enttäuschen. Selbst wenn ich dir etwas sagen wollte, ich habe nichts. Ich stehe nicht viel weiter, als am Anfang."

"Ich habe erfahren, dass vor mir ein anderer mit der Sache befasst war. Ein gewisser Mauser. Der ist allerdings spurlos verschwunden."

"Ich weiß. Wir haben auch keine Ahnung, was mit ihm passiert ist. Es sollte mich nicht wundern, wenn wir ihn demnächst aus dem Wasser fischen." Hagenberg schaute verdrossen auf die trübe Oberfläche des Beckens vor ihnen. "Der einzige Anhaltspunkt ist eine Bemerkung, die er kurz vor seinem Verschwinden zu einem Mitarbeiter gemacht hat. Er hat lachend gesagt, dass sich ein echtes Gemälde von ihm sehr gut im Vorzimmer seines Büros ausnehmen würde. Es scheint, er wollte sich porträtieren lassen." Hagenberg stand auf. "Wir werden uns gewiss bald wiedersehen. Wo wohnst du?"

"In Grafenhotter."

"Bei deiner reizenden Kunstschlosserin? Das ist schön. Schön für dich natürlich. Eigentlich bin ich froh, dass du hier bist. Du hast eine so unverschämte, geradezu penetrante Art herumzustöbern, ohne dass du dich an Vorschriften zu halten brauchst. Vielleicht scheuchst du jemanden auf, der mir dann ins Netz geht. Pass dabei bloß auf, dass du nicht auch verschwindest. Deine Charlotte wäre vermutlich untröstlich."

Hagenberg klopfte Amadeus auf die Schultern und entfernte sich. Seine Laune schien sich etwas gebessert zu haben.

Nach einem ausgiebigen Mittagessen unternahm Amadeus einen Verdauungsspaziergang. Dann verließ er Krems und kehrte am späten Nachmittag nach Grafenhotter zurück. Lisa hatte ihm einen Schlüssel für ihre Haustür überlassen. In ihrer Werkstatt war das Feuer erloschen und alle Werkzeuge hingen ordentlich in ihren Halterungen an der Wand. Sie hatte bereits Feierabend gemacht. Auch in der Küche, im Wohnzimmer und auf der Terrasse war sie nicht zu finden. Schließlich klopfte Amadeus vorsichtig an die Tür ihres Schlafzimmers.

„Komm herein!", rief sie.

Sie war offenbar eben aus dem Bad gekommen, saß im Bademantel vor ihrem Schminktisch und versuchte ihr widerspenstiges Haar zu bändigen.

„Ich bin wieder da", verkündete er nicht sehr originell.

„Das sehe ich." Sie legte die Haarbürste beiseite und bemerkte kritisch. „Das wird wohl nicht besser. Hast du bei Susi etwas ausgerichtet?"

„Ich glaube schon. Sie will mich morgen mit einer Mitarbeiterin des Galeriebesitzers bekannt machen. Am Abend nimmt sie mich zu einer Ausstellungseröffnung mit, wo ich die Barkensteins und vielleicht ein paar andere interessante Leute kennenlernen kann."

Lisa war nicht sonderlich überrascht. Die Buschtrommeln der modernen Zeit funktionierten hervorragend und sie hatte vor kurzem ein ausführliches Telefonat mit Susi geführt. „Ich weiß. Susi hat angerufen. Wir sollen morgen um sieben Uhr früh bei ihr sein. Dann kommt Elisabeth – ich glaube so heißt sie – auf ein Frühstück vorbei. Ich werde dich begleiten, damit alles unverfänglich wirkt."

„Um sieben Uhr? So früh schon?" Amadeus gehörte nicht zu den Frühaufstehern.

Sie stand auf. „Hab dich nicht so. Morgenstund hat Gold im Mund. Wenn wir zeitig zu Bett gehen, wirst du schon ausgeschlafen sein."

Amadeus versuchte die Situation einzuschätzen, insbesondere, wie dieses ‚wir' zu verstehen war.

„Meine Lisa", flüsterte er und versuchte, sie in den Arm zu nehmen.

Sie stemmte eine Hand gegen seine Brust und hielt mit der anderen ihren Morgenmantel am Hals fest zusammen. „Von deiner Lisa hast du heute Nacht nichts zu erwarten. Die will es dir nicht so leicht machen. Sie macht sich nämlich ernsthafte Sorgen darüber, wohin diese Liebelei noch führen soll."

„Lotte?", fragte er zögernd.

„Natürlich. Du hast mir so gefehlt, Amadeus." Sie ließ den Morgenmantel von den Schultern gleiten und beförderte ihn mit einem geschickten Fußtritt beiseite. „Komm, lass uns zu Bett gehen und rede nicht zuviel, damit die Lisa nichts merkt und eifersüchtig wird."

Kapitel 5

Etwa zwei Stunden später, als Amadeus in Lisas, oder besser gesagt in Lottes Armen bereits fest schlief, war der Meister noch an der Arbeit.

Er hatte die Leinwand aus dem Rahmen gelöst, die Originalnägel sorgfältig in einer Schachtel verwahrt und versuchte vorsichtig, die alte Bemalung von der Leinwand zu entfernen. „Das geht recht gut", murmelte er. „Das Wichtige dabei ist, die ehemalige Grundierung zu erhalten. Ich denke, ich mache ein biblisches Motiv. Vielleicht ‚Susanna im Bad'. Was meinst du?"

Die Frau, die auf dem Sofa saß, öffnete den Morgenmantel, in den sie sich gewickelte hatte, und ließ ihn ihren nackten Körper sehen. „Ich würde gern als Susanna gemalt werden."

„Das dachte ich schon, liebste Susanna. Ich werde es in Art des Jan Vermeer malen. Selbstverständlich nicht mit dem Anspruch, ein echter Jan Vermeer zu sein. Das auf keinen Fall. Damit würden wir nie durchkommen. Nein, ein unbekannter Maler aus dem Umfeld Vermeers, vielleicht einer seiner Schüler, das ist das Äußerste. Wenn das Bild dekorativ ist und keine Zweifel bestehen, dass es aus dem Holland des 17. Jahrhunderts stammt, wird es trotzdem einen sehr guten Preis erzielen. Der Kunstmarkt giert geradezu nach solchen Sachen, weil die einem breiteren Publikum bekannten Meister für die meisten Sammler ohnehin unerschwinglich sind. Dabei werden auch keine besonderen Untersuchungen vorgenommen, wie bei den großen Namen. Man sollte überhaupt die Finger von den großen Namen lassen. Die Wahrscheinlichkeit dabei erwischt zu werden, ist einfach zu groß. Ich ärgere mich maßlos darüber, dass ich mich darauf eingelassen habe, dieses Klimtbild herzustellen. Noch mehr reut es mich freilich, dass wir uns dabei mit geldgierigen Amateuren eingelassen haben. Das musste ja schief gehen."

„Wir haben die Situation klären können", bemerkte die Frau besänftigend.

„Aber um welchen Preis? In meinem Gewerbe sind Anonymität und Diskretion das Wichtigste. Wenn ein Bild als Fälschung verdächtigt wird, meinetwegen: Dann werden sich eben Händler, Käufer, Sachverständige und Kunstfahnder mit den unterschiedlichsten Interessen deswegen streiten. Das kann sich Jahre hinziehen, weil kaum einer zugeben will, dass er sich geirrt hat, noch weniger, dass er hereingelegt wurde. Am Ende weiß man noch immer nichts Genaues und das Bild verschwindet in einer Sammlung oder im Depot eines Museums. Die Staatsanwaltschaft mischt sich meist nicht ein, auch wenn Anzeige erstattet wird, überhaupt wenn widerstreitende Expertisen vorliegen. Dann erklären sie die Angelegenheit zu einem Zivilrechtsstreit, den die Parteien gefälligst vor dem ordentlichen Zivilgericht austragen sollen. Aber ein Mord? Das zieht ganz andere Ermittlungsmaßnahmen, höchst gefährliche Ermittlungsmaßnahmen nach sich."

„Wir hatten keine andere Wahl. Liblich war entschlossen, uns auffliegen zu lassen, wenn er nicht den Löwenanteil von dem Kuchen bekommt. Dazu hätte er das Bild entgegen allen Absprachen nur einem unabhängigen Sachverständigen zugänglich machen müssen. Deswegen hat er sich auch auf einmal dem ursprünglichen Plan, das Bild bei einem Einbruch verschwinden zu lassen, widersetzt."

„Das wäre noch nicht das Schlimmste gewesen. Er wusste, wer wir sind. Es war ein grenzenloser Leichtsinn, ihm unsere Identität zu offenbaren, um ihn zum Mitmachen zu bewegen, ihm dieses Atelier zu zeigen und ihm sogar zu gestatten, ein Foto von dem im Entstehen begriffenen Bild zu machen. Du hast natürlich recht. Wir hatten keine andere Wahl, wollten wir uns nicht einer endlosen Erpressung und letztlich auch der Gefahr der Entdeckung durch die Polizei aussetzen. Wie konnte ich nur so verblendet sein, ihm zu trauen! Ich frage mich bloß, wie dann Mauser, dieser Privatdetektiv auf meine Spur gekommen ist. Auch das hätte niemals passieren dürfen."

Die Frau zuckte mit den Achseln. „Sei froh, dass du rechtzeitig gewarnt warst. Dieses Problem ist gleichfalls bereinigt."

„Der Mann hat mich schon am Haken gehabt. Er hat mit mir gespielt! Er hat sich über mich lustig gemacht! Dieser Narr!"

„Dafür hast du ihm ja auch ganz spontan den Hals durchgeschnitten. Manchmal bist du schon zum Fürchten, mein Lieber."

„Ich bin kein Mörder", stellte der Meister nachdrücklich klar, „sondern bloß ein Künstler, der seine Interessen schützt. Es war praktisch Notwehr. Aber wie konnte mich Mauser finden? Derselben Spur könnte auch Heinrich folgen!"

„Keine Sorge. Er wird beobachtet. Wenn er uns zu nahe kommt, wirst du es rechtzeitig erfahren."

„Du bist zu optimistisch. Was ist mit der Polizei? Du kannst vielleicht Heinrich im Auge behalten, aber die Polizei? Was ist, wenn sie auf einmal vor meiner Tür stehen? Ich habe schon daran gedacht, alles hier zu beseitigen, jede Spur zu verwischen und mich ins Ausland abzusetzen. Dort könnten wir uns neu organisieren. Frankreich würde mir gefallen."

„Auf keinen Fall. Wir dürfen nicht die Nerven verlieren und Aufmerksamkeit auf uns ziehen. Gerade in dieser Situation nicht! Deine Tarnung ist nach wie vor perfekt. Außerdem läuft das Geschäft so gut, dass es Wahnsinn wäre, jetzt abzubrechen. Noch ein, zwei Jahre, dann hast du soviel verdient, dass du dich zur Ruhe setzen kannst. Warum nicht in Frankreich?"

„Wirst du dann mit mir kommen? Wirst du ihn verlassen?"

Die Frau vermied eine direkte Antwort und lächelte bloß. „Warten wir zunächst einmal ab, ob und wieviel die Versicherung für das Klimtbild bezahlt", sagte sie ausweichend.

„Sie werden zahlen, verlass dich drauf. Vielleicht nicht die ganze Summe, aber einen Teil im Vergleichsweg. So läuft es meistens ab. Den Nachweis einer Fälschung können sie jetzt ja nicht mehr erbringen. Dabei war dieses Klimtbild wirklich nicht überzeugend. Klimt liegt mir einfach nicht. Kunststotter hat mit seiner vernichtenden Kritik völlig recht gehabt."

„Ich habe sie gelesen", sagte die Frau mit amüsiertem Lächeln.

„Ich werde mich überhaupt nur mehr auf dekorative Bilder weniger bekannter Meister aus dem sechzehnten und siebzehnten Jahrhundert konzentrieren. Das kann ich am besten. Die Modernen sind nämlich auch nicht so einfach zu fälschen und die Gefahr der Entdeckung steigt ständig. Der Kunstmarkt schwankt hier zwischen Leichtgläubigkeit und Misstrauen. Das ist ein unberechenbares Klima. Wo könnten wir denn eine Susanna unterbringen?"

Die Frau nahm einen Ordner vom Regal und blätterte darin. „Ich denke wir lassen sie von Viescher & Fischer bei einer Auktion platzieren. Viescher & Fischer verlangen zwar eine Provision von 40%, dafür liefern sie eine einleuchtende aber nur schwer nachprüfbare Provenienz samt Sachverständigengutachten. Sie sind sehr gut darin, Andeutungen zu machen, es könne vielleicht auch einem berühmten Künstler zuzuschreiben, oder zumindest in dessen Umfeld entstanden sein, ohne sich dabei festzulegen. Wenn es dekorativ und mit einem erotischen Touch behaftet ist, könnten wir bis zu 40.000 Euro erzielen; vielleicht sogar mehr, wenn es wirklich gut gemalt ist."

„Es wird gut gemalt sein, höchst erotisch und absolut echt, aus dem 17. Jahrhundert. Ich werde morgen schon mit den Vorentwürfen beginnen."

„Morgen kann ich dir leider nicht Modell stehen. Morgen habe ich andere Verpflichtungen. Ich möchte ihn nicht misstrauisch machen. Er fragt sich ohnehin schon, warum ich so viel unterwegs bin. Es wird immer schwieriger, Ausreden zu erfinden."

Der Meister murmelte etwas Unverständliches.

„Bist du eifersüchtig?", fragte die Frau und beobachtete ihn aufmerksam.

Der Meister beantwortete diese Frage nicht. Stattdessen ließ er seinen Unmut an Klimt aus: „Dieser Klimt wird unglaublich überbewertet", dozierte er wütend. „Der Mann war ein tüchtiger Maler, ohne Zweifel, aber bei weitem nicht das Geld wert, das man heutzutage für seine Bilder zahlt. Er war am Ende doch nichts anderes, als ein einfallsreicher Dekorationsmaler. Über sein Bild der Adele Bloch-Bauer, das heute als eines der teuersten Gemälde der Welt gilt, hat man wegen des großflächigen Einsatzes von Gold schon seinerzeit gesagt, es sei mehr Blech als Bloch."

„Ich kenne die Geschichte." Die Frau lächelte.

„Außerdem hat man ihm vorgeworfen, manche seiner Bilder seien Pornographie, nicht zu unrecht, wie ich sagen muss", fuhr der Meister heftig fort.

„Pfui!", machte die Frau, sichtlich erheitert.

Der Meister warf sein Werkzeug auf den Arbeitstisch. „Dann hast du eben morgen keine Zeit für mich. Für heute mache ich Schluss, bevor ich noch die Leinwand beschädige."

„Jetzt sei nicht so desperat. Ich rufe dich an und sage dir, wann ich wieder Zeit habe, bald schon. Komm jetzt her zu mir", lockte die Frau.

Er kniete vor ihr nieder und verbarg das Gesicht zwischen ihren Brüsten. „Du riechst so gut", flüsterte er.

„Und ich schmecke auch gut", hauchte sie. Sie bog den Oberkörper zurück und stützte sich auf die Ellenbogen.

„Geliebte Susanna, du bist ..." Seine Stimme wurde undeutlich.

„Ich weiß", sagte die Frau und streichelte seinen Kopf. „Ich bin so unglaublich inspirierend."

Kapitel 6

Amadeus erwachte mit dem Gefühl, angestarrt zu werden, und schlug die Augen auf. Lisa lag neben ihm im Bett, hatte den Kopf in die Hand gestützt und betrachtete ihn mit gerunzelter Stirn.

„Guten Morgen, Lisa."

„Ich weiß noch nicht, ob das ein guter Morgen ist. Wie kommst du eigentlich in mein Bett? Solltest du nicht im Gästezimmer unter dem Dach schlafen?"

„Aber Lisa, du hast doch ..."

„Ich habe gar nichts. Wahrscheinlich hat dir die Lotte wieder schöne Augen gemacht, wie ich nicht achtgegeben habe. Gib es zu! Diese Lotte ist ein dummes Ding und ganz und gar unmoralisch. Die tut nur immer so brav."

Amadeus lachte. „Jetzt hör aber auf mit dem Lisa-Lotte-Spiel. Das macht einen ja ganz konfus."

Er streckte die Arme nach ihr aus, aber sie entwischte ihm und schlüpfte aus dem Bett. „Dafür ist es jetzt zu spät. Wir haben einen Termin. Du hättest eben nicht so lange schlafen sollen. Das kommt davon, weil du es mit der Lotte so wild getrieben hast. Steh auf, der Kaffee ist schon fertig. Frühstück gibt's dann bei Susi."

„Du hast schon Kaffee gemacht?"

„Schon längst. Ich bin nur noch einmal ins Bett gekrochen, weil ich dir beim Aufwachen zusehen wollte."

Amadeus versuchte sich vorzustellen, was sie da gesehen hatte: Einen Mann mittleren Alters, mit zerknittertem Gesicht, unrasiert, zerrauft und mit verquollenen Augen. Beim Schlafen machte er meist sonderbare Geräusche, die eher wie ein Röcheln als wie ein männliches Schnarchen klangen. Hoffentlich hatte er keinen schlechten Mundgeruch. „Oh je", stöhnte er.

„Das kann man wohl sagen. Marsch ins Bad und dann in die Küche. Wir sind spät dran!"

Sie erreichten Susis Geschäft kurz vor sieben Uhr und wurden bereits erwartet. Susi führte sie auf die Terrasse, wo ein hübscher Frühstückstisch angerichtet war. „Nehmt Platz. Elisabeth wird gleich herunterkommen."

Amadeus und Lisa zogen gleichzeitig die Augenbrauen hoch. „Gestern ist es spät geworden, da wollte sie nicht mehr nach Hause gehen." Susi schien das für eine ausreichende Erklärung zu halten. Lisa unterband mit einem kurzen Blick eine Bemerkung, die Amadeus machen wollte.

Wenig später tauchte völlig unbefangen Elisabeth auf. Sie war mittelgroß, deutlich jünger als Susi, mit einer etwas fülligen Figur, rundem Gesicht und unschuldig blickenden blauen Augen. Ihr modisches Dirndlkleid war tief ausgeschnitten und ließ mehr als nur die Ansätze eines sehr großen Busens sehen. Sie gab Susi einen zärtlichen Kuss auf den Mund, Lisa bekam nach einer kurzen Vorstellung zwei zeremonielle Küsschen auf die Wangen, Amadeus musste sich mit einem kurzen Händedruck begnügen.

„Ich freue mich so, euch zwei persönlich kennenzulernen", zwitscherte Elisabeth, während sie einen beträchtlichen Haufen Speck mit Ei auf ihren Teller schaufelte. Susi hat mir schon viel über euch erzählt."

Amadeus war leicht irritiert. Er hatte Susi nie für einen Ausbund an Diskretion gehalten, aber doch gehofft, sich seiner neuen Zeugin aus der Deckung der Anonymität nähern zu können. Lisa reagierte gelassen. „Susi hat mir von dir auch schon viel erzählt."

Elisabeth begann ihr Frühstück zu vertilgen. Amadeus langte gleichfalls tüchtig zu und war entschlossen, sich abwartend zu verhalten. Daraus wurde nichts.

„Du bist also Detektiv?", fragte Elisabeth und musterte ihn interessiert. Sie redete ihn wie selbstverständlich mit ‚Du' an. „Ein richtiger Detektiv? So wie im Roman?"

„Nicht so wie im Roman. Ich bin nur ein einfacher Privatermittler."

„Da habe ich etwas anderes gehört. Ist es wahr, dass du das geraubte Klimtbild suchst?"

An eine unauffällige Befragung war offenbar nicht zu denken. Amadeus gab seine Zurückhaltung auf. Wahrscheinlich war es ohnehin besser, wenn er sie ohne weitere Umstände befragen konnte. „Das stimmt. Ich arbeite für die Versicherung, die den Schaden tragen muss. Ich habe gehofft, du kannst mir etwas erzählen, das mir weiterhilft."

„Es war schrecklich, wie er da an der Wand gehangen hat. Die Zunge ist ihm aus dem Mund gekommen und hat wie ein toter Fisch ausgeschaut", erzählte Elisabeth bereitwillig. Sie leerte ihre Kaffeetasse auf einen Zug und schenkte sich nach. Schrecklich oder nicht, sie hatte die Geschichte schon oft erzählt und genoss die Aufmerksamkeit, die ihr zuteil wurde.

„Du Ärmste, das muss ja ein furchtbarer Schock gewesen sein."

Elisabeth nickte nachdrücklich.

„War die Tür zur Galerie abgesperrt?"

„Nein, nur das Geschlossen-Schild hat an der Tür gehangen".

„Hat dein Chef nie abgesperrt, wenn er nach Ladenschluss noch im Geschäft war? Immerhin hatte er ein wertvolles Bild dort hängen."

„Das hat mich die Polizei auch gefragt. Er hat sonst immer abgesperrt. Aber wie ich ihn gefunden habe, war die Tür unversperrt und das Schloss war unbeschädigt. Das hat die Polizei gleich als erstes untersucht."

„Wer hatte einen Schlüssel?"

„Soviel ich weiß, nur der Chef und ich."

„Wurde der Schlüssel deines Chefs gefunden?"

„Er hat innen an der Tür gesteckt."

„Aha", murmelte Amadeus, „er hat wahrscheinlich seinen Mördern die Tür geöffnet. Das könnte bedeuten, dass er sie gekannt hat."

„So etwas hat der Polizist, der mich vernommen hat, auch gemeint. Das war so ein großer, grantiger Mensch. Wie hat er bloß noch geheißen ..." Sie dachte nach.

„Hagenberg, vermutlich hat er Hagenberg geheißen."

„Ja richtig. Kennst du ihn?"

„Flüchtig. Hast du noch deinen Schlüssel?"

„Natürlich. Ich arbeite ja noch da. Ich helfe, die Galerie dichtzumachen. Die Bilder und sonstigen Objekte müssen zurückgegeben oder verkauft werden, und auch die Einrichtung muss zu Geld gemacht werden, falls wir noch etwas dafür kriegen. Viel wird es nicht sein. Der Mietvertrag ist schon mit diesem Monatsende gekündigt worden."

„Für wen arbeitest du jetzt eigentlich?"

„Für die Geschäftspartner des Chefs. Die Galerie hat ihm ja nicht allein gehört, er hat sie bloß geführt."

„Was sind das für Leute?" Amadeus war gespannt, ob sie ihm Auskunft geben werde. Seine Bedenken waren unbegründet. Elisabeth erwies sich als ausgesprochen mitteilsam.

„Erich und Peter Mittler. Sie haben in Wien eine Kunsthandlung, in der Nähe des Auktionshauses Dorotheum. Mehr weiß ich auch nicht."

„Wäre es wohl möglich, dass du mich in das Geschäftslokal schauen lässt?"

„Viel wirst du dort nicht sehen. Die Polizei hat alles umgedreht. Nachdem die Tatortsperre aufgehoben worden war, haben wir begonnen alles auszuräumen und sauber zu machen. Aber wenn du willst ..."

Sie dankten für das Frühstück und verabschiedeten sich von Susi. „Ruf mich an, wenn du wieder zu Hause bist", flüsterte Susi.

„Das mache ich unbedingt", flüsterte Lisa zurück. „Ich habe dir eine Menge zu erzählen."

Amadeus fragte sich, was das sein könnte, da die beiden doch erst gestern ausführlich telefoniert hatten. Lisa würde ihrer Freundin wohl nicht über die Ereignisse der letzten Nacht berichten wollen? Nein, sicher nicht. Amadeus hielt das für ausgeschlossen.

Elisabeth sperrte die Tür zur ehemaligen Galerie auf. Amadeus sah sich interessiert um. Der Ausstellungsraum war direkt von der Straße her zu betreten, länglich und etwa sechzig Quadratmeter groß. Die Wände waren weiß, um die ausgestellten Objekte richtig zur Geltung zu bringen. Viel war nicht mehr da. Einige Bilder lehnten an der Wand; nichts Besonderes, wie Amadeus schätzte. Kisten standen herum und dienten dazu, Skulpturen aus Kunststoff aufzunehmen. Eine kleinere Metallskulptur erregte Lisas Aufmerksamkeit. „Die ist von mir", sagte sie erstaunt.

„Ja richtig", bemerkte Elisabeth. „Susi hat sie zur Verfügung gestellt. Ich habe den Chef überredet, sie in die Ausstellung zu nehmen. Willst du sie gleich mitnehmen?"

„Wie denn? Gib sie einfach Susi zurück. Sie verkauft meine Sachen in ihrem Geschäft."

„Ist recht." Elisabeth deutete auf die Mitte der Längswand. „Der Haken, wo man ihn aufgehängt hat, ist auch nicht mehr da. Die Polizei hat ihn herausgeschraubt und mitgenommen."

„Hast du das Bild selbst gesehen, den Klimt, meine ich?"

„Selbstverständlich. Es war wunderschön."

„Wie ist es hergekommen?"

„Der Chef hat es hergebracht, mit dem Auto. Ich habe ihm geholfen, es hineinzutragen."

„Im Auto? Einfach so? Ohne Sicherheitsvorkehrungen?"

„Wozu denn?"

„Na deswegen!" Amadeus deutete an die Stelle wo zuerst das Bild und dann der Galeriebesitzer aufgehängt worden waren.

„Wer denkt denn an so etwas?", meinte Elisabeth. „Wir sind ja nicht in Chicago."

Amadeus seufzte. „Was ist dort hinten?"

„Ein Büro, eine kleine Küche und ein Klo."

„Darf ich dort auch hineinschauen?"

„Warum nicht? Es wird dir aber nichts bringen." Sie hatte recht. Lediglich die Toilette war noch intakt, aus den beiden anderen Räume war alles ausgeräumt worden, was nicht niet- und nagelfest war. Die eingebaute Kücheneinrichtung hatte man allerdings belassen, wahrscheinlich in der Hoffnung, der Nachmieter werde dafür eine Ablöse bezahlen. Die Böden waren staubig, mit Resten von Verpackungsmaterial bedeckt und warteten darauf, gefegt zu werden.

Die Glocke an der Eingangstür bimmelte. Elisabeth lief hinaus und rief: „Wir haben geschlossen."

„Dafür sind aber eine Menge Leute hier", sagte Hagenberg grimmig.

„Das ist der Polizist", flüsterte Elisabeth mit schlechtem Gewissen. Sie war sich nicht sicher, ob es richtig gewesen war, Amadeus alles zu zeigen.

Hagenberg nickte Amadeus zu und schaute Lisa an. „Wie schön, Sie wiederzusehen, verehrte Kunstschlosserin. Sie werden von Mord zu Mord hübscher, wenn Sie mir die Bemerkung gestatten wollen."

Lisa imitierte ihn: „Ich freue mich auch, Sie zu sehen, verehrter Polizist. Halten Sie mich noch immer für eine Mörderin?" Sie spielte auf ihre letzte Begegnung mit Hagenberg an.

„Aber nein. Jedenfalls nicht in diesem Fall, obwohl ich Ihnen sonst natürlich jederzeit einen Mord zutraue, verehrte Charlotte."

„Wie können Sie nur so etwas sagen! Ich dachte sie wären unser Freund, verehrter Chefinspektor?"

„Das bin ich ja auch. Ich war schon mit etlichen Mördern befreundet, wenngleich nicht so eng, wie unser Amadeus."

Ehe Lisa Kontra geben konnte, mischte sich Amadeus ein: „Hört auf, euch zu kabbeln. Was machst du hier?"

„Eigentlich sollte ich dich das fragen. Das hier ist ein Tatort."

„Jetzt nicht mehr. Ihr habt die Sperre aufgehoben."

„Auch wieder wahr. Es ist aber vergebene Liebesmüh, hier herumzuschnüffeln. Du wirst nichts finden." Er seufzte. „Es war schon vorher nichts zu finden, das uns weiterbringt. Die Spurensicherung ist ziemlich frustriert und ich erst recht."

Er wandte sich an Elisabeth, die fasziniert zugehört hatte. „Lassen Sie sich bitte bei ihrer Arbeit nicht stören. Es war ganz in Ordnung, dass sie diesen Leuten alles gezeigt haben."

Elisabeth nickte und wich keinen Schritt zurück. Amadeus zerrte Hagenberg am Ärmel beiseite und zwinkerte Lisa zu. Diese verstand sofort und begann Elisabeth in ein Gespräch zu verwickeln.

„Habt ihr etwas Neues über Mauser herausgefunden?", fragte Amadeus.

„Nichts. Er wird als vermisst geführt. Wir haben alle seine Mitarbeiter befragt und seine Unterlagen durchsucht. Sein Dossier über diese Sache – ich vermute, du hast eine Kopie davon – bringt uns auch nicht weiter. Die einzige Spur ist der

Hinweis, dass er sich porträtieren lassen wollte. Wir versuchen herauszubekommen, bei welchem Maler."

„Habt ihr euch schon mit den Leuten beschäftigt, die vielleicht einen gefälschten Klimt herstellen könnten? Ich selber habe in dieser Richtung noch nichts unternommen."

„Unseren Spezialisten ist ein Gerücht zu Ohren gekommen, dass jemand das Bild gemacht haben könnte, den man in der Szene den ‚Meister' nennt. Aber niemand weiß, wer das ist. Es dürfte sich um einen recht produktiven Fälscher handeln, der seine Spuren meisterhaft verwischt. Es sollte mich nicht wundern, wenn es derselbe ist, bei dem sich Mauser portraitieren lassen wollte."

„Danke für den Hinweis."

„Das mache ich nicht aus purer Freundschaft. Ich erwarte, dass du mich umgehend informierst, sobald du etwas herausfindest. Wehe dir, du verschweigst mir etwas oder unterschlägst Beweismittel! Was hast du als Nächstes vor?"

„Ich werde die Bekanntschaft von Herrn und Frau Barkenstein suchen."

„Viel Glück. Die beiden waren uns gegenüber zwar sehr kooperativ, haben in Wahrheit aber nicht viel Interessantes preisgegeben. So, jetzt will ich nicht länger stören." Er drehte sich Lisa zu. „Bleiben Sie mir gewogen, liebreizende Kunstschlosserin." Er deutete einen altmodischen Handkuss an und verließ das Geschäft.

„Eigentlich ist er ganz nett", meinte Lisa versonnen.

„Manchmal", schränkte Amadeus ein. „Manchmal ist er ganz nett, man kann nur nicht darauf vertrauen, dass es so bleibt."

„Mir ist er unheimlich", mischte sich Elisabeth ein. „Redet er immer so komisch? Fast als ob er aus einem anderen Jahrhundert käme. Dabei ist er doch noch gar nicht so alt."

Wenig später schlenderten Amadeus und Lisa Hand in Hand Richtung Stadtpark. Amadeus umrundete den Springbrunnen. „Er ist fort", konstatierte er traurig.

„Wer ist fort?"

„Der Regenbogen."

„Du Spinner", sagte Lisa und setzte sich auf eine Bank. „Was machen wir als Nächstes?"

„Ich sollte telefonieren."

„Nur zu! Oder hast du Geheimnisse vor mir? Vielleicht eine andere Frau?"

Lisa schloss die Augen, drehte das Gesicht der noch sommerlichen Herbstsonne zu und schlug die Beine übereinander. Amadeus fühlte sich unbeobachtet und betrachtete sie von der Seite: Die niedlichen Zehen, die aus den vorne offenen Schuhen lugten, die langen schlanken Beine und die ausgesprochen hübschen Knie. Amadeus liebte ihre Knie. Er folgte mit den Blicken den Konturen ihrer Oberschenkel, die sich unter dem dünnen Sommerkleid abzeichneten.

„Was glotzt du so?", fragte Lisa, ohne die Augen zu öffnen. „Warum starrst du mich an, als ob du mich mit den Augen ausziehen wolltest?"

„So etwas ist mir eben durch den Sinn gegangen", gab Amadeus zu. „Ich freue mich schon, wenn wir wieder zu Hause sind."

„Du wirst keinen Grund zur Freude haben. Ich bin absolut nicht in Stimmung, für deine sonderbaren Wünsche."

„Dann halte ich mich eben an die Lotte."

„Dass du dich nicht schämst, die Ärmste so auszunützen! Jetzt telefonier endlich!"

Amadeus rief Wizzig an. „Hast du etwas Neues von der Polizei? Noch nicht? Das wundert mich nicht. Hagenberg weiß um das Dossier Mausers Bescheid. Sie werden das Informationsleck wahrscheinlich dicht gemacht haben. Zieh dich zurück und unternimm in diese Richtung vorläufig nichts mehr. Folgendes: Die Polizei weiß zwar nicht, wo Mauser ist, er wollte sich aber vermutlich vor seinem Verschwinden portraitieren lassen. Es gibt ferner ein unbestätigtes Gerücht, dass der Klimt von einem Fälscher hergestellt wurde, der als ‚Meister' bekannt ist. Seine Identität ist aber ungeklärt. Sprich mit unseren Kontaktleuten aus der Kunstszene. Vielleicht weiß einer etwas. Die Geschäftspartner des Galeriebesitzers sind angeblich Erich und Peter Mittler, Besitzer einer Kunsthandlung in der Nähe des Dorotheums. Mich interessiert alles, was du über die beiden erfahren kannst."

Amadeus steckte sein Handy weg. Lisa schlug die Augen auf. „Können wir jetzt fahren? Vielleicht finden wir anderswo einen Regenbogen für dich."

Unterwegs machten sie für ein Mittagessen halt und erreichten am frühen Nachmittag Grafenhotter. Lisa begab sich ohne weitere Erklärungen in ihr Schlafzimmer. Amadeus war sich nicht sicher, was das bedeuten sollte und folgte ihr schließlich.

„Was willst du hier?", fragte Lisa ungehalten und nestelte an ihrem Kleid. „Verdammt, warum machen sie bloß Kleider, die einen Verschluss am Nacken haben?"

„Vielleicht damit man Hilfe beim Ausziehen braucht?"

„Das könnte sein."

Er trat hinter sie, löste den Verschluss, streifte das Kleid über ihre Schultern und ließ es zu Boden gleiten. „Wahrscheinlich machen sie aus demselben Grund auch Büstenhalter, die den Verschluss hinten haben", mutmaßte er.

„Möglich. Dieser hat den Verschluss aber vorne." Amadeus zögerte. „Du wirst doch deswegen nicht gleich aufgeben wollen?", fragte Lisa spöttisch und drehte sich langsam zu ihm um.

Kapitel 7

Etwa zur gleichen Zeit, während Amadeus keinen Gedanken mehr daran verschwendete, ob es nun Lisa oder Lotte war, die sich hingebungsvoll um die Erfüllung seiner Wünsche bemühte, betrat Elisabeth den Stadtpark und setzte sich auf eine Bank, gar nicht weit entfernt von jener, auf der Amadeus und Lisa gesessen hatten. Nach kurzer Zeit nahm eine attraktive Frau mit langen blonden Haaren neben ihr Platz. Hätte man ihren Beruf raten sollen, wäre man bald auf Geschäftsfrau gekommen. Eine sehr erfolgreiche Geschäftsfrau, wenn man den Preis ihres chicen Sportkostüms zu Grunde legte. Die Augen waren hinter modisch getönten Brillen halb verborgen.

„Grüß dich Gott, Elisabeth", sagte sie freundlich mit leichtem Kärntner Akzent. „Dein Anruf war etwas überraschend, aber ich bin so rasch als möglich gekommen. Was hast du diesmal für mich?"

„Ich habe heute den Detektiv Heinrich und seine Freundin, von der ich dir schon erzählt habe, persönlich kennengelernt. Sie waren bei der Jehlik zu Besuch. Heinrich ist tatsächlich auf der Suche nach dem Klimtbild und hat mich ausführlich befragt."

„Was hast du ihm erzählt?"

„Nur das, was ich auch der Polizei erzählt habe. Wann wird dein Artikel endlich erscheinen?"

„Sobald ich genügend Material habe. Das ‚Spekulum' ist ein seriöses Blatt. Wir veröffentlichen keine Spekulationen, sondern nur gut recherchierte Fakten."

„Ich weiß noch etwas: Heinrich und Chefinspektor Hagenberg scheinen befreundet zu sein. Ich war dabei, wie sie miteinander gesprochen haben. Ich habe den Eindruck, sie arbeiten in gewisser Weise zusammen."

Ihre Gesprächspartnerin runzelte die Stirn. „Bist du dir sicher?"

„Ich glaube schon. Ich habe mitbekommen, dass sie auf der Suche nach einem ‚Meister' sind. Sagt dir das etwas? Sie glauben, dass sich ein Mann, der Mauser heißt und verschwunden ist, portraitieren lassen wollte, vielleicht sogar vom ‚Meister'. Kannst du damit etwas anfangen?"

Die Frau hatte ihr aufmerksam zugehört. Ihre Gesichtszüge hatten sich verhärtet. „Möglicherweise. Ich bin dir zu Dank verpflichtet." Sie griff in die Tasche ihres Kostüms und schob Elisabeth ein Kuvert zu. „Für deine Bemühungen. Ruf mich jederzeit wieder an, wenn du etwas Neues weißt. Aber nicht in der Redaktion. Dort bin ich meistens nicht zu erreichen. Nur auf der Mobilnummer, die ich dir gegeben habe."

„Wie heißt du eigentlich?", fragte Elisabeth. „Wir haben uns jetzt schon das zweite Mal getroffen und ich weiß von dir nur, dass du Reporterin beim ‚Spekulum' bist."

„Ich heiße Karin, das genügt."

Elisabeth genügte es eigentlich nicht, aber sie beließ es dabei, weil sie noch etwas auf dem Herzen hatte: „Verdient man eigentlich gut als Reporterin? Entschuldige, wenn ich das frage, aber du bist so toll angezogen."

„Man hat sein Auskommen."

„Es ist nur so, dass ich demnächst ohne Arbeit sein werde. Glaubst du, du könntest ein gutes Wort für mich einlegen, damit ich vielleicht für das ‚Spekulum' arbeiten könnte? Natürlich nicht in einer Position, wie du, das ist mir schon klar, aber ich bin auch in Büroarbeit sehr gut. Ich würde mir größte Mühe geben."

„Ich werde sehen, was sich machen lässt. Ich denke, es wird sich eine Möglichkeit finden."

„Das ist sehr lieb von dir. Vielleicht habe ich noch etwas für dich. Beim Aufräumen in der Galerie habe ich zwei Fotos gefunden. Liblich hatte sie versteckt und die Polizei muss sie übersehen haben. Man sieht darauf ein Atelier und ein halbfertiges Bild, das wie das Klimtbild aussieht. Kannst du damit etwas anfangen?" Es war nicht zu erkennen, ob sich Elisabeth der Bedeutung ihres Fundes bewusst war. Sie schaute ihre Gesprächspartnerin mit unschuldigen blauen Augen an.

Diese versuchte, sich ihren Schrecken nicht anmerken zu lassen. „Das klingt interessant. Hast du die Bilder schon jemandem gezeigt?"

„Bis jetzt noch nicht. Ich dachte ich rede vorher mit dir."

„Das war gut. Bring sie mir bei unserem nächsten Treffen unbedingt mit und sag niemandem etwas davon. Wenn die Bilder brauchbar sind, möchte ich sie exklusiv veröffentlichen. Du bekommst natürlich eine entsprechende Entschädigung für deine Hilfsbereitschaft."

„Danke im Voraus! Ich kann jeden Euro gebrauchen. Ich rufe dich bald wieder an. Entschuldige, aber ich muss wieder zurück ins Geschäft. Ich darf nicht so lange wegbleiben."

Die Frau, die sich Karin nannte, sah der davoneilenden Elisabeth besorgt nach und fragte sich, was diese wirklich wusste oder ahnte.

Kapitel 8

Amadeus hatte nicht die geringste Lust aufzustehen. Lisa wurde wütend. Sie nahm ihm die Bettdecke weg und zerrte ihn über die Bettkante, so dass er auf den zum Glück weichen und dicken Vorleger plumpste.

„Wenn dich das bisschen Sex am Nachmittag so fertig macht, solltest du eben bis zum Abend damit warten. Auf mit dir! So wirst du keinen Mörder fangen!"

Amadeus empfand ihr Verhalten als ausgesprochen unsensibel. Außerdem konnte von einem bisschen Sex keine Rede sein. Es war seiner Meinung nach viel mehr als nur ein bisschen gewesen. Er knurrte wütend.

„Susi hat angerufen und mir eingeschärft, ich soll dich rechtzeitig in Marsch setzen", fuhr Lisa ungerührt fort. „Komm mit ins Bad!"

„Wir duschen gemeinsam?", fragte er interessiert und rappelte sich auf.

„Ich gehe mit dir sicher nicht unter die Dusche", protestierte sie. „Du duscht nämlich kalt, eiskalt!"

Eine halbe Stunde später befand sich Amadeus wieder halbwegs in Form. „Ich verzeihe dir dein liebloses Verhalten", erklärte er würdevoll, während ihm Lisa eine Fliege umband. „Wahrscheinlich wird es nicht lange dauern. Ich nehme an, du wirst noch wach sein, wenn ich wieder zurückkomme?"

„Ganz sicher nicht", erklärte Lisa entschieden. „Ich bin todmüde und fühle mich wie gerädert. Ich gehe jetzt gleich wieder zu Bett und werde tief und fest bis morgen Früh schlafen. Wage ja nicht, mich zu wecken, wenn du nach Hause kommst." Sie küsste ihn. „Viel Spaß heute Abend, Amadeus."

„Muss ich im Gästezimmer schlafen?"

„Ich bin zu müde, um es herzurichten. Geh jetzt, bevor mir die Augen zufallen und ich auf der Stelle umkippe."

Wenig später traf Amadeus in Krems ein. Susi hatte sich hübsch gemacht und begutachtete Amadeus kritisch. „In Ordnung. Mit dir kann man sich sehen lassen. Du schaust nur ein wenig müde aus. Hast du dein Mittagsschläfchen gehalten?"

„Deswegen schaue ich ja so müde aus. Lisa wird es dir wahrscheinlich ohnehin erzählen."

„Darauf kannst du Gift nehmen. Wozu glaubst du, ist das Telefon erfunden worden?"

Sie bummelten durch die abendliche Innenstadt. Amadeus registrierte die bewundernden Blicke der Männer, die ihnen entgegenkamen, und genoss es, eine verführerische Frau am Arm zu haben, vor der er sich völlig sicher fühlen konnte.

„Was ist das für eine Ausstellung, zu der wir heute gehen? Wer stellt aus?", erkundigte er sich.

„Maxentius. Eigentlich heißt er Max Weiwoda. Maxentius ist sein Künstlername."

„Und was macht er?"

„Er ist ein aufstrebender Comickünstler und Karikaturist. Er zeichnet den ganzseitigen Strip im ‚Spekulum'. Dort verreißt er regelmäßig die aktuellen Umtriebe unserer Politiker."

Das Karikaturmuseum auf der Kremser Kunstmeile war ein dreigeschossiger Bau mit markanter Dachkonstruktion gegenüber der Kunsthalle. Der Eingang war hell erleuchtet. Zwei Plastiken nach Entwürfen von Deix flankierten den Zugang: Ein fetter Spießbürger und seine nicht minder fette Frau.

Sie wurden eingelassen, nachdem Susi ihre Einladung vorgewiesen hatte. Eine verglaste Öffnung in der Decke des großzügig angelegten Foyers bildete einen reizvollen optischen Bezug zum Obergeschoss. Sie ließen sich von den zahlreich erschienenen Besuchern weiterschieben und gelangten in die für Wechselausstellungen bestimmte Halle. An den Wänden hingen die Werke des Maxentius. Im Raum selbst waren kleine runde Tische verteilt, an denen man stehen und darauf hoffen konnte, dass kostenlose Erfrischungen serviert würden.

Susi bewegte sich in der Menge wie ein Fisch im Wasser. Ehe es sich Amadeus versah, stand er an einem günstigen Tisch, von wo man alles gut beobachten konnte. Nach kurzen einleitenden Worten des Veranstalters sprachen zwei Landespolitiker, einer von der Regierungspartei und einer von der Opposition. Sie sprachen hauptsächlich von sich selber und den Verdiensten, die sie sich um die Kunst im Allgemeinen und um die Stadt Krems im Besonderen erworben hatten. Der Künstler, der die Hauptperson sein sollte, stand seitlich hinter ihnen und musterte sie. Wahrscheinlich karikierte er sie in Gedanken. Er war ein dünner Mann mit melancholischem Gesichtsausdruck. Die Haare waren vorne ziemlich schütter, aber am Hinterkopf, wo sie noch prächtig gediehen, zu einem Pferdeschwanz zusammengebunden. Für einen aufstrebenden Künstler war er schon ziemlich alt, fand Amadeus.

Die eigentliche Laudatio hielt Professor Kunststotter. Er sprach viele bedeutende Worte und machte gelegentlich humorvolle Einschübe, die Amadeus meist nicht verstand, aber an dem aufbrandenden Gelächter des viel sachverständigeren Publikums erkannte. Müdigkeit senkte sich über ihn. Er legte sein Gesicht in Falten, die eine amüsierte Aufmerksamkeit vortäuschen sollte, und glitt in eine nebulose Dimension zwischen Traum und Wachen.

Susi rammte ihm unauffällig, aber wohlgezielt einen spitzen Ellenbogen in die Rippen. „Das erzähl ich Lisa, dass du im Stehen eingeschlafen bist", zischte sie.

Kunststotter war zum Ende gekommen. Mit einer weit ausholenden Geste holte er Maxentius in den Vordergrund. Der Künstler fühlte sich sichtlich unbehaglich. Er sagte stockend einige Dankesworte und meinte, er wolle seine Arbeiten für sich selber sprechen lassen. Freundlicher Applaus – hauptsächlich wegen der Kürze seiner Ansprache – wurde ihm zuteil. Mädchen mit Tabletts eilten zwischen den Tischen hin und her. Man konnte wählen: Sekt, Sekt mit Orangensaft, oder nur Orangensaft. Zu essen gab es nichts. Susi hatte die Barkensteins bisher nicht entdecken können. Amadeus dachte, dass er wahrscheinlich umsonst hergekommen sei und schaute sich missmutig um. Sein Blick blieb an einer Frau hängen, die am Nachbartisch stand. Sie schaute hochmütig und nickte ihm kurz zu. Noch während Amadeus zurückgrüßte, fiel bei ihm der Groschen. Das war Isabella, die Zierde des Hochkutzerischen Vorzimmers. Er drehte den Kopf weiter und war gar nicht überrascht, Hochkutzer persönlich zu sehen.

„Guten Abend, Herr Direktor", sagte er artig. „Was für eine Überraschung, Sie hier zu treffen."

„Unsere Anstalt versichert nicht nur Kunstwerke, wir bemühen uns auch, die Künste zu fördern und sponsern viele aufstrebende Künstler." Amadeus erinnerte sich, diesen Satz in einem der Prospekte in Hochkutzers Vorzimmer gelesen zu haben. „Arbeiten Sie fleißig an unserem Problem, lieber Amadeus?"

„Unermüdlich, Herr Direktor", versicherte Amadeus.

„Herr von Barkenstein und Frau", informierte Isabella ihren Chef mit neutraler Stimme. „Sie kommen zu uns herüber." Ihre Blicke waren wie ein Radar durch den Raum geglitten, um ihren Chef über alle Eventualitäten auf dem Laufenden zu halten.

„Wir wollen freundlich sein", entschied Hochkutzer, „und nicht über den unverschämten Brief ihres Anwaltes reden."

Barkenstein war ein farbloser Mann, einer von denen, für die man nie eine brauchbare Personenbeschreibung bekommt. Die Frau an seiner Seite war eine aparte Brünette mit einem leicht lasziven Zug um den Mund. Susi musterte sie interessiert.

„Meine Verehrung, gnädige Frau, guten Abend Herr von Barkenstein." Hochkutzer war die Liebenswürdigkeit in Person.

„Guten Abend", grüßte Barkenstein, indem er Hochkutzer und Isabella mit einem kurzen Kopfnicken zusammenfasste. Amadeus wurde mit einem Blick bedacht, der zum Ausdruck brachte, dass seine Anwesenheit störte. Susi, die sich bis jetzt unbeachtet und bescheiden im Hintergrund gehalten hatte, trat in Aktion. Es grenzte an Zauberei. Amadeus wusste nicht genau, was sie tat und wie sie es machte. Vielleicht lag es an der Art, wie sie sich bewegte oder schaute. Plötzlich war sie von einer Aura der Sinnlichkeit umgeben, die Barkensteins Aufmerksamkeit unweigerlich auf sich zog. „Äh, Barkenstein, Manuel Barkenstein", sagte er zu ihr.

„Wir kennen uns, Herr Baron, Sie waren vor kurzem so freundlich, mein Geschäft aufzusuchen. Ich hoffe die japanische Schatulle hat Ihrer Frau Gemahlin gefallen?" Ihre Stimme hatte einen geheimnisvollen, rauchigen Ton angenommen, der ihr sonst völlig abging, besonders wenn sie mit ihren Freundinnen klatschte.

57

Hochkutzer fühlte sich bemüßigt, die gesellschaftlichen Standards wieder herzustellen. „Das ist Herr Heinrich einer meiner Mitarbeiter und seine Begleiterin ..."

„Susanna, ich heiße Susanna Jehlik", sagte Susi. Es klang, als ob sie den Anwesenden ein schlüpfriges Geheimnis anvertraute.

„Meine Frau war entzückt über die Schatulle", versicherte Barkenstein. „Nicht wahr Helene?"

Die Frau warf ihrem Mann einen gleichgültigen Blick zu. „Ich habe mich sehr darüber gefreut."

Amadeus beschloss, sein Ziel direkt anzusteuern, nachdem er dank Susi in die Gesprächsrunde aufgenommen zu sein schien. „Ich habe von dem furchtbaren Verlust gehört, den sie erlitten haben, Herr Barkenstein. Ich hoffe sehr, Ihr Klimt taucht wieder auf und die Verbrecher werden gefasst."

„Eigentlich ist es der Verlust der Versicherung." Barkenstein wandte sich Hochkutzer zu. „Deswegen wollte ich mit Ihnen sprechen, Herr Direktor Hochkutzer. Meine Anwälte sagen, die zögerliche Haltung Ihrer Anstalt bei Liquidierung des Schadens sei ihnen unverständlich."

„Nur ein klein wenig Geduld", besänftigte ihn Hochkutzer. „Ich bitte um Verständnis, unsere Rechtsabteilung prüft noch. Eine reine Routinesache natürlich, aber das ist Vorschrift bei einem so hohen Schaden. Darauf habe ich keinen Einfluss. Die Juristen finden ja immer ein Haar in der Suppe, das ist ihr Beruf." Er hielt inne, so als ob er darüber nachdächte, wie er seinem Gesprächspartner helfen könne. „Ich könnte Ihnen höchstens eine sehr kulante Abschlagszahlung anbieten. Das würde die Sache natürlich sehr beschleunigen und endgültig aus der Welt schaffen."

„An welche Summe haben Sie gedacht?"

„Das sollten wir in Ruhe besprechen. Wenn Sie wünschen, stehe ich Ihnen morgen für ein ausführliches Gespräch zur Verfügung. Ganz unpräjudiziell natürlich. Wir sind im Hotel ‚Zur deutschen Krone' abgestiegen. Wäre Ihnen zehn Uhr vormittags genehm?"

„Einverstanden", stimmte Barkenstein zögernd zu.

„Wie haben Sie eigentlich das Bild entdeckt?", fragte Susi und lehnte sich wie unbeabsichtigt gegen Barkenstein. „Darüber kursieren ja die verschiedensten Versionen in der Presse." Amadeus hatte nicht gewagt diese unverblümte Frage zu stellen. Susi hatte keine Bedenken und sie kam damit durch.

„Genau genommen habe nicht ich es gefunden, sondern meine Frau, nicht wahr, Helene? Sie hat gemeinsam mit ihrem Cousin unseren Dachboden auf der Suche nach gefälligen Dekorationsstücken für seine neue Galerie durchstöbert. Dabei haben sie zufällig diesen Klimt entdeckt. Es ist in unserer Familie schon immer davon geredet worden, dass er die Großtante portraitiert hat, bloß hat keiner gewusst, wo das Bild hingekommen ist. Ich habe angenommen, ihr Mann habe es vernichtet, nachdem sie ihn verlassen hatte. Unfassbar, dass es die ganze Zeit über am Dachboden gestanden hat."

„Das mit ihrem Cousin tut mir leid, schreckliche Geschichte", sagte Amadeus zu Helene Barkenstein.

„Warum sollte es Ihnen leid tun? Sie haben ihn ja gar nicht gekannt", entgegnete Helene abweisend. Amadeus versuchte ihren Blick festzuhalten, es gelang ihm nicht. Sie schaute ihm ins Gesicht und doch an ihm vorbei, als ob hinter ihm etwas wäre, das sie fixierte. Verlegenes Schweigen breitete sich aus.

Barkenstein unterbrach die Stille. „Ich werde demnächst sicher wieder ihr Geschäft aufsuchen, Susanna."

„Ich freue mich darauf." So wie es Susi sagte, klang es wie ein Versprechen.

Die Barkensteins verabschiedeten sich. Amadeus gelang es für ein paar unbelauschte Worte neben Helene zu treten. „Es tut mir leid, wenn ich taktlos gewesen sein sollte."

„Taktlos, unverschämt oder neugierig; was macht das schon für einen Unterschied?" Ein boshaftes Funkeln trat in ihre Augen. „Ihre Begleiterin ist ganz entzückend und ausgesprochen sexy. Es könnte nur sein, dass Sie heute Abend noch eine Enttäuschung erleben. Sie ist nämlich eine Lesbe und hat mit Ihnen absolut nichts im Sinn. Guten Abend, Herr Heinrich."

Hochkutzer wandte sich inzwischen an Isabella. „Termin für morgen notiert?"

„Jawohl, Herr Direktor."

Die beiden entfernten sich nach einer kurzen Verabschiedung. Isabella ging einen halben Schritt hinter Hochkutzer. Susi sah ihnen interessiert nach. „Die kommt daher, wie aus einem Modejournal der Zwanziger. Schläft Sie mit ihm?"

„Da bin ich mir sicher."

„Kann er sich das leisten? In seiner Position? Mit der Sekretärin?"

„Keine Sorge. Sie werden im Hotel natürlich Einzelzimmer bewohnen, falls sich jemand erkundigt. Für ein entsprechendes Trinkgeld sperrt der Etagenkellner ganz diskret die Verbindungstür zwischen den Zimmern auf und alle sind glücklich. Weißt du, was Helene zu mir gesagt hat? Sie hat voller Bosheit gemeint, dass du eine Lesbe bist."

„Das bin ich ja auch", erwiderte Susi ungerührt.

„Wieso wusste sie es?"

„Keine Ahnung. Ich bin nicht besonders diskret, was mein Privatleben betrifft. Vielleicht hat sie aber nur geraten, um dich zu ärgern."

„Ist an Ihrem Tisch noch ein Plätzchen frei?" Meisenbichler angelte sich ein Glas Sekt, das auf einem Tablett vorbeigetragen wurde.

„Nanu, die Presse ist auch noch unterwegs?" Amadeus lachte.

„Allzeit bereit, das ist unsere Devise. Außerdem stellt ja ein Mitarbeiter von uns aus. Ich soll einen Artikel darüber schreiben. Wie gefallen Ihnen seine Arbeiten?" Er fragte in Richtung Susi.

„Ich habe noch nicht viel davon gesehen. Es ist so ein Gedränge." Susi hatte wieder ihr normales, burschikoses Verhalten angenommen und die Femme fatale wie mit einem Schalter abgestellt.

Meisenbichler war trotzdem sehr von ihr angetan. „Karel Meisenbichler, Reporter beim ‚Spekulum'", stellte er sich vor.

„Ich bin die Susi, Karel." Meisenbichler war mehr als angetan. Er rückte ein Stück näher an sie heran, wurde aber an weiteren Annäherungsversuchen gehindert, weil Kunststotter herankam.

„Da sind sie ja, Meisenbichler. Was wollen Sie nun von mir?" Er musterte Amadeus und Susi.

„Das sind Susi und der Herr Heinrich."

Kunststotter war ungnädig. „Sollte mir das etwas sagen, Meisenbichler?"

„Wir sind Kunstfreunde. Sie werden von uns noch nie gehört haben. Sie sind uns hingegen gut bekannt, Herr Professor. Ich habe schon von Ihnen gelesen und Ihr heutiger Vortrag war sehr erhellend." Amadeus speichelte, was das Zeug hielt.

Kunststotter taute auf. „Man tut, was man kann."

„Wenn wir schon davon reden", nutzte Meisenbichler die Situation, „darf ich Sie bitten, mir das Konzept Ihrer Rede zu überlassen? Ich möchte Sie gern in meinem Artikel zitieren."

„Können sie haben. Schreiben sie bloß meinen Namen richtig: Kunststotter, nicht Kuhstetter, wie ich unlängst lesen habe müssen." Er zog einige Blätter aus der Tasche und gab sie Meisenbichler. „Was haben Sie von mir gelesen, Herr Heinrich?"

„Zuletzt Ihr Interview im ‚Spekulum' über das geraubte Klimtbild. Sehr treffend und sehr überzeugend. Sie haben mich davon überzeugt, dass es sich um eine Fälschung handelt. Aber wer kann so ein Bild bloß fälschen?"

„Nun ja, das werde ich öfter gefragt. International gibt es einige Leute, die dafür in Frage kämen. In Österreich wahrscheinlich nur einer."

„Das ist ja hochinteressant. Warum wird er nicht verhaftet?"

„Weil niemand weiß, wer er ist. Man nennt ihn den ‚Meister'. Ich habe mindestens zwei, nein drei gefälschte Bilder in Händen gehabt, die höchstwahrscheinlich von seiner Hand stammen und um teures Geld Sammlern, in einem Fall sogar einem Museum angedreht wurden. Der Mann ist in seinem verbrecherischen Fach wirklich ein Meister.

„Und sie meinen, er hat auch den Klimt gefälscht?"

„Sicher bin ich mir nicht, aber ich halte es für möglich. Wenn er es war, hätte er besser daran getan, das Bild zu vernichten. Auch einem Meisterfälscher gelingt nicht immer alles."

„Gibt es denn überhaupt keine Anhaltspunkte für seine Identität? Können Sie aus seinen Bildern nichts ableiten?"

„Auch das werde ich immer wieder gefragt: Von der Polizei und von diesem Meisenbichler hier. Zu meinem Unglück gelte ich als Fachmann für den

‚Meister', ein schöner Fachmann, der in Wahrheit gar nichts weiß. Ich kann nur vage Vermutungen anstellen, die vielleicht stimmen, oder auch nicht. Der Mann hat wahrscheinlich eine akademische Ausbildung, nicht unbedingt als Maler. Er könnte auch Kunsthistoriker sein. Er hat ein geheimes Atelier, wahrscheinlich in einem Haus, wo sich niemand um seine Nachbarn kümmert. Er ist gut vernetzt und hat Komplizen, die seine Bilder unter die Leute bringen, während er selber in Deckung bleibt. Es wird nur ganz wenige Leute geben, die um seine Identität wissen, vielleicht überhaupt nur eine Frau. Auf den drei Bildern, die ich ihm mit großer Wahrscheinlichkeit zugeordnet habe, ist nämlich eine Figur zu sehen, zu der immer dieselbe Frau Modell gestanden haben dürfte."

„Da könnte man ja ein Bild von ihr veröffentlichen und sie ausforschen!"

„Wenn es nur so einfach wäre. So leicht lässt sich der ‚Meister' nicht fangen. Das Gesicht der Frau ist immer ein anderes. Aber ich werde den Eindruck nicht los, dass es immer derselbe Körper ist."

„Das kann täuschen", mischte sich Susi ein, „wenn es ein idealisierter, perfekter Körper ist. Es sei denn, sie hätte eine unverkennbare körperliche Eigenart."

„Da ist etwas dran. Ich habe schon längst das Gefühl, ich hätte etwas übersehen, ich bekomme es nur nicht zu fassen." Kunststotter kam ins Grübeln und kratzte sich am Kopf.

Meisenbichler wurde von einer Art Goldgräberstimmung befallen. „Das ist wunderbar, Herr Professor. Darf ich einen Artikel daraus machen? Darf ich Sie zitieren? Können Sie mir Fotografien der fraglichen Bilder zur Verfügung stellen?"

„Meinetwegen." Kunststotter schien es schon wieder leid zu tun, so viel preisgegeben zu haben. „Sie müssen mir aber vor Veröffentlichung den Artikel zeigen, damit kein Unsinn drin steht." Er grüßte kurz und entfernte sich.

„Wollen Sie noch immer behaupten, Sie seien an dem Fall nicht dran?", fragte Meisenbichler hinterhältig. „Sie und Ihre Assistentin?"

„Ich bin freie Mitarbeiterin", stellte Susi klar.

„Und ich behaupte gar nichts", ergänzte Amadeus. „Trotzdem wäre ich Ihnen verbunden, wenn Sie mich aus dem Spiel ließen. Sie haben vorläufig genug zu schreiben."

„Vorläufig ja. Aber wir sehen uns sicher wieder, Herr Heinrich. Auch dich würde ich gern wiedersehen, Susi. Ganz ohne reporterische Hintergedanken. Ließe sich das machen?"

„Wenn du herausbekommst, wo ich zu finden bin, kannst du es ja versuchen." Susi grinste und gab dem entzückten Reporter ein Küsschen auf die Wange.

„Du bist ein unglaubliches Luder", sagte Amadeus, sobald sie allein waren.

„Danke", antwortete Susi und senkte bescheiden den Blick. „Man tut, was man kann, wie Kunststotter sagt."

Der Saal begann sich zu leeren. Der Künstler, dem die Veranstaltung gegolten hatte, lehnte einsam zwischen seinen Bildern an der Wand. Er sah müde aus. Er hatte unzählige Hände gedrückt, sich oftmals anhören müssen, wie erfrischend humorvoll seine Zeichnungen seien, war Menschen vorgestellt worden, die er inzwischen wieder vergessen hatte, und fühlte jetzt nur mehr den Wunsch, nach Hause zu gehen. Es interessierte sich ohnehin niemand mehr für ihn. Die Besucher, die noch da waren, standen in Gruppen beisammen und plauderten angeregt miteinander, ohne auf ihn zu achten.

Susi zog Amadeus zu dem einsamen Künstler. „Wenn wir schon da sind, können wir ihn auch kennenlernen", erklärte sie.

„Wir wollten nicht gehen, ohne Ihnen zu sagen, wie sehr wir Ihre Arbeiten schätzen. Ihre Zeichnungen sind so unglaublich treffsicher. Wir werden in den nächsten Tagen noch einmal herkommen, damit wir sie in Ruhe bewundern können." Susi setzte gekonnt ihren Charme ein.

Maxentius erwachte aus seiner Lethargie. „Sie sind sehr freundlich, Frau ..."

„Susanna Jehlik. Ich habe einen bescheidenen Laden, wo ich auch Kunstartikel anbiete. Nichts Besonderes, nur gefällige kleine Dinge, um das Heim zu schmücken. Man muss ja von etwas leben."

„Wie recht Sie doch haben, Susanna."

„Früher, da hatte ich hochfliegende Pläne", plauderte Susi unbefangen weiter. „Damals habe ich gedacht, ich werde selber Malerin, nur hat es dazu leider nicht gereicht. Sie sind zu bewundern, weil Sie es geschafft haben."

Maxentius seufzte. „Es kommt halt oft anders, als man denkt. Ich selber habe an der Akademie studiert, nicht mit viel Erfolg, dann habe ich es mit Kunstgeschichte versucht, aber das ist eine brotlose Wissenschaft, wenn man von Einzelfällen, wie den Kunststotter absieht. Auch als Portraitmaler war ich nicht erfolgreich. Wer lässt sich denn heute noch portraitieren? Alle lassen sich fotografieren. Das geht schneller und ist billiger. Schließlich habe ich es mit Comics und Karikaturen versucht, einfach weil ich Hunger hatte und siehe da ..."

„Man erkennt den ausgebildeten Maler hinter ihren Karikaturen", bemerkte Susi sachverständig. „Besonders an Ihren Frauenbildern. Trotz der manchmal gar nicht schmeichelhaften Überzeichnungen merkt man, dass Sie Frauen in Wahrheit lieben und auch gekonnt darzustellen wissen."

Amadeus starrte seine Begleiterin an. Er war sich nicht sicher, ob Susi genau wusste, wovon sie sprach. Aber sie brachte es gekonnt vor.

„Sie haben einen guten Blick", pflichtete ihr Maxentius geschmeichelt bei. „Meine Lehrer an der Akademie haben gemeint, vor zwei oder dreihundert Jahren hätte ich vielleicht reüssieren können, leider nicht in der heutigen Zeit." Er sah Amadeus an. „Ihre Frau versteht etwas von Kunst, Herr Jehlik."

„Wir sind doch nicht verheiratet", dementierte Susi auf der Stelle. Es hätte nicht so zu klingen brauchen, als ob allein der Gedanke daran, schon eine Zumutung wäre, fand Amadeus. „Herr Heinrich ist bloß ein Bekannter. Ich gehöre zu den Frauen, die ein Leben als Single bevorzugen. Ich bin eine von denen, die gerne À la carte speisen." Auch diese Information einem Fremden gegenüber, war nach Amadeus' Ansicht ausgesprochen unangebracht.

Maxentius war nicht dieser Meinung. „Tatsächlich, liebe Susanna? Wo haben Sie Ihr Geschäft, haben Sie gesagt?"

„Obere Landstraße. Es ist nicht zu übersehen, mein Name steht auf dem Schild. Vielleicht kommen Sie einmal vorbei, wenn Sie in der Gegend sind? Ich würde mich freuen. Wo haben Sie Ihr Hauptquartier, Ihr Atelier, Max?" Sie redete ihn mit seinem bürgerlichen Vornamen an und bekundete damit beiläufig ihr Interesse an seiner Person.

„Ich kann praktisch überall arbeiten", wich Maxentius aus. „Ich bin noch nicht richtig sesshaft geworden. Manchmal bin ich in Wien, manchmal in Krems."

Der Veranstalter kam heran und räusperte sich. Es war offensichtlich Zeit, Schluss zu machen. Susi warf dem Künstler zum Abschied einen Blick zu, der geeignet war, die schönsten Hoffnungen zu wecken.

Amadeus begleitete Susi nach Hause. Es waren noch viele Nachtschwärmer unterwegs. „Du hast heute mindestens drei Männern den Kopf verdreht", resümierte er, halb vorwurfsvoll, halb bewundernd.

„Das habe ich früher gern getan", gestand sie selbstzufrieden, „bevor ich die Seiten gewechselt habe. Ich bin noch immer ziemlich gut darin. Ich bin eben sehr vielseitig und die meisten Männer finden mich ausgesprochen interessant."

„Hast du keine Lust für mich zu arbeiten, als Ermittlerin? Ich könnte jemand mit deinen Talenten brauchen."

„Für dich arbeiten? Das fehlte mir noch! Damit ich einen halben Schritt hinter dir herlaufen muss, wie die Vorzimmerschnepfe des Hochkutzer? Schlag dir das aus dem Kopf. Ich helfe dir bloß aus alter Freundschaft."

Sie hatten Susis Zuhause erreicht. „Willst du wirklich noch zurückfahren?", fragte Susi. „Es ist spät geworden und du schaust sehr geschlaucht aus. Ich könnte dir ein Nachtquartier anbieten und ich werde sicher nicht meine verruchten Talente an dir ausprobieren. Versprochen!"

Amadeus geriet in Versuchung, entschied sich aber dagegen. „Danke, Susi, aber ich fahre zu Lisa zurück. Vielleicht wartet sie auf mich."

„Die Glückliche", sagte Susi und fügte grinsend hinzu, „oder die Ärmste. Wie man es halt nimmt."

Sie winkte ihm nach, während er sich auf die Suche nach seinem Auto machte und schnitt eine übermütige Fratze, als er sich noch einmal nach ihr umdrehte.

Eine halbe Stunde später war er bei Lisa zu Hause. Sie hatte nicht auf ihn gewartet. Er tappte im Dunkeln in ihr Schlafzimmer, zog sich leise aus, um sie nicht zu wecken und kroch unter die Decke. Es war angenehm warm und kuschelig. Er legte den Arm um sie, umfasste leicht ihre Brust und schmiegte das Gesicht an ihre Schulter.

„Gib Frieden, Amadeus", murmelte sie im Halbschlaf. Das hörte er schon nicht mehr, weil er bereits tief schlief.

Kapitel 9

Es regnete. Kalte Tropfen rannen ihm über die Stirn. Ein undeutliches Traumgespinst gaukelte ihm eine Szene aus seiner Kindheit vor, die er mit Lisa erlebt hatte. „Es regnet, Lisa", murmelte er. „Laufen wir nach Hause!" Der Regen verstärkte sich. Ein Schwall kalten Wassers klatschte auf sein Gesicht. Er fuhr in die Höhe und stieß einen empörten Schrei aus. Am Bett stand Hagenberg und drückte genüsslich einen Waschlappen über seinem Gesicht aus. Eine letzte Portion eiskalten Wassers traf sein Gesicht.

„Bist du verrückt?", schrie Amadeus. „Was machst du hier? Wie kommst du in mein Schlafzimmer? Was willst du von mir?"

„Du hörst dich an, wie eine Jungfrau, die einen Mann unter ihrem Bett entdeckt hat. Ich will mit dir reden! Steh auf!"

„Das ist Hausfriedensbruch!"

„Sei nicht albern. Deine Charlotte hat mich heraufgeschickt. Sie hat gesagt, sie kriegt dich nicht wach. Wenn ich will, kann ich es selber versuchen. So etwas lasse ich mir nicht zweimal sagen."

„Verschwinde aus meinem Zimmer!"

„Ich warte unten auf dich. Wenn du in einer viertel Stunde nicht unten bist, komme ich zurück."

Amadeus konnte mit Mühe dem nassen Lappen ausweichen, den Hagenberg nach ihm warf.

Als er auf die Terrasse kam, unterhielten sich Hagenberg und Lisa angeregt und offenbar in aller Freundschaft.

„Bist du auch wieder unter den Lebenden?", fragte Lisa und ließ sich von ihm küssen. „Weißt du, wie spät es ist? Für ein Frühstück viel zu spät und für ein Mittagessen fast noch zu früh. Ich habe dir ein Mittelding gemacht: Eine große Portion Spiegelei mit Speck."

Hagenberg schmatzte leise.

„Zwei große Portionen", berichtigte sich Lisa und stand auf, um in die Küche zu gehen. Sie trug ihre Arbeitskleidung: Derbe Schuhe und eine Schlosserhose. Den

Oberteil ihrer Montur hatte sie abgelegt. Ein blaues Leibchen, unter dem sich ihre Brüste deutlich abzeichneten, gab ihre breiten, runden Schultern und die wohlgeformten muskulösen Arme frei.

„Tolle Person", bemerkte Hagenberg und schaute ihr bewundernd nach.

„Das sagst du nur, weil sie das Raubtier füttert. Ich kann mich gut daran erinnern, wie du sie verhaften wolltest. Warum störst du meinen häuslichen Frieden?"

„Du hast keinen häuslichen Frieden, solange du in meinem Revier wilderst. Ich will Neuigkeiten hören."

„Ich auch. Du zuerst."

Hagenberg schaute bekümmert. „Meinetwegen. Es sind keine guten Nachrichten. Wir haben Mauser gefunden. Heute, in aller Früh, während du noch tief geschlafen hast, haben sie mich aus dem Bett geholt. Mauser ist aus der Donau gezogen worden. Fischer haben ihn entdeckt. Er sollte offenbar für immer verschwinden, denn man hat ihn zusammen mit schweren Steinen in eine Plane gewickelt und ins Wasser geschmissen. Er ist trotzdem wieder hochgekommen und im Ufergestrüpp hängen geblieben. Jetzt beschäftigt sich die Gerichtsmedizin mit ihm. Die Todesursache kann ich dir trotzdem jetzt schon sagen: Man hat ihm die Kehle durchgeschnitten."

Amadeus wurde blass. Er hatte derartiges zwar fast schon erwartet, aber die Bestätigung seiner Befürchtungen erschütterte ihn dennoch. Denn er hatte Mauser als kompetenten Mann geschätzt, obwohl der ihm schon so manchen lukrativen Auftrag weggeschnappt hatte. „Verflucht", murmelte er. „Wie konnte ihm das nur passieren?"

Hagenberg zuckte mit den Schultern und bemerkte herzlos: „Das ist das Schicksal der meisten Privatschnüffler, die nicht mit der Polizei kooperieren wollen. Erzähl mir also, was du gestern herausbekommen hast."

„Du hast ein Gemüt, wie ein Fleischerhund. Ich habe gestern das Ehepaar Barkenstein getroffen."

„Und was war dein Eindruck?"

„Er ist ein farbloser, unauffälliger Typ, dem ich eher keine komplizierten kriminellen Machenschaften zutraue. Sie hingegen ist kalt wie eine Hundeschnauze und ziemlich abgedreht, glaube ich."

„Ja, die Barkensteins haben nie besonders viel Glück mit ihren Frauen gehabt. Ich habe mich vor einiger Zeit wegen eines anderen Falles mit ihrer Familiengeschichte befassen müssen.[2] Wen hast du noch getroffen?"

„Erstaunlicherweise Direktor Hochkutzer mit seiner Vorzimmerdame."

„Aha. Das ist die Isabella Krawovsky, seine Geliebte."

„Du kennst sie?"

„Nicht persönlich. Ich habe sie bloß überprüfen lassen, weil sie mit der Barkenstein bekannt zu sein scheint. Jedenfalls haben die beiden in letzter Zeit einige Male miteinander telefoniert."

Amadeus war überrascht. „Das hätte ich nicht vermutet. Gestern haben sie nicht zu erkennen gegeben, dass sie sich gut kennen. Lässt du etwa das Telefon der Barkensteins überwachen?"

„Wo denkst du hin. Dazu gibt es keine genügenden Verdachtsgründe. Das wäre ja gesetzwidrig!"

Amadeus fragte deswegen nicht weiter nach, fischte aber nach weiteren Informationen: „Was weiß man über sie?"

„Sie ist 28 Jahre alt und eine gescheiterte Kunststudentin. Es hat seinerzeit einen handfesten Skandal gegeben, weil sie ein Verhältnis mit einem Professor angefangen hat und seine Frau dahintergekommen ist. Angeblich sind auf geheiligtem akademischen Boden nicht nur böse Worte, sondern auch Ohrfeigen geflogen. Sie hat dann ihr Studium abgebrochen und einen Job bei der Versicherung angenommen. Dort ist ihr Hochkutzer in die Hände gefallen und seither ist sie seine unentbehrliche rechte Hand – nicht nur Hand, wenn du es wörtlich nehmen willst."

Lisa brachte zwei riesige Teller mit dem verspäteten Frühstück herein. Hagenberg verlor vorübergehend jedes Interesse an dem Fall und machte sich über seine Portion her, nachdem er Lisa reichlich mit Komplimenten, sowohl was

---

[2] Hagenbergs dritter Fall: Aschenspuren

ihr Aussehen, als auch ihre Kochkünste betraf, überschüttet hatte. Lisa grinste gutmütig und Hagenberg nuschelte mit vollem Mund: „Wen hast du noch getroffen?"

„Professor Kunststotter, einen Kunstkritiker und Sachverständigen, auch für Fälschungen."

„Und?"

„Er ist felsenfest davon überzeugt, dass das geraubte Bild eine Fälschung ist und nicht einmal eine besonders gute."

„Da wird er wahrscheinlich recht haben. Etwas ähnliches habe ich auch schon von anderen Sachverständigen gehört. Leider kann man es jetzt nicht mehr verifizieren und so bleiben Zweifel. Das bringt die Versicherung in eine prekäre Lage. Immerhin haben sie Provenienz und Wert des Bildes akzeptiert. Man würde es höheren Ortes daher gerne sehen, wenn die Ermittlungen auch in Richtung Versicherungsbetrug geführt würden. So hat man mich wissen lassen, und ich werde das gewissenhaft in Erwägung ziehen. Schließlich habe ich persönlich ja auch ein Bewerbungsverfahren laufen. Außerdem glaube ich selber, dass ein Versicherungsbetrug geplant war, der sich dann mit dem Mord überschnitten hat."

„Was heißt das: Höheren Ortes?"

„Stell dich nicht so naiv. Du weißt doch wie das läuft. Ich habe einen Vorgesetzten, dieser hat seinerseits Vorgesetzte, diese wiederum haben politische Kontakte, sonst wären sie nicht so hohe Vorgesetzte geworden, und diese politischen Kontakte sind der ‚Glabus' gewogen, weil sie, wie man hört, mit Wahlkampfspenden nicht geizt."

„Also hat Hochkutzer, dieser alte Gauner, politische Verbindungen spielen lassen, um die Barkensteins bei den Verhandlungen über die Schadensliquidierung unter Druck zu setzen."

„Indirekt. Er selbst ist nicht in Erscheinung getreten. Die Kontakte sind über seine rechte Hand, eben die Isabella Krawovsky gelaufen. Das ist eine bemerkenswerte Frau. Sie ist viel mehr als bloß das Betthäschen des Herrn Direktors. Die hat es faustdick hinter den Ohren. Sie ist mehrmals mit einem

Landespolitiker ausgegangen und hat Überzeugungsarbeit geleistet, auch mit Körpereinsatz, wie man munkelt."

„Woher, um Himmels willen, weißt du das alles?"

Hagenberg wischte sorgfältig sein Teller mit einem Brotstück sauber und tat einen kräftigen Schluck aus seinem Bierglas. „Das war vorzüglich, liebe Charlotte, wirklich vorzüglich. Amadeus ist glücklich zu schätzen, dass er eine Frau wie Sie gefunden hat. Hoffentlich weiß er das auch zu würdigen. Wie ich das alles erfahren habe? Der Herr Landtagsabgeordnete Sacklinger, mit dem ich recht gut bekannt bin, hat es mir im Vertrauen erzählt, noch bevor meine Vorgesetzten tätig geworden sind."

„Wenn es ein Versicherungsbetrug war, ist die einzige Begünstigte Helene Barkenstein, der das Bild geschenkt wurde, und ich tu mir schwer damit, sie für verdächtig zu halten, eine Frau in ihrer Position!"

„Wer weiß ... wen hast du gestern noch getroffen?"

„Bloß die Hauptperson des Abends, einen Max Weiwoda, der unter dem Namen Maxentius arbeitet und den Reporter Meisenbichler, eine wahre Landplage."

„Du sagst es." Hagenberg stand auf, bedankte sich wortreich bei Lisa für das Essen und ermahnte Amadeus, gut aufzupassen, damit ihm nicht auch der Hals durchgeschnitten werde. Danach gab er der überraschten Lisa ein Küsschen auf die Wange und entfernte sich beschwingten Schrittes.

„Er ist ausgesprochen zutraulich", befand Lisa.

„Das ist ein mordlustiger Tiger vorübergehend auch, wenn du ihn gut gefüttert hast." Amadeus nahm Lisa zärtlich in den Arm: „Ich liebe Frauen mit breiten Schultern und muskulösen Armen."

„Die Mehrzahl missfällt mir." Lisa schob ihn von sich. „Fort mit dir, geh Mörder fangen! Ich habe in der Werkstatt zu tun."

Amadeus blieb allein auf der Terrasse zurück und führte ein angeregtes Telefongespräch mit Wizzig, dem er eine Reihe von Erhebungen auftrug. Danach lehnte er sich zurück, schloss die Augen, machte sich selbst vor, er müsse jetzt angestrengt nachdenken und begann langsam einzudösen.

„Eine Dame will dich sprechen." Lisa stand vor ihm und betrachtete ihn missbilligend.

Amadeus fuhr aus seinem Schlummer in die Höhe und rieb sich die Augen. „Was ist?"

„Eine Isabella Krawovsky will dich sprechen. Ist das die, über deren Lebenswandel du dich mit Hagenberg so angeregt unterhalten hast? Sie sagt, es ist dienstlich."

Amadeus pfiff leise durch die Zähne. „Sieh an, die Götterbotin persönlich. Was Hochkutzer jetzt wohl wieder ausgebrütet hat? Schick sie mir bitte herein."

Lisa ging hinaus und Amadeus grinste, als er hörte, wie sie würdevoll verkündete: „Herr Heinrich lässt bitten!"

Isabella trat ein und sah sich interessiert um. „Guten Tag, Herr Heinrich. Hier haben sie also ihr Hauptquartier eingerichtet. Apart, sehr apart, muss ich sagen." Sie meinte damit weniger die Wohnung als Lisa, die ungeniert in der Tür lehnte und die Besucherin betrachtete.

„Ich bin entzückt, Sie zu sehen", sagte Hagenberg. „Was führt Sie zu mir?" Er deutete auf einen Stuhl. Isabella nahm Platz.

„Ein Auftrag des Herrn Direktors, was sonst." Sie öffnete ihre Managertasche und nahm einige Ordner heraus, die sie über den Tisch schob. „Das sind ergänzende Gutachten über die Echtheit, besser gesagt die Unechtheit des Bildes. Der Herr Direktor will, dass sie sich damit vertraut machen."

Amadeus blätterte in dem Konvolut. „Darf ich Ihnen etwas anbieten? Kaffee?"

„Nur Mineralwasser, wenn es recht ist."

„Kommt sofort", sagte Lisa mit verdächtiger Fügsamkeit und ging hinaus.

„Die schöne Schlosserin", bemerkte Isabella süffisant und sah ihr nach. „Lieben sie Rollenspiele, Herr Heinrich?"

„Sie nicht?" Amadeus fand das Zwanzigerjahreoutfit seiner Besucherin zwar ein wenig irritierend, musste sich aber eingestehen, dass sie eine verdammt hübsche Person war.

„Mein Chef hat in dieser Hinsicht ausgeprägte Vorlieben", bestätigte Isabella mit erstaunlicher Offenheit und im Wissen, dass sich Amadeus über ihr

Verhältnis zu und mit Hochkutzer im Klaren war. „Können Sie etwas damit anfangen?" Sie deutete auf die Papiere.

„Nicht wirklich, fürchte ich. Diese Gutachten sind – soweit ich sehe – erst nach dem Verschwinden des Bildes erstellt worden. Kein einziger der Gutachter hat das Bild persönlich untersucht. Es handelt sich um kunstgeschichtliche Abhandlungen und Stilanalysen. Die Absicht ist all zu offensichtlich: Ihr Chef will die Auszahlung der Versicherungssumme verweigern und den Verdacht eines Versicherungsbetruges in den Raum stellen. Jedes Gericht wird aber zuerst die Frage stellen, warum man nicht vor Abschluss der Versicherung so sorgfältig recherchiert hat wie jetzt, wo es ans Zahlen geht. Er wird, fürchte ich, nicht weit damit kommen."

„Das wissen wir. Deshalb haben wir ja auch ihre Dienste in Anspruch genommen. Trotzdem, vielleicht hilft es ja ein wenig. Ihr Kollege Mauser hat dieselben Unterlagen bekommen."

„Ach ja. Wussten Sie, dass Mauser inzwischen wieder aufgetaucht ist? Mausetot, wenn man so sagen will. Jemand hat ihm die Kehle aufgeschlitzt. Ich habe es selber erst vor kurzem erfahren."

Isabella runzelte die Stirn. „Wie schrecklich! Der Herr Direktor wird außer sich sein!"

Amadeus registrierte mit Interesse, dass ihre erste Sorge der Reaktion des Herrn Direktors galt. Sie selber wirkte lediglich überrascht, aber keineswegs erschüttert.

Lisa erschien wieder und stellte mehrere Mineralwasserflaschen und drei Gläser auf den Tisch.

Isabella betrachtete die Gläser und dann Lisa, die freundlich und nichtssagend lächelte. „Danke, meine Liebe. Sie sind sehr freundlich. Wollen Sie sich nicht zu uns setzen?"

„Wenn ich nicht störe."

„Aber keineswegs. Ich vermute, Herr Heinrich hat ohnehin keine Geheimnisse vor Ihnen, zumindest nicht, was diesen Fall betrifft."

„Ich wollte, ich hätte Geheimnisse", murmelte Amadeus. „Ich habe zwar bereits eine Menge Informationen gesammelt, aber noch keine Ahnung, wo das Bild sein könnte, oder wer der Mörder ist."

„Der Mörder interessiert uns nicht, nur das Bild", stellte Isabella klar.

„Das wird nicht zu trennen sein. Ich hoffe, Sie sind sich darüber im Klaren, dass Mauser vermutlich deswegen umgebracht wurde, weil er den Täter gefunden hat, oder nahe davor stand? Unter diesen Umständen erwäge ich, von dem Fall zurückzutreten. Ich will schließlich nicht auch ermordet werden."

„Der Herr Direktor ist zuversichtlich, dass Sie das nicht tun, weil Sie dann natürlich auch das bereits erhaltene Honorar zurückzahlen müssten", sagte Isabella ungerührt, obwohl Hochkutzer noch gar nichts vom Tod Mausers wusste. „Und der Herr Direktor wird Ihnen nicht auch noch eine Risikoprämie zahlen. Ihr Honorar ist ohnehin schon unverschämt hoch."

Amadeus seufzte. „Das habe ich befürchtet, aber einen Versuch war es wert."

Isabella lächelte spöttisch. „Was werden Sie als Nächstes unternehmen? Der Herr Direktor würde sich über einen Zwischenbericht freuen. Nur für den Fall, dass Sie tatsächlich aus unvorhergesehenen Gründen daran gehindert sein sollten, die Untersuchung weiterzuführen."

Lisa gab ein empörtes Schnauben von sich.

Isabella lächelte weiterhin verbindlich und sagte: „Vielleicht sollten Sie Frau Jehlik noch einmal befragen. Sie verstehen sich ja ausgezeichnet mit ihr, wie ich gestern bemerkt habe. Sagen Sie, Frau Schmied, stört es Sie nicht, wenn Ihr Freund mit einer so attraktiven Frau durch die Gegend zieht?"

Amadeus war perplex. Diese Frage war gänzlich unangebracht. Es wirkte, als ob ein Fechter, der seinen Gegner bisher nur abwartend umkreist hatte, plötzlich seine Deckung aufgab und einen überraschenden Angriff unternahm. Lisa schien überhaupt nicht überrascht zu sein. Sie lehnte sich zurück, sodass ihre Brustwarzen unter dem dünnen Stoff des Leibchens deutlich hervortaten. Die fein modellierten Muskelstränge zogen sich von den kräftigen runden Schultern über ihre bloßen Oberarme und spannten sich leicht an. „Keine Spur, liebe Isabella. Susi ist schließlich meine beste Freundin."

„Aha! Ihre beste Freundin also. Nun ja, mit den besten Freundinnen ist das auch so eine Sache." Isabella wandte sich wieder Amadeus zu. „Die beste Freundin Susi scheint mir überhaupt eine zentrale Rolle zu spielen. Schließlich kommen die einzigen Hinweise, aus denen sich der Tatzeitpunkt und zumindest eine vage Beschreibung der Täter ergeben, von ihr. Wenn man – nur als Gedankenspiel – die Richtigkeit dieser Aussage in Zweifel zieht, könnten sich ganz neue Perspektiven ergeben."

Lisa war empört. „Was für ein Unsinn. Susi ist eine absolut integre Person."

„Wahrscheinlich ist sie das wirklich. Ich bin bloß im Gegensatz zu Ihnen beiden unbefangen und stelle mir Fragen, auf die Sie vielleicht gar nicht kommen." Sie schob eine Visitenkarte über den Tisch. „Halten Sie bitte Kontakt mit mir, Herr Heinrich. Ich lege Wert darauf, über den Fortgang ihrer Ermittlungen ständig unterrichtet zu werden. Wenn Sie etwas brauchen, bei dem ich behilflich sein könnte, zögern Sie nicht, mich anzurufen. Der Herr Direktor wünscht, dass wir eng kooperieren."

Amadeus studierte die Karte. „Erste Direktionsassistentin", las er halblaut.

Isabella lachte. „Überrascht Sie das? Dachten Sie, ich wäre nur ein Vorzimmerkätzchen zu Diensten des Herrn Direktors? Ich bin seine rechte Hand und erledige ständig heikle Aufträge für ihn."

„So etwas habe ich schon gehört", sagte Lisa eisig. „Sie sind also die Frau fürs Grobe, nicht wahr?"

„Nicht nur fürs Grobe, aber auch das, wenn es sein muss, liebe Charlotte. Ich danke Ihnen für die Gastfreundschaft und wünsche noch einen schönen Tag."

Amadeus nickte Lisa kurz zu und begleitete Isabella zur Tür. „Fahren Sie mit dem Herrn Direktor jetzt nach Wien zurück?"

„Er ist schon fort. Ich habe hier in der Gegend noch einiges zu erledigen und reise erst morgen ab. Heute Abend bin ich samt Begleitung bei den Barkensteins zu einem Musikabend eingeladen." Sie musterte Amadeus prüfend. „Ich würde Sie ja bitten, mich zu begleiten, aber ich fürchte, Ihr Schlossermädchen wird etwas dagegen haben. Sie scheint mir sehr kräftig zu sein und sie kann wahrscheinlich recht resolut werden."

Die Provokation war offensichtlich.

„Das kann sie", bestätigte Amadeus. „Aber sie hätte sicher nichts dagegen, wenn ich Sie begleite."

„Dann ist ja alles klar. Holen Sie mich um 19 Uhr im Hotel ab; Abendanzug, wenn ich bitten darf."

„Nun?", fragte Lisa als er zurückkam.

„Ich gehe heute Abend mit ihr zu den Barkensteins, zu einem Musikabend."

„Dass so etwas kommt war klar. Deswegen ist sie überhaupt erst hergekommen."

„Wie kommst du darauf?"

„Wer von uns beiden ist eigentlich der Detektiv?" Lisa deutete auf die Gutachten, die am Tisch lagen. „Dieses belanglose Zeug hätte sie dir auch mit der Post schicken können. Deswegen macht eine wie sie nicht das Botenmädchen. Die hat es auf dich abgesehen, weiß der Teufel warum."

Sie zog sich das Leibchen über den Kopf. Amadeus starrte sie hingerissen an. „Was hast du vor, Lisa?"

„Ich sorge dafür, dass sie nicht allzu viel von dir hat, wenn sie dich verführen sollte."

Das gefällt mir, aber du solltest dich für deine Eifersucht schämen. Du bist die einzige Frau von der ich mich verführen lasse."

„Schämen werde ich mich nachher, wenn ich Grund dafür habe und zwar gründlich. Jetzt habe ich anderes zu tun."

Kapitel 10

Amadeus saß in der Hotelhalle und wehrte geduldig einen hartnäckigen Kellner ab, der alle zehn Minuten fragte, was er dem Herrn bringen dürfe. Er hatte bis jetzt dreimal gefragt. Isabella hielt es offenbar genauso wie ihr Chef. Sie ließ die Leute je nach ihrer Wichtigkeit mehr oder weniger lang warten. Schließlich trat sie aus dem Aufzug. Amadeus musste sich eingestehen, dass sich das Warten gelohnt hatte. Sie sah hinreißend aus.

„Entschuldige, dass ich dich warten habe lassen." Sie gab ihm ein Küsschen auf die Wange. Wäre er durch Lisas weibliche Intuition nicht gewarnt worden, hätte ihn diese plötzliche Vertraulichkeit mehr als überrascht. So aber sagte er mit begeistertem Unterton: „Auf eine Frau wie dich wartet man gerne."

Er legte sanft den Arm um ihre Taille und führte sie zur Tür.

Jetzt war sie es, die überrascht war: „Nanu, Herr Detektiv, was ist in dich gefahren? Ich dachte, du kannst mich gar nicht besonders gut leiden?"

„Wie kommst du nur auf so eine Idee? Du warst früher bloß immer so unnahbar, so unerreichbar."

„Und du glaubst, jetzt bin ich für dich erreichbar? Nein, wir nehmen nicht deinen Wagen. Er ist ja recht nett, wenn man ältere Modelle mag, aber meiner wird dir besser gefallen."

Ihr Wagen war, was Amadeus überhaupt nicht wunderte, ein schnittiger roter Sportwagen.

„Wir fahren nicht weit. Die Villa der Barkensteins ist knapp außerhalb der Stadt."

Sie streifte ihre hochhackigen Schuhe von den Füßen. „Meine Autoschuhe müssen da irgendwo liegen, wahrscheinlich auf deiner Seite. Amadeus bückte sich gehorsam und tastete den Boden ab. „Dort drüben, glaube ich." Sie streckte ihr nacktes Bein aus, um ihm die Richtung zu zeigen. Bei der Enge ließ es sich gar nicht vermeiden, dass ihre Wade dabei wie versehentlich sein Gesicht berührte. Obwohl er derartiges gar nicht vorgehabt hatte, ließ er seine Lippen spontan über die duftende Glätte ihrer Haut gleiten. Sie hielt still und bemerkte lediglich spöttisch: „Was würde wohl deine Charlotte dazu sagen, wenn sie dich jetzt sehen könnte?"

„Gar nichts, weil sie im Dunkeln nichts sehen könnte." Er kam wieder hoch und gab ihr die roten Ballerinas.

„Interessante Einstellung." Sie stieß den Gang ins Getriebe, ließ den Motor kurz aufheulen und steuerte den Wagen aus dem Parkplatz.

„Du trägst keine Strümpfe", bemerkte Amadeus.

Sie lachte. „Ist dir das aufgefallen? Wenn mein Chef nicht da ist, lasse ich mich in der Hinsicht gehen. Er steht halt auf Strümpfe mit Naht. Es macht ihm Freude, mich darin zu sehen und noch mehr, sie mir auszuziehen."

„Du bist sehr offenherzig."

„Warum denn nicht? Du hast dich sicher schon über mich erkundigt und weißt über mein Verhältnis mit Hochkutzer Bescheid."

„Ich wüsste gern noch mehr über dich."

„Zum Beispiel?"

„Wieso laden dich die Barkensteins zu einer privaten Gesellschaft ein? Du bist aus ihrer Sicht doch nur eine nachgeordnete Versicherungsangestellte und gehörst in dieser Entschädigungssache zur Gegenseite."

„Braver Detektiv. Du küsst einer Frau die Beine und versuchst sie gleichzeitig auszuhorchen. Du bist dein Geld wert. Ich bin mit Helene Barkenstein befreundet. Wir waren gemeinsam auf der Akademie."

„Warum hat sie ihr Studium abgebrochen?"

„Das klingt so, als ob du schon genau wüsstest, warum ich mein Studium abgebrochen habe. Na ja, wahrscheinlich weißt du es wirklich, du Schnüffler. Helene hat aufgehört, weil sie Barkenstein kennengelernt und ihn dazu gebracht hat, sie zu heiraten. Sie betreibt die Malerei jetzt nur mehr als Hobby."

„Und du? Hast du die Kunst ganz aufgegeben?"

„Ja und nein. Jetzt versichere ich Kunst. Ich habe auch den Vertrag zwischen der ‚Glabus' und Barkenstein eingefädelt, was mir im Nachhinein unangenehm ist, weil die Sache so eine blöde Entwicklung genommen hat. Was soll's, die Provision war trotzdem sehr saftig."

„Die ‚Glabus' wird nicht zugrunde gehen, wenn sie Barkenstein die Versicherungssumme zahlen muss. Mein Mitleid hält sich in Grenzen."

„Solche Reden will ich gar nicht hören. Es ist deine Aufgabe, dafür zu sorgen, dass wir nicht zahlen müssen. Außerdem hätte Barkenstein selber nichts davon. Er hat, wie du weißt, Helene das Bild geschenkt, mit Notariatsakt und allem was sonst noch nötig ist. Sie hat daher auch Anspruch auf die Versicherungssumme."

„Dann handelst du also gegen die Interessen deiner Freundin?"

Isabella seufzte. „Das mit den besten Freundinnen ist so eine Sache, wie ich deiner Charlotte heute schon gesagt habe. Meine Loyalität gilt Hochkutzer und damit meiner Firma. Das musst du dir immer vor Augen halten."

„Ich verstehe. Wie hat Helene ihren Mann dazu gebracht, ihr das Bild zu schenken?"

„Ganz einfach. Helene hat darauf hingewiesen, dass sie die Entdeckerin des Bildes ist und ihn, wie immer wenn sie etwas will, um den Finger gewickelt."

„Ich hatte gestern den Eindruck, sie ist eine ..."

Amadeus verstummte, weil ihm der richtige Ausdruck nicht einfallen wollte.

Nach einer Weile sagte Isabella leise: „Sie ist ein berechnendes Luder. Das bin ich zwar auch, aber Helene ist in der Hinsicht eine Klasse für sich. So jetzt sind wir bald da. Da vorne ist es."

„Darf ich dich noch etwas fragen?"

„Wenn es sein muss."

„Bei wem hast du auf der Akademie studiert?"

„Du willst wissen, wer der Mann war, wegen dem ich hinausgeflogen bin? Das geht dich wirklich nichts an und hat mit deinem Fall auch nichts zu tun."

„Ich hätte es trotzdem gerne gewusst."

Isabella schwieg eine Weile, dann sagte sie mit gleichgültiger Stimme: „Was soll's, du würdest es ohnehin herausfinden. Die Sache hat damals nämlich einen ziemlichen Wirbel verursacht. Es war Professor Kunststotter. Aber das ist Schnee von gestern."

Amadeus war ehrlich überrascht. „Das hätte ich nicht gedacht. Er passt so überhaupt nicht zu dir."

„Wer sagt dir das? Wir haben uns sogar sehr gut verstanden und wir waren sehr diskret, bis uns jemand auffliegen hat lassen."

„Jemand hat euch verraten? Du sagst das so sonderbar. Wer war es?"

„Das weiß ich nicht. Gerüchten, es sei Helene gewesen, habe ich nie geglaubt, obwohl sie zu den ganz wenigen Menschen gehört hat, die Bescheid gewusst haben. Sie war immerhin meine beste Freundin. Sie hat es auch immer abgestritten."

Amadeus versuchte in der Dunkelheit in ihrem Gesicht zu lesen. Es gelang ihm nicht.

„So jetzt weißt du alles über mich und meine beste Freundin Helene. Wer weiß wofür es gut ist."

Isabella steuerte den Wagen auf den Parkplatz einer hellerleuchteten Villa und parkte mit akribischer Sorgfalt ein. „Gib mir meine Schuhe. Sie liegen bei dir drüben und lass dir ja nicht einfallen, mein Bein zu küssen." Amadeus tat es trotzdem, weil er sich herausgefordert fühlte, und erntete dafür eine nicht sehr schmerzhafte Kopfnuss.

An der Haustür wurden sie von den Gastgebern empfangen. Isabella und Helene tauschten rituelle Küsschen, kleine begeisterte Lacher und wechselten einige freundliche Komplimente. Schließlich waren sie beste Freundinnen. Barkenstein schüttelte Amadeus die Hand. „Was für eine Überraschung, Sie so bald wiederzusehen. Ihre Freundin Susanne wird sich gewiss freuen, dass Sie auch hier sind. Sie ist vor kurzem eingetroffen, auch in Begleitung."

Barkenstein war sich gar nicht sicher, ob Anlass zur Freude bestand oder ob eine peinliche Szene zu befürchten war. Er war sich über die Beziehungen zwischen Amadeus, Susi und Isabella nämlich nicht im Klaren und versuchte Amadeus auf diese Weise vorzuwarnen. Zu seiner Erleichterung zeigte Amadeus keine Anzeichen von Panik oder Wut und so wandte er sich neuen Gästen zu.

„Was wollen Sie hier", fragte Helene ungnädig, während Amadeus einen Handkuss andeutete.

„Isabella hat mich eingeladen. Welcher Mann könnte der Gelegenheit widerstehen, eine solche Frau zu begleiten."

Helene sah Richtung Isabella, die sich mit Professor Kunststotter angeregt unterhielt. „Wenn Sie meinen ... hoffentlich wird nicht auch dieser Abend eine Enttäuschung für Sie."

„Sicher nicht. Ich freue mich schon auf den Kunstgenuss, der uns heute geboten werden wird."

Helene quälte sich ein Lächeln ab und begrüßte neue Gäste, die eben eintrafen.

Amadeus sah sich in dem geräumigen Vestibül um. Schon bald hatte er Susi entdeckt. Sie stand an einem der kleinen Tische, verzehrte Häppchen, die gereicht wurden, und unterhielt sich angeregt mit Meisenbichler. „Hallo Susi", sagte er.

Susi war ehrlich überrascht. „Du hier? Wie hast du das geschafft? Das ist eine ziemlich exquisite Gesellschaft."

„Ich bin auch exquisit. Eine Freundin der Hausherrin hat mich mitgenommen. Dort drüben steht sie. Siehst du sie, das große Mädchen mit dem Bubikopf?"

„Ich sehe sie. Ausgesprochen hübsch! Was sagt Lisa dazu?"

„Sie hat es genehmigt. Und wie bist du hergekommen?"

„Herr Meisenbichler hat mich eingeladen. Er hat doch tatsächlich herausgefunden, wo ich wohne und mich schon heute Vormittag in meinem Geschäft besucht."

Amadeus zeigte sich pressefreundlich und schüttelte dem verlegenen Meisenbichler die Hand. „Ich bin immer wieder überrascht, wo ein Reporter überall hinkommt. Berichten Sie über das Hauskonzert, das uns heute geboten werden wird?"

„Aber nein. Von Musik verstehe ich überhaupt nichts, obwohl ich natürlich jederzeit auch darüber eine Kritik verfassen könnte. Ich bin hier, weil ich einen Artikel über die Auseinandersetzung des Herrn von Barkenstein mit der zahlungsunwilligen Versicherung schreiben soll. Und Sie? Ermitteln Sie hier im Hause Barkenstein?"

„Was fällt Ihnen ein! Der einzige Grund für meine Anwesenheit kommt gerade auf uns zu."

„Ich verstehe", sagte Meisenbichler und starrte Isabella hingerissen entgegen. Amadeus schnitt Susi ein Gesicht und sie streckte ihm kurz die Zunge heraus. Zum Glück beobachtete niemand dieses Intermezzo.

„Meine Verehrung, Herr Professor Kunststotter", grüßte Amadeus und fragte sich, ob dessen Verhältnis mit Isabella wirklich Schnee von gestern war.

„Guten Abend", erwiderte Kunststotter huldvoll, weil er es schätzte, wenn man ihn kannte und mit Namen anredete. Wer Amadeus war, hatte er inzwischen vergessen.

Isabella begrüßte Susi, so als ob sie gute Bekannte wären und erzählte, sie habe schon das Vergnügen gehabt, deren beste Freundin, Lisa, kennenzulernen.

Amadeus nützte eine günstige Gelegenheit, um sich zu entfernen und zu sehen, wer noch aller da war. Dabei lief er Helene über den Weg und konnte sich nicht mehr rechtzeitig zurückziehen. Helene stellte ihn. „Sie arbeiten doch für die ‚Glabus', nicht wahr? Sie sollen nachweisen, dass uns die Versicherungssumme nicht zusteht! Ich finde es recht unverfroren von Ihnen, dass sie unter diesen Umständen hier auftauchen."

„Ich bitte Sie gnädige Frau! Nichts liegt mir ferner, als Ihnen Ungelegenheiten zu bereiten. Schließlich arbeitet ja auch Ihre Freundin Isabella für die Versicherung und Professor Kunststotter macht kein Hehl daraus, dass er das geraubte Bild für eine Fälschung hält. Warum konzentriert sich Ihr Unmut also auf mich?"

„Weil Sie der einzige sind, den ich nicht richtig einschätzen kann. Was haben Sie im Sinn, Herr Heinrich?"

„Nur die Musik und die Gesellschaft einer schönen Frau genießen, das versichere ich Ihnen."

„Dann genießen Sie den heutigen Abend und bleiben Sie meinem Haus künftig fern, Herr Heinrich."

Sie ließ ihn stehen. Unter anderen Umständen hätte Amadeus ein Haus, in dem er so wenig willkommen war, sofort verlassen. Jetzt dachte er nicht daran und folgte dem Ruf, die Vorführung beginne. Er wählte mit Bedacht einen Platz in der letzten Reihe, direkt neben einer halbgeöffneten Tür. Isabella und

Kunststotter saßen weiter vorne und kümmerten sich nicht um ihn, ebensowenig wie Susi, die von Meisenbichler angehimmelt wurde. Es waren insgesamt etwa dreißig Personen anwesend. Das Streichquartett nahm Platz und das Licht wurde gedämpft.

Amadeus wartete eine wohlbemessene Zeitspanne, bis ein Teil der Zuhörer völlig den Klängen verfallen war, während die anderen einzunicken begannen. Dann erhob er sich geräuschlos und glitt wie ein Schatten durch das Halbdunkel und die Tür. Wenn man ihn entdeckte, konnte er noch immer sagen, er sei auf der Suche nach der Toilette.

Er wollte sich die Gelegenheit nicht entgehen lassen, sich etwas in dem Haus umzusehen, auf dessen Speicher angeblich das fragliche Bild gefunden worden war. Er schlich geräuschlos durch die Räume, manche waren erleuchtet, manche dunkel. Er schnupperte an einer verschlossenen Tür im Obergeschoss und war sich sicher, Farbe und Terpentin zu riechen. Das musste nichts bedeuten, weil Helene ja Amateurmalerin war, wie Isabella erzählt hatte, aber er registrierte es. Als er die halbdunkle Treppe wieder hinuntersteigen wollte, fiel ihm zufällig ein Bild auf, das fast gänzlich hinter einem Vorhang verborgen war. Er schob den Vorhang vorsichtig zur Seite. Es war das Aktbild einer sehr attraktiven Frau. Sie lag auf einem Kanapee, ein Bein lang ausgestreckt, des andere angewinkelt, den Kopf hielt sie in die Hand gestützt. Ihr sinnlicher Silberblick schaute am Betrachter vorbei und verlor sich im Unendlichen. Amadeus hielt den Atem an und leuchtete mit seiner kleinen Taschenlampe das Bild aus. Dann hatte er keinen Zweifel mehr: Das musste dieselbe Frau sein, die auf dem geraubten Bild abgebildet gewesen war. Er zog seine kleine Digitalkamera aus der Tasche und machte eine Serie von Aufnahmen, wobei er hoffte, das Blitzlicht werde niemanden alarmieren. Wenig später nahm er unbeachtet von den Anwesenden seinen Platz wieder ein und applaudierte heftig, als die Darbietung zu Ende war.

Die Gäste rüsteten sich zum Aufbruch. Er hörte, wie Isabella zu Kunststotter sagte: „Nein! Ich bin mit ihm hergekommen und ich fahre mit ihm zurück. Wir sind mit meinem Wagen da. Wie sollte er sonst nach Hause kommen?" Sie verabschiedete sich von dem verdrossenen Professor mit einem Handschlag und kam zu Amadeus. „Wo warst du? Hast du in der letzten Reihe geschlafen?"

„Ich wollte dich nicht stören, wenn du dich mit einem alten Bekannten unterhältst."

Isabella kommentierte diese Bemerkung nicht. Sie verabschiedeten sich von den Gastgebern und konnten beobachten, wie ein entschlossener Meisenbichler den Arm um Susi legte und versuchte sie zu küssen, während sie zu seinem Wagen gingen.

„Das könnte etwas werden", konstatierte Isabella. „Glaubst du, er bekommt sie ins Bett?"

„Das würde mich sehr wundern. Sie ist eine Lesbe."

Isabella starrte ihn verblüfft an und brach dann in unbändiges Gelächter aus. „So ist das also. Ja dann verstehe ich, warum deine Schlosserin ihrer besten Freundin traut, wenn es um dich geht."

Sie fand mit einem sicheren Griff ihre Autoschuhe, ohne dass Amadeus suchen musste, was ihm ein wenig leid tat.

„Hast du etwas in Erfahrung bringen können?", fragte sie, während sie den Wagen gekonnt aus der Parklücke manövrierte.

„Nein", erwiderte Amadeus, „außer dass mich Helene verabscheut und mir praktisch Hausverbot gegeben hat."

„Ja, sie mag dich nicht. Das hat sie auch mir zu verstehen gegeben." Beide schwiegen.

Der Wagen nahm Geschwindigkeit auf, eilte über die nächtliche Landstraße und hatte bald den Hotelparkplatz erreicht. Isabella zog ihre Schuhe wieder an und neigte sich dabei plötzlich zu Amadeus. Ihre Lippen berührten seine zu einem langen intimen Kuss. Schließlich löste sie sich von ihm, stieg wortlos aus und ging, ohne sich umzudrehen, zum Hoteleingang. Amadeus warf die Autotür ins Schloss und folgte ihr in die menschenleere Hotelhalle. Er hatte den Eindruck, dass die Situation zunehmend seiner Kontrolle entglitt. Die Rezeption war unbesetzt.

Isabella blieb vor der Aufzugstür stehen. „Die Sache ist die", erklärte sie ruhig. „Wenn ich diesen Knopf drücke, dauert es etwa dreißig Sekunden, bis die Tür aufgeht. Du kannst dann ‚Auf Wiedersehen' sagen und nach Hause fahren. Oder du steigst mit ein. Dann werde ich Hochkutzer mit dir betrügen und du wirst deiner Charlotte, oder Lisa, wie du sie nennst, untreu werden. Du hast dreißig Sekunden zum Überlegen. Die Zeit läuft." Sie drückte den Knopf.

Amadeus wusste nicht, was er tun sollte. Er stand wie eingefroren da und verfluchte sich selbst, weil er die Frau neben ihm heftig begehrte und ihn gleichzeitig eine innere Stimme eindringlich davor warnte, sich mit ihr einzulassen. Die Sekunden verstrichen. Ein Klingeln ertönte und die Aufzugstür glitt beiseite. Der Augenblick schien sich ins Unendliche zu dehnen. Amadeus machte zögernd einen kleinen Schritt vorwärts

„Einen Augenblick, Frau Krawovsky, entschuldigen Sie bitte, aber ich habe eine dringende Nachricht für Sie." Der Nachtportier war aus seinem Zimmerchen aufgetaucht und schwenkte ein Blatt Papier. Die Aufzugstür schloss sich langsam wieder.

Isabella entfaltete die Nachricht. „Du hast Glück", sagte sie zu Amadeus, „oder Pech, das musst du selber entscheiden. Hochkutzer beordert mich sofort zurück, noch heute Nacht. Ich weiß nicht warum, aber ich muss sofort losfahren. Gute Nacht, Amadeus." Sie trat an die Rezeption und begann leise mit dem Nachtportier zu verhandeln.

Amadeus stand noch ein paar Augenblicke belämmert da, dann ging er. Niemand erwiderte seinen Gruß, als er die Hotelhalle verließ.

Kapitel 11

„Du bist heute Nacht gar nicht zu mir gekommen, sondern hast im Gästezimmer geschlafen", bemerkte Lisa mit neutraler Stimme, während sie ihm das Frühstück hinstellte. „Hast du so ein schlechtes Gewissen gehabt?"

„Überhaupt nicht. Wieso sollte ich ein schlechtes Gewissen haben? Ich habe noch gearbeitet und wollte dich nicht wecken. Danach war ich so müde, dass ich aufs Bett gefallen und eingeschlafen bin."

„Was du nicht sagst. Wie war dein Abend mit der schönen Isabella?"

„In mancher Hinsicht sehr aufschlussreich, obwohl ich noch nicht weiß, was ich mit den neuen Informationen anfangen kann. Ich habe Wizzig noch in der Nacht ein umfangreiches Mail geschickt, damit er unseren Akt vervollständigt."

„Sehr brav. Hast du ihm auch berichtet, dass die Frau Direktionsassistentin versucht hat, dich zu verführen? Das hat sie doch, oder?"

„Sag einmal, soll das ein Verhör werden? Ich bin dir nicht untreu geworden, falls deine Fragerei darauf hinausläuft."

„Wenn das stimmt, so war es wahrscheinlich nicht dein Verdienst. Was ist euch dazwischengekommen?"

Amadeus seufzte tief. „Sie musste sofort nach Wien zurückfahren, aber das kann man nicht als Dazwischenkommen bezeichnen, weil ohnehin nichts passiert wäre. Wenn du dich schon wie eine eifersüchtige Ehefrau aufführen willst, solltest du mich heiraten, damit die Sache ihre Ordnung hat. Wie oft muss ich dich noch fragen?"

„Heiraten? Ich dich? Das muss ich mir noch gründlich überlegen, du Windhund. Sehr gründlich!" Lisa schien einigermaßen besänftigt zu sein. „Was wirst du heute unternehmen?"

„Darf ich mir deinen Fotodrucker ausborgen?"

„Kein Problem, und dann?"

„Dann würde ich jemanden brauchen, der sich mit Malerei auskennt, eine Art Sachverständigen."

„Davon gibt es mehr als genug." Lisa deutete auf die Gutachten, die noch immer unbeachtet am Tisch lagen.

„Keinen von denen. Ich brauche jemanden, der unbefangen an die Sache herangeht und mit dem Fall nichts zu tun hat."

„Dabei kann ich dir nicht helfen. Ich weiß niemanden, außer vielleicht den Max Weiwoda, aber ich glaube nicht, dass er der Richtige ist."

„Weiwoda? Ist das der Comiczeichner, der sich Maxentius nennt? Ich habe ihn kennengelernt, wie ich mit Susi bei der Ausstellungseröffnung war. Ich wusste gar nicht, dass du ihn auch kennst."

„Flüchtig. Er leitet im alten Herrenhaus einen Kurs für fortgeschrittene Hobbymaler. Ich habe mich ein paar Mal mit ihm unterhalten, weil ich dort die schmiedeeisernen Gitter renoviere."

„Den Kurs würde ich mir gerne einmal ansehen."

„Wenn du willst, bringe ich dich hin. Ich kann mir heute Vormittag frei nehmen, weil ich gestern Abend ziemlich lange gearbeitet und auf dich gewartet habe, während du damit beschäftigt warst, dich nicht verführen zu lassen."

Eine Stunde später trafen sie im alten Herrenhaus ein. Obwohl die Renovierungsarbeiten noch lange nicht abgeschlossen waren, hatte man bereits begonnen, Teile des Anwesens für Sommeraktivitäten zu nutzen. Eine davon war der Malkurs, der im großen Festsaal untergebracht war. Die Hälfte des Raumes war mit einem Gerüst verstellt, auf dem zwei Personen, ein Mann und eine Frau hockten und das Deckengemälde renovierten. In der anderen Hälfte, an den großen Fenstern, waren etwa ein Dutzend Staffeleien um ein nacktes Modell gruppiert. Die Kursteilnehmer, bis auf zwei ältere Männer lauter Frauen, waren mit Fleiß und unterschiedlichem Talent damit beschäftigt, die üppigen weiblichen Formen, die ihnen dargeboten wurden, als Kohleskizzen auf ihren Leinwänden unterzubringen. Weiwoda ging zwischen seinen Schülern hin und her, machte ermutigende Bemerkungen und bisweilen auch ein paar korrigierende Striche.

„Hallo, Max, wie läuft es?", fragte Lisa unbefangen.

„Oh, hallo, Charlotte. Schön dich zu sehen. Recht gut, kann man sagen, und bei dir?"

„Ich bin mit den Fenstergittern fast schon fertig. Dann kommt das Tor an die Reihe. Das ist der größte Brocken. Damit bin ich wahrscheinlich bis in den Herbst hinein beschäftigt. Das ist mein Freund, Amadeus Heinrich."

Weiwoda musterte Amadeus nachdenklich, dann hellte sich seine Miene auf. „Aber ja, wir kennen uns. Sie waren doch bei meiner Ausstellungseröffnung." Er schüttelte Amadeus die Hand.

„Ich hätte nicht erwartet, dass ein berühmter Mann wie Sie, hier einen Malkurs für Amateure leitet", sagte Amadeus.

„So berühmt bin ich auch wieder nicht. Außerdem kann man von ‚berühmt' allein nicht leben und noch weniger von den Honoraren, die ich vom ‚Spekulum' bekomme. Man muss nehmen, was sich ergibt, um über die Runden zu kommen."

„Wir möchten dich um deinen Rat fragen", mischte sich Lisa ein. „Hast du einen Augenblick Zeit?"

„Ja natürlich. Um was geht es?"

„Schauen Sie sich bitte diese Bilder an. Mich würde interessieren, ob sie von derselben Hand stammen."

Amadeus legte ein Foto des geraubten Bildes aufs Fensterbrett und daneben die Aufnahmen, die er von dem Gemälde in der Villa der Barkensteins gemacht hatte.

Weiwoda blickte lange auf die Bilder dann fragte er: „Wer oder was sind Sie, Herr Heinrich?"

„Ich bin Versicherungsdetektiv. Ich suche nach einem verschwundenen Bild."

„So ist das also. Das Klimtbild, das man allgemein für eine Fälschung hält?"

„Ja."

„Können Sie mir sagen, wo Sie das zweite Bild entdeckt haben?"

„Es tut mir leid, nein."

Weiwoda schwieg wieder eine Weile, dann erklärte er: „Vermutlich wurden die beiden Bilder nicht von derselben Person geschaffen, obwohl man das mit einiger

Sicherheit nur an Hand der Originale sagen könnte. Aber ich kann Ihnen etwas anderes zeigen." Er hob die Stimme und schrie zum Gerüst hinauf: „Kaffeepause, Stefanie, kommst du herunter?" Er wandte sich an seine Schüler: „Sie waren sehr fleißig heute Morgen! Sie haben sich eine kurze Pause verdient. Bitte ans Buffet!"

Die Malschüler drängten sich bald um einen Tisch im Hintergrund des Raumes, wo Brötchen und Kaffee bereitstanden. Das Modell, von dem Amadeus bisher nur die Rückenansicht bewundern hatte können, streckte sich und kletterte von seinem Podest. „Schön, euch beide wieder zu sehen", sagte Elisabeth.

Amadeus war verblüfft. „Mit dir habe ich nicht gerechnet, obwohl mir dieser prächtige Po schon irgendwie bekannt vorgekommen ist."

Lisa schnaubte warnend.

Elisabeth kicherte. „Ich bin heute zum ersten Mal hier. Susi hat mir den Job verschafft. Der Kursleiter hat sie gleich am Tag nach der Ausstellungseröffnung in ihrem Geschäft besucht."

„Da war er nicht der Einzige", murmelte Amadeus. „Sie hat an diesem Abend ein paar Eroberungen gemacht."

Elisabeth kicherte wieder. „Wenn die wüssten ... jedenfalls hat Susi den Weiwoda dazu überredet, mich als Modell zu nehmen." Sie wippte übermütig auf den Zehenspitzen. Ihre Brüste wippten mit.

„Willst du dir nicht etwas anziehen?", fragte Lisa.

„Wozu denn? Ich war die ganze Zeit über nackt. Die Frauen stört das nicht und die Männer sind mir wurst. Außerdem bin ich ein Objekt der Kunst, sozusagen ein Kunstobjekt. Da bin ich über jeden Verdacht erhaben und es ist fast alles erlaubt." Sie warf sich trotzdem einen Bademantel über und begab sich ans Buffet, um sich ihren Anteil zu sichern.

„Ich möchte Sie mit jemandem bekannt machen", sagte Weiwoda. Neben ihm stand eine hübsche junge Frau in einem farbbefleckten Kittel mit einer Kaffeetasse in der Hand. „Das ist Frau Stefanie Stuchlik. Sie macht den geilen Faun da droben wieder heil." Er deutete auf das Deckengemälde. „Und das sind

Frau Schmied und Herr Heinrich. Frau Schmied renoviert die Fenstergitter und das Tor."

Stefanie schüttelte Lisa und Amadeus die Hand. „Ich bin nur die Assistentin. Für das Heilmachen ist mein Chef zuständig." Amadeus kniff die Augen zusammen und sah hoch. Oben auf dem Gerüst bewegte sich eine dunkle Gestalt. „Kommt er nicht herunter?", fragte er.

„Er macht sich nicht viel aus Gesellschaft. Er nimmt seine Verpflegung immer mit hinauf. Ich glaube, die Malschule da herunten geht ihm auf die Nerven." Sie zwinkerte Weiwoda zu. „Haben Sie auch etwas mit den Renovierungen hier zu tun, Herr Heinrich?"

Sie sah ihm in die Augen oder auch nicht. Ihr Silberblick ließ sich nicht richtig fassen. Es dauerte eine Weile, bis Amadeus begriff. Vor ihm stand die Frau, die sowohl auf dem Klimtbild als auch auf dem Bild in der Villa der Barkensteins zu sehen war. Sie war es und sie war es wieder nicht. Die Frau auf den Bildern wirkte deutlich älter, aber die Ähnlichkeit war unverkennbar. Weiwoda beobachtete ihn aufmerksam von der Seite.

„Nein", antwortete Amadeus langsam. „Ich bin bloß der unbedeutende Begleiter von Frau Schmied. Mit Kunst habe ich nichts zu tun, obwohl ich ein großer Bewunderer der Künste bin. Mir kommt fast vor, ich habe Sie schon einmal auf einem Gemälde gesehen. Betrachten Sie das bitte als Kompliment. Sie sind so ausgesprochen – was ist das Pendant zu fotogen in der Malerei?"

Lisa gab ein gequältes Stöhnen von sich.

Stefanie lachte. „Sie könnten mich tatsächlich schon auf einem Bild gesehen haben, oder auch auf mehreren. Während meines Studiums bin ich viel Modell gestanden und mache es auch jetzt noch, wenn sich die Gelegenheit dazu bietet."

„Das ist ja hochinteressant. Ich dachte bei der modernen Malerei heutzutage, wo man ohnehin nicht erkennt, was auf dem Bild sein soll, braucht man nicht so viele Modelle."

„Herr Heinrich, sie sind wirklich ein Kunstbanause. Ich darf Ihnen versichern, dass mich nicht nur Studenten an der Akademie gezeichnet und gemalt haben, sondern auch viele bekannte Maler und Malerinnen."

„Auch Akt? Könnte es sein, dass ich ein Aktbild von Ihnen gesehen habe?"

„Praktisch nur Akt. Vielleicht hilft das Ihrem Gedächtnis auf die Sprünge." Sie kicherte übermütig, schlug ihren Arbeitsmantel auseinander und nahm eine dramatische Pose ein, wobei sie es schaffte, ihren Kaffee nicht zu verschütten. Sie trug unter dem Mantel nur ein knappes Höschen. „Ich als Susanna im Bade", verkündete sie.

Es war nicht zu überhören, dass Lisa ein leises Knurren von sich gab.

Stefanie deutete diese Warnzeichen durchaus richtig und bedeckte sich eilig wieder mit dem Mantel. „Da droben ist es furchtbar heiß", erklärte sie entschuldigend. „Deswegen habe ich so wenig an. Erst am Abend wird es besser, aber dann machen wir schon Schluss. Um 16 Uhr kann ich gehen."

Amadeus fragte sich, ob diese an sich entbehrliche Information für ihn bestimmt war.

„Für welche Maler – ich meine die wirklich guten – haben Sie schon Modell gestanden?", erkundigte er sich.

Vom Gerüst war lautes Klappern zu hören. „O je", sagte Stefanie, „ich glaube, mein Meister wird ungeduldig. Es hat mich gefreut, sie kennenzulernen."

Sie stellte ihre Kaffeetasse ab und kletterte geschickt das Gerüst hoch.

„Zufrieden?", erkundigte sich Weiwoda.

„Ich denke schon. Sie war das Modell für die beiden Bilder, nicht wahr?"

„Ich weiß es nicht, aber die Ähnlichkeit ist mir aufgefallen; deshalb habe ich sie heruntergerufen."

„Können Sie mir sagen, wer der geheimnisvolle Meister da oben auf dem Gerüst ist?"

„Er heißt Leopold Wicher: Ein bekannter und renommierter Mann, der sich hauptsächlich auf das Renovieren alter Meister spezialisiert hat und recht gut davon leben kann. Er übernimmt aber auch andere Arbeiten, wie zum Beispiel das Deckenfresko hier."

„Ist es eigentlich sehr wertvoll?"

„Ach wo, aber ein schönes Stück Dekorationsmalerei, das sich in diesem Saal gut ausnimmt." Weiwoda klatschte in die Hände: „Bitte wieder auf Ihre Plätze, meine Herrschaften!"

Elisabeth warf ihren Mantel ab, nickte Amadeus zu, kletterte auf ihr Podest und wackelte dabei schelmisch mit dem Po.

„Elisabeth!", sagte Lisa drohend.

„Ach komm schon. Du weißt doch, dass ich ihm nichts tue. Ich lasse die Susi schön von euch grüßen." Elisabeth erstarrte wieder in der Pose, die sie vor der Pause eingenommen hatte.

„Wir sind dir sehr zu Dank verpflichtet." Lisa gab Weiwoda ein Küsschen auf die Wange. Der revanchierte sich auf der Stelle, indem er Lisa umarmte und seinerseits küsste.

„Nicht jetzt", flüsterte Lisa deutlich hörbar. „Er ist so entsetzlich eifersüchtig."

Weiwoda lachte und verabschiedete sich von Amadeus. „Nichts für ungut. Wenn Sie irgendwann einmal darüber reden können oder wollen: Ich würde zu gerne wissen, wer die beiden Bilder gemacht hat."

„Ich auch", versicherte Amadeus.

„Mir laufen zu viele nackte Modelle in dieser Geschichte herum", konstatierte Lisa, als sie auf dem Heimweg waren. „Du musst damit aufhören, anderen Frauen auf den Hintern oder auf den Busen zu starren."

„Das ist rein dienstlich", rechtfertigte sich Amadeus. „Wenn ich nicht gerade arbeite, schaue ich keine andere als dich an."

„Du arbeitest in letzter Zeit ziemlich viel, kommt mir vor. Was wirst du als Nächstes unternehmen?"

„Ich werde mich um diese Stefanie und ihren Meister kümmern. Ich weiß noch nicht, wie ich es anstellen soll, aber ich möchte ihre nähere Bekanntschaft machen."

„So etwas war ja zu erwarten, nachdem sie dir ihre Reize gezeigt und gesagt hat, ab wann sie frei hat."

„Bitte, Lisa, vertrau mir doch."

„Warum? Kannst du mir einen einzigen Grund nennen, warum ich dir vertrauen sollte?"

Kapitel 12

Nach dem Mittagessen zog sich Amadeus in das Gästezimmer zurück, wo er seinen Laptop aufgebaut hatte und befragte das Internet. Über Wicher gab es eine Menge Einträge, die er sorgfältig studierte. Stefanie hingegen war nicht zu finden. Das erstaunte Amadeus. Eine junge, bildhübsche Person, die als Modell arbeitete und in der Kunstszene mit ihrem ausgeprägten Mitteilungs- und Darstellungsbedürfnis verankert war, hätte Dutzende, wenn nicht Hunderte Einträge aufweisen müssen. Das Internet kannte sie nicht. Er verfasste ein ausführliches Mail, hängte Bilddateien an und schickte das Ganze an Wizzig.

Wenig später läutete sein Handy. Amadeus, ein wenig stur, wie er war, hatte seinem antiquierten Handy ein ganz normales altmodisches Telefonläuten verpasst und alle Versuche des Telefonanbieters, ihm nicht nur ein moderneres Gerät, sondern auch einen originelleren Klingelton anzuhängen, zurückgewiesen. Dass er sich damit ausgesprochen unkonventionell verhielt, war zwar nicht seine Absicht gewesen, aber Doris, seine Sekretärin, bezeichnete sein Handyläuten als ‚abgefahren'.

Wizzig war am Apparat: „Hallo, Chef. Deine Nachrichten sind angekommen und wir arbeiten daran. Von Mauser haben wir schon gewusst. Es war in den Zeitungen und im Fernsehen. Die Nachrichten waren aber sehr dürftig. Es heißt bloß, die Polizei ermittelt in alle Richtungen, schließt aber einen Raubmord nicht aus."

„Sie halten sich bedeckt", konstatierte Amadeus. „Sie wollen auf keinen Fall, dass ein Zusammenhang mit dem Raub des Bildes bekannt wird, jedenfalls vorläufig nicht."

„Du sagst es. Was die Stefanie Stuchlik betrifft, kann ich dir jetzt schon weiterhelfen. Du hast sie unter ihrem bürgerlichen Namen kennengelernt. Im Internet ist sie unter ihrem Künstlernamen zu finden: Sie nennt sich Carmen Eratho."

„Erato ist die Muse der Liebesdichtung, des Gesanges und des Tanzes", warf Amadeus ein. „Ich möchte wissen, wen sie im Speziellen inspiriert. Wie bist du so rasch auf sie gestoßen?"

„Wir haben diese Information aus dem Nachlass des verstorbenen Mauser. Doris hat sie uns besorgt. Wir haben doch besprochen, dass sie mit unserer ehemaligen

Praktikantin, Lizzy, die jetzt bei Mauser arbeitet, Kontakt aufnimmt. Lizzy hat uns diese Unterlagen zugespielt, ehe die Polizei alles fortgeschafft hat. Hochkutzer hatte diese Informationen noch nicht in dem Dossier, das er uns überlassen hat. Ich weiß aus diesen Unterlagen aber noch mehr: Isabella Krawovsky, Helene Barkenstein und Stefanie Stuchlik kennen einander. Sie haben dieselbe Klasse an der Akademie besucht. Stefanie war aber die einzige, die ihr Studium abgeschlossen hat. Wie du ja schon herausbekommen hast, ist Isabella wegen einer Affäre mit einem Professor hinausgeflogen und Helene hat nach ihrer Heirat abgebrochen. Mauser hat darüber spekuliert, ob Stefanie mit ihrem jetzigen Mentor, Leopold Wicher, ein Verhältnis hat. Er hat ein Fragezeichen dazu gemacht."

„Hoch interessant! Das habt ihr gut gemacht. Mauser war schon ziemlich weit in seinen Nachforschungen."

„Sonst wäre er nicht umgebracht worden. Gib gut auf dich acht, Amadeus. Du bist jetzt fast schon an dem Punkt, an dem auch Mauser war. Ach ja, da ist noch etwas. Lizzy möchte wieder bei uns anfangen. Mausers Kanzlei wird wahrscheinlich aufgelöst und dann ist sie ohne Job. Das ist auch der Grund, warum sie uns so bereitwillig vertrauliche Unterlagen überlassen hat. Ich habe ihr versprochen, ich werde mich für sie bei dir verwenden."

„Richard! Ich kann mit unserer kleinen Kanzlei nicht so viele Leute ernähren."

„Wenn du diesen Fall löst und dein Honorar dafür bekommst, für lange Zeit schon."

„Und wenn nicht?"

„Dann bist du wahrscheinlich auch umgebracht worden und die Sache hat sich erledigt."

„Ich melde mich wieder. Es war wie immer sehr motivierend mit dir zu sprechen", sagte Amadeus und unterbrach die Verbindung, weil Lisa kurz gegen die Tür hämmerte und eintrat.

„Unten steht ein Reporter", meldete sie ungnädig, „und muss unbedingt mit dir reden. Wenn das so weitergeht, solltest du deine Sekretärin herkommen lassen.

Ich kann nicht dauernd meine Arbeit unterbrechen und deine Besucher einlassen, obwohl ‚Geschlossen' an der Tür steht."

„Meine Sekretärin kann mich nicht leiden."

„Sie wird wissen warum. Komm jetzt, oder soll ich ihn fortscheuchen? Ich wäre in der Stimmung dazu."

Amadeus schüttelte den Kopf und eilte die Treppe hinunter. Meisenbichler stand an der Tür zu Lisas Werkstatt, schaute neugierig hinein, wich aber eilig zurück, als Lisa mit finsterem Gesichtsausdruck an ihm vorbeimarschierte.

„Was wollen Sie?", fragte Amadeus. „Sie kommen ausgesprochen ungelegen."

„Das komme ich meistens. Das ist das Schicksal eines Reporters. Ich muss mit Ihnen reden."

„Ich wüsste nicht worüber."

„Ich habe Informationen, die Sie interessieren könnten."

„Unsinn! Sie wollen bloß selber Informationen, das ist alles." Amadeus zögerte einen Augenblick. „Ein paar Minuten habe ich Zeit. Kommen Sie auf die Terrasse."

Meisenbichler machte es sich in einem der Korbsessel bequem. „Wie ist ihr Abend mit der charmanten Susanna verlaufen?", fragte Amadeus, dem nach Bosheiten zumute war.

Meisenbichler schüttelte den Kopf. „Nicht so, wie ich es mir erwartet habe. Bis hierher und nicht weiter, das ist ihre Devise. Ich habe sie ganz anders eingeschätzt. Sie kennen sie doch: Was ist bloß los mit dieser Frau?"

„Das finden Sie besser selber heraus, aber Sie sollten sich keine besonderen Hoffnungen machen."

„Vielleicht ist es auch besser so", murmelte Meisenbichler. „Und wie ist ihr Abend mit diesem tollen Versicherungskätzchen verlaufen?"

„Das ist kein Kätzchen, sondern eine ausgewachsene Königstigerin. Warum sind Sie hier, Meisenbichler?"

„Mauser ist gefunden worden: Tot!"

„Ich weiß."

„Steht sein Tod in Zusammenhang mit dem Raub des Klimtbildes?"

„Keine Ahnung."

„Aber Sie arbeiten doch selber an diesem Fall. Streiten Sie es nicht ab, das hat mir Hochkutzer bestätigt. Er hat auch bestätigt, dass Mauser vor Ihnen an der Sache dran war."

„Sie bluffen. Warum sollte Ihnen Hochkutzer solche Informationen geben?"

„Weil er das Wohlwollen unseres Blattes sucht. Wir könnten ihn sonst wegen seiner Weigerung, die Versicherungssumme auszuzahlen, ganz schön unter Druck setzen."

„Was ist, wenn er recht hat und das Ganze wirklich ein Versicherungsbetrug war?"

„Das ist der einzige Punkt, der meinen Chefredakteur noch zögern lässt."

„Hören Sie zu Meisenbichler: Ich weiß nicht, ob das Bild eine Fälschung war oder nicht, aber ich halte es für wahrscheinlich. Ich weiß nicht, ob ein Versicherungsbetrug geplant war, aber ich halte es für möglich. Ich weiß auch nicht, warum Mauser umgebracht wurde. Kann sein, dass es wegen seiner aktuellen Ermittlungen war, es kann aber auch ganz andere Gründe haben. In unserem Beruf macht man sich unweigerlich Feinde und manche sind sehr nachtragend. Ist das nicht auch bei allzu neugierigen Reportern so?"

„Also nichts", sagte Meisenbichler enttäuscht. „Sie haben in Wahrheit gar nichts für mich, außer Vermutungen, die ohnehin auf der Hand liegen."

„So ist es."

„Dann sind Sie wahrscheinlich auch nicht an dem interessiert, was ich Ihnen mitgebracht habe." Er zog einen Umschlag aus der Tasche, legte ihn auf den Tisch und hielt ihn fest, als Amadeus danach greifen wollte. „Was bekomme ich dafür?"

„Das kommt darauf an. Wenn es mir nützt den Fall aufzuklären, bekommen Sie eine exklusive Story, selbstverständlich unter werbewirksamer Erwähnung meiner Firma, andernfalls gehen Sie leer aus."

Meisenbichler ließ den Umschlag los. Amadeus öffnete ihn und nahm ein Foto heraus. Er betrachtete es von allen Seiten. Es war von schlechter Qualität, aber gut genug, um das Wesentliche zu zeigen. Es zeigte das Innere eines Raumes, der wahrscheinlich ein Atelier war. An den Wänden hingen zahlreiche Bilder, die nur undeutlich zu erkennen waren. Aber im Vordergrund stand eine Staffelei mit einer Leinwand, bei der es sich ganz offensichtlich um das halbfertige Klimtbild handelte.

Amadeus stieß zischend den Atem aus. „Wo haben Sie das her?"

„Das möchte ich lieber nicht sagen."

„Dann ist es keine Spur, der ich folgen könnte. Ich muss wissen, wie Sie dazu gekommen sind."

Meisenbichler rang mit sich. „Ich habe es gefunden."

„Verdammt noch einmal, wo haben Sie es gefunden? So reden Sie doch endlich!"

Meisenbichler gab sein Widerstreben auf. „Im Auto der Frau Jehlik, als wir nach dem Musikabend zu ihr nach Hause gefahren sind."

Amadeus war fassungslos. „Das glaube ich nicht!"

„Es ist aber so. Wie ich sie abgeholt habe, habe ich meinen Wagen bei ihrem Geschäft stehen lassen, weil sie mit ihrem eigenen Auto fahren wollte. Auf der Rückfahrt haben wir herumgeschäkert. Ich habe gefragt, ob ich ihre Telefonnummer und ein Foto von ihr haben kann. Da hat sie gelacht und gesagt, in der Seitentasche stecken ein paar Prospekte von ihrem Geschäft, da sind ihre Telefonnummer und auch ein Bild von ihr drin. Ich habe mir also so ein Prospekt genommen. Wie ich es zu Hause aufgemacht habe, ist das Bild herausgefallen."

„Das ist die unwahrscheinlichste Geschichte, die ich je gehört habe."

„Es ist aber so."

„Haben Sie nicht daran gedacht, das Bild der Polizei zu geben?"

Meisenbichler rückte nervös auf seinem Stuhl hin und her. „Das will ich nicht. Ich möchte Susanna keine Schwierigkeiten machen."

„Sie sind ja ein ausgesprochen rücksichtsvoller Reporter. Das hätte ich gar nicht gedacht", meinte Amadeus skeptisch. „Haben Sie nicht erwogen, das Bild zu veröffentlichen? Sie könnten behaupten, es sei Ihnen anonym zugespielt worden."

„Das Bild allein ist wertlos. Man würde mutmaßen, es handle sich um einen Fake. Es ergibt nur Sinn, wenn man die Herkunft kennt."

„Da haben Sie recht. Warum fragen Sie Susanna nicht einfach selbst?"

„Auch das will ich nicht. Sie könnte meine Absicht missverstehen. Ich dachte, Sie werden schon wissen, was zu tun ist. Sie kennen Susanna doch schon sehr lange und sind mit ihr befreundet, hat sie mir erzählt."

„Ich kenne sie seit meiner Kindheit."

„Eben. Das Bild muss ja auch nicht bedeuten, dass sie etwas mit den Morden zu tun hat, nicht wahr? Wahrscheinlich klärt sich alles ganz harmlos auf. Susanna ist sicher zu keiner solchen Tat fähig."

Amadeus war sich da nicht so sicher. „Ganz sicher nicht", bestätigte er. „Ich danke Ihnen für Ihr Vertrauen, Herr Meisenbichler. Ich werde mich um die Sache kümmern und mich zur gegebenen Zeit bei Ihnen melden."

Meisenbichler verließ ihn in gedrückter Stimmung. „Auf Wiedersehen Frau Schlosser", grüßte er geistesabwesend als er an der Werkstatt vorüberkam.

„Schmied, ich heiße Schmied, ich bin bloß Schlosserin", sagte Lisa und sah ihm nach. „Was ist mit dem los? Hast du ihn so verwirrt?"

„Er hat sich selber verwirrt. Er ist unsterblich in Susi verliebt."

„O je, der Ärmste! Wenn du rechtzeitig zu Arbeitsschluss beim Herrenhaus sein willst, solltest du jetzt losziehen."

Kapitel 13

Die Torflügel aus Schmiedeeisen waren ausgehängt worden und lehnten mit Seilen gesichert an der Mauer. Amadeus erinnerte sich, dass sie am nächsten Morgen in Lisas Werkstatt geliefert werden sollten. Er blickte durch die leere Toröffnung zum Herrenhaus am Ende des frisch geharkten Weges. Nach kurzer Zeit erschien Stefanie in Begleitung eines Mannes. Sie kamen den Weg herunter und blieben am Tor stehen. Nach einem kurzen Wortwechsel und einem heftigen Kopfschütteln Stefanies trennten sie sich. Der Mann ging zu einem Auto und Stefanie überquerte die Straße, ohne Amadeus zu bemerken, der halb verborgen an einem Baum lehnte.
„Verlässt die Muse ihren Schützling?", fragte er.
Stefanie fuhr zusammen. „Haben Sie mich erschreckt! Warten Sie auf mich?"
„Ich bin zufällig hier."
„Ja natürlich, ganz zufällig. Warten Sie schon lange?"
„Nein. Sie haben pünktlich Schluss gemacht."
„Sehen Sie, das war doch nicht so schwer. Sie haben mich also abgepasst. Und was jetzt?"
„Ich dachte, Sie wollten mir etwas sagen."
„Und ich dachte, Sie wollen mich etwas fragen."
„Das auch. Darf ich Sie nach Hause begleiten?"
„Warum nicht, wenn es Ihnen nichts ausmacht nach Krems zu fahren. Ich nehme den Bus, der in zehn Minuten vorbeikommt." Sie deutete auf die Bushaltestelle.
„Ich kann Ihnen eine schnellere und bequemere Reisemöglichkeit bieten", versprach er. „Mein Auto steht dort drüben."
Sie zögerte einen Augenblick, dann folgte sie ihm. „Üblicherweise fahre ich mit meinem eigenen Wagen, aber das dumme Ding steht seit zwei Tagen in der Werkstatt; irgend etwas mit der Einspritzpumpe, wenn ich den Mechaniker recht verstanden habe."
„So etwas kommt vor. Wo wohnen Sie?"
„Im Hotel ‚Zur deutschen Krone'. Kennen Sie es?"

„Ich war schon dort, eine noble Unterkunft."
„Kann man sagen. Mein Meister zahlt. Ich selber würde billiger wohnen, aber er schaut auf mich."
„Weshalb lässt er Sie dann mit dem Bus nach Hause fahren?"
„Das ist meine Strafe, weil ich heute widerspenstig war."
Amadeus schüttelte den Kopf und lenkte den Wagen auf die Bundesstraße Richtung Krems.
„Das alles kommt Ihnen komisch vor, nicht wahr?"
„Das Leben ist vielgestaltig", sagte Amadeus unverbindlich.
„Er hat mich nach meinem Studium unter seine Fittiche genommen. Ich habe unglaublich viel von ihm gelernt und er hat mir schon so manchen guten Auftrag vermittelt. Ich kenne etliche Leute, die sich alle Finger ablecken würden, wenn sie mit ihm zusammenarbeiten dürften."
„Er ist Ihr Geliebter?"
„Fragen Sie nicht so dumm und indiskret. Natürlich ist er das."
„Und Sie nennen Ihren Geliebten Meister?"
„Er will es so und ich habe mich inzwischen daran gewöhnt. Fachlich gesehen ist er es ja wirklich und persönlich auch, in gewisser Weise."
„Das Leben ist vielgestaltig", wiederholte Amadeus.
Sie gab keine Antwort. Amadeus hielt es für angebracht, über unverfänglichere Themen zu plaudern. Sie taute langsam auf und stieg lachend auf seine Scherze ein. Es herrschte bestes Einvernehmen zwischen ihnen, als sie gemeinsam die Hotelhalle betraten. Amadeus schaute sich um. „Wo können wir ungestört reden? In der Bar?"
„In meinem Zimmer." Sie verlangte ihren Schlüssel. Der Mann an der Rezeption war derselbe, der Dienst gehabt hatte, als er mit Isabella hier gewesen war. Er machte „Ahem" und sah Amadeus streng an. Dieser entschloss sich, sein Spesenkonto in Anspruch zu nehmen und sagte mit sanfter Stimme: „Ich danke Ihnen für Ihre Diskretion." Der Portier ließ die Hundert Euro, die ihm Amadeus zuschob, mit der Geschicklichkeit eines Falschspielers verschwinden und

entgegnete. „Ich habe zu danken und darf Sie auch Ihrerseits um Diskretion bitten."

„Wo bleiben Sie?", fragte Stefanie und hielt die Aufzugstür offen. Amadeus folgte ihr in den Aufzug und dann in ihr Zimmer.

Stefanie inspizierte den Inhalt der Zimmerbar und zählte deren Inhalt auf.

„Nur Mineralwasser", entschied sich Amadeus. „Ich muss noch Autofahren."

„Wenn Sie meinen ... also fangen Sie an: Was wollen Sie wirklich von mir? Oder haben Sie sich nur einfach in mich verliebt?"

„Das wäre zwar kein Wunder, aber ich möchte Sie etwas fragen. Bitte schauen Sie sich diese Bilder an. Er legte zwei Fotos auf das kleine Tischchen, das zwischen ihnen stand. Sie betrachtete schweigend eines nach dem anderen.

„Das bin ich. Oder besser gesagt, ich wie ich in zehn Jahren aussehen werde, wenn ich Glück habe."

Er zeigte auf das Foto des verschwundenen Klimtbildes. „Sagt Ihnen das etwas?"

„Natürlich. Die Zeitungen waren ja voll davon; und nein, wenn Sie wissen wollen, ob ich dafür Modell gestanden habe."

„Was ist mit dem anderen Bild? Haben Sie dafür Modell gestanden?"

„Ich glaube schon. Helene Barkenstein, eine ehemalige Studienkollegin, hat einmal so ein Bild von mir gemalt. Wir sind uns damals gegenseitig Modell gestanden."

Amadeus legte das Foto auf den Tisch, welches die angebliche Baronin Barkenstein zeigte, die für das verschwundene Bild Modell gestanden hatte.

Stefanie war überrascht. „Das bin auch ich, aber ich kann mich nicht erinnern, dass ich je so fotografiert wurde. Jetzt verstehe ich erst so richtig Ihr Interesse an mir, wenn Sie den Fall des Klimtbildes aufklären wollen. Die Ähnlichkeit ist verblüffend."

„Können Sie sich das erklären?"

„Nein. Sie sollten nur berücksichtigen, dass im Internet und in diversen Zeitschriften unzählige Fotos von mir kursieren. Ich habe nämlich auch sehr viel

101

als Fotomodell gearbeitet. Sie müssen nur unter dem Namen Carmen Eratho suchen."

„Ich weiß."

„Na also. Außerdem bin das nicht wirklich ich. Wenn ich als Vorbild gedient haben sollte, bin ich älter gemacht worden, damit es zur Geschichte des Bildes passt. Sie wissen doch selber, was man mit Fotoshop alles machen kann."

„Wer könnte das gemacht haben? Und warum gerade Sie?"

„Keine Ahnung. Ich habe wirklich keine Ahnung."

Amadeus legte ein letztes Bild auf den Tisch: „Sagt Ihnen das etwas?" Er beobachtete sie aufmerksam. Es schien ihm, als ob sie zusammenzuckte.

„Wo haben Sie das her?"

„Von jemand bekommen, der wollte, dass ich es sicher verwahre."

„Ich kenne dieses Atelier nicht. Wer hat Ihnen das Foto gegeben?"

„Ich habe versprochen, das nicht zu verraten. Bitte haben Sie dafür Verständnis. Was war es nun, das Sie mir noch sagen wollten?"

„Nichts. Das hat sich inzwischen erledigt. Ich fürchte, Sie haben den ganzen Weg umsonst gemacht. In Wahrheit kann ich Ihnen gar nicht weiterhelfen."

Amadeus stand auf und steckte die Bilder wieder zu sich. „Warum arbeiten Sie eigentlich als Modell? Auch als Fotomodell? Sie haben doch eine akademische Ausbildung."

„Ja und? Es wird sehr gut bezahlt und es macht mir Freude, mich vor fremden Menschen auszuziehen." Sie begann langsam ihre Bluse aufzuknöpfen.

„Ich glaube Ihnen ja", sagte Amadeus leicht verstört.

Sie öffnete Ihren Büstenhalter. „Wirklich? Zieh dich aus, ich möchte mit dir ficken."

Amadeus war zwar nicht schockiert, aber nahe daran. „Wie komme ich dazu?", fragte er fast abweisend.

„Du bist die Strafe für ihn, weil er mich heute so schlecht behandelt hat. Du willst mich doch ficken, oder? Du willst! Das sehe ich dir an."

Amadeus schüttelte den Kopf. „Vielleicht will ich das, aber ich will nicht die Strafe für irgendjemanden sein."

„Als ob es darauf ankäme. Dann bist du eben da, um mich zu trösten. Gefällt dir das besser?" Sie stieg aus ihrem Höschen.

Das Telefon läutete. Stefanie hob ab, hörte wortlos zu und legte wieder auf. „Pech für dich. Sein Auto ist eben auf den Parkplatz eingefahren. Hau ab, so rasch du kannst." Sie begann sich hastig wieder anzukleiden.

„Wer war das?"

„Der Portier, du Idiot. Ich habe ihm hundert Euro gegeben, als du nach der Bar geschaut hast, damit er mich warnt, falls mein Meister doch noch kommt. Jetzt ist er wirklich da. Wahrscheinlich will er um Verzeihung betteln." Sie kicherte voller Vorfreude. „Verschwinde doch endlich."

Amadeus hielt es für geraten, dieser Aufforderung zu folgen. Er nahm die Treppe, um eine Begegnung am Aufzug zu vermeiden. Der Portier sah ihm mit gespanntem Interesse entgegen.

„Danke", sagte Amadeus knapp.

„Ich hätte zu danken."

Amadeus legte weitere hundert Euro in die geöffnete Handfläche. Der Portier machte eine kleine höfliche Verbeugung. „Jederzeit zu Ihren Diensten, mein Herr. Beehren Sie uns recht bald wieder."

Kapitel 14

„Gestern Abend bin ich sehr zeitig nach Hause gekommen, aber du hast trotzdem schon fest geschlafen", bemerkte Amadeus vorwurfsvoll.

„Ich war müde und habe damit gerechnet, dass du wieder die halbe Nacht herumstreunst", sagte Lisa und stellte den Kaffee auf den Frühstückstisch. „Wie war dein Treffen mit Stefanie? Was ist dir denn diesmal dazwischengekommen?"

Amadeus begnügte sich damit, ob solcher Unterstellungen nur tadelnd den Kopf zu schütteln.

Lisa bestand nicht auf einer Antwort. Stattdessen verkündete sie: „Die Torflügel werden am Nachmittag geliefert. Ich fahre jetzt zum Herrenhaus und sehe nach, ob alles in Ordnung geht. Außerdem muss ich mir den Brunnen genauer anschauen."

„Welchen Brunnen?"

„Im Park hinter dem Haus steht ein Brunnen mit einem schmiedeeisernen Brunnenschloss im Renaissancestil. Er ist schon recht schlecht beisammen und zusammengerostet. Ich habe gedacht, sie werden ihn wegreißen, was das Vernünftigste wäre. Jetzt sind sie aber völlig der Renovierungswut verfallen und haben mich gefragt, ob ich auch da etwas machen kann und wie viel das kostet. Natürlich kann ich etwas machen, es würde nur darauf hinauslaufen, dass ich die meisten Eisenteile neu anfertigen muss. Das kommt ganz schön teuer."

„Ich begleite dich, wenn du nichts dagegen hast."

„Meinetwegen, solange du Finger und Augen von nackten Modellen lässt."

Amadeus schüttelte abermals befremdet den Kopf.

Lisa inspizierte die zum Abtransport bereitstehenden Torflügel und marschierte dann mit Amadeus im Schlepptau zum Haupthaus. Vor dem Eingang trafen sie auf Weiwoda, der nach allen Seiten Ausschau hielt. „Wie läuft dein Kurs?", fragte Lisa.

„Überhaupt nicht. Elisabeth ist bis jetzt nicht gekommen und auch telefonisch nicht zu erreichen. Ich brauche unbedingt ein Modell. Ein paar von denen da drinnen sind imstande und verlangen ihr Geld zurück, wenn ich kein Modell habe."

„Gib ihnen doch eine Lektion in Landschaftsmalerei."

„Damit komme ich nicht durch, weil ich einen Kurs in Aktzeichnen und Aktmalen angeboten habe. Kennst du nicht jemanden, der vorübergehend für Elisabeth einspringen könnte?" Der geplagte Künstler fuhr sich mit beiden Händen an den Kopf und begann sich die Haare zu raufen.

Amadeus wurde abgelenkt, weil ein Mann aus der Tür trat, sich abseits stellte und eine Zigarette anzündete. Er war im selben Alter wie Amadeus, hatte ein freundliches rundes Gesicht und trotz seiner Größe eine rundliche Figur. Er hatte einen farbbefleckten Kittel an, trug an den Füßen Sandalen und am Kopf ein schwarzes Käppchen. Amadeus erkannte ihn sofort nach den Bildern, die er im Internet gesehen hatte. Er pirschte sich an sein Opfer heran und sagte: „Guten Morgen, Herr Professor Wicher. So ein Zigaretterl am Morgen tut gut, nicht wahr?" Er zündete sich selber einen Glimmstängel an.

Wicher musterte ihn. „Guten Morgen. Kennen wir uns?"

„Nicht persönlich. Mein Name ist Heinrich, Amadeus Heinrich."

„Ach so. Der Versicherungsdetektiv. Stefanie hat mir von Ihnen erzählt. Sie waren so freundlich, sie gestern nach Krems zu fahren."

Amadeus ließ sich seine Überraschung darüber, dass Wicher davon wusste, nicht anmerken und machte eine wegwerfende Handbewegung. „Keine Ursache. Ich war ohnehin auf dem Weg nach Krems."

„Um Ermittlungen durchzuführen?"

„Das kann man so sagen. Ich befrage so viele Leute wie möglich, in der Hoffnung auf einen Hinweis zu stoßen. Sie sind doch auch ein Mann vom Fach, Herr Professor. Darf ich Sie fragen, was Sie von der ganzen Sache halten?"

„Sie meinen natürlich das verschwundene Klimtbild." Wicher setzte sich in Bewegung und bummelte in den Park hinein. Amadeus schloss sich ihm an.

„In diesem Punkt bin ich völlig einer Meinung mit meinem Kollegen Kunststotter, was sonst nicht immer der Fall ist", fuhr Wicher fort. „Das Bild ist eine geschickte, im Ergebnis aber durchschaubare Fälschung gewesen. Warum es geraubt und jemand dabei umgebracht wurde, kann ich natürlich nicht sagen."

„Haben Sie keine Vermutung?"

Wicher bohrte seinen Zigarettenstummel in einen Maulwurfshügel. „Wie käme ich dazu? Eines kann ich Ihnen aber sagen: Wenn das Bild nicht weg wäre und von Experten genau unter die Lupe genommen werden könnte, würde der Schwindel ganz rasch auffliegen."

„Das wäre ein einleuchtendes Motiv", bestätigte Amadeus und fügte in gewollt provokativer Offenheit hinzu: „Was uns zur Entdeckerin des Bildes, Helene Barkenstein führt. Ist sie nicht mit Stefanie befreundet?"

„Mit Stefanie und mit dieser Versicherungsfrau, Isabella Krawovsky. Die drei waren damals an der Akademie in derselben Klasse. Ich glaube bloß nicht, dass es jetzt mit der Freundschaft noch weit her ist. Aber da sollten Sie Stefanie selber fragen."

Amadeus hielt es für entbehrlich, zu sagen, dass er das bereits getan hatte.

„Kennen Sie den Kursleiter Weiwoda näher?"

„Ein wenig. Er hat damals auch ein Semester an der Akademie studiert. Ich war einer seiner Lehrer. Er hat aber aufgehört, weil er sich nicht für berufen gehalten hat. Jetzt zeichnet er Comics und unterrichtet talentlose Weiber." Wicher gab ein verächtliches Schnauben von sich und zündete sich eine neue Zigarette an. „Auf dem Gerüst oben soll man nicht rauchen", sagte er entschuldigend. „Die Dämpfe der Farben und Lösungsmittel sind feuergefährlich."

„Haben sich Weiwoda und die drei Freundinnen damals an der Akademie gekannt?"

„Ich denke schon." Wicher klang abweisend. Amadeus registrierte das und bohrte nicht weiter.

„Aha, da ist er also", rief er.

„Wer ist also da?"

„Der Brunnen. Meine Freundin, mit der ich hergekommen bin, soll ihn renovieren."

Wicher trat näher und rüttelte vorsichtig an der Eisenkonstruktion. Es knirschte, Rost rieselte herunter. „Eine schöne Arbeit", konstatierte er, „aber völlig zerstört. Sie wird ihn praktisch ganz neu aufbauen müssen." Er seufzte. „Das ist so ähnlich, wie bei manchen alten Gemälden. Sie sind so zerstört, dass man genau genommen von Renovierung nicht mehr sprechen kann. Man muss das Bild auf und mit den noch vorhandenen Resten fast ganz neu malen und versuchen, es möglichst original aussehen zu lassen."

„Machen Sie so etwas auch?"

„Wenn es ein Kunde will und bezahlt, natürlich."

„Ist das dann nicht schon eine Fälschung?"

„Eine schwierige Frage, eine Verfälschung auf jeden Fall. Sie müssen einen Auktionskatalog immer sorgfältig lesen. Wenn dort beispielsweise steht: ‚Beschädigt, aber aufwendig restauriert' oder etwas Ähnliches, wissen Sie, woran Sie sind; falls es überhaupt im Katalog steht. Manchmal lassen sich auch die Experten der Auktionshäuser täuschen, oder sie wollen es gar nicht so genau wissen."

Sie machten sich auf den Rückweg.

„Machen Sie auch Portraits, Herr Professor?"

„Kaum. danach besteht wenig Nachfrage."

Sie hatten wieder das Haupthaus erreicht. „Darf ich fragen, wo Sie Ihr Atelier haben, Herr Professor?"

Wicher wurde abgelenkt und gab keine Antwort, denn aus der Tür kam Stefanie. Sie sah demütig zu ihm auf. „Da bist du ja. Ich habe die Nymphe jetzt fertig, mein Meister. Komm und schau dir an, ob alles zu deiner Zufriedenheit ist."

„Sofort meine Liebe, sofort. Es war mir ein Vergnügen, Sie kennenzulernen, Herr Heinrich." Er schüttelte Amadeus die Hand und eilte ins Haus. Stefanie blieb bei Amadeus stehen und zündete sich eine Zigarette an.

„Dein Meister ist ein sehr umgänglicher Mann", bemerkte dieser. „Hast du dich gestern mit ihm versöhnt?"

„Natürlich, aber nicht gleich. Er hat vorher noch einige Bußübungen absolvieren müssen, sehr spezielle Bußübungen, wenn du verstehst, was ich meine."

„Eigentlich nicht", bekannte Amadeus und runzelte die Stirn.

„Mein Gott, tu doch nicht so. Für einen Detektiv bist du reichlich prüde. Wir kehren das Verhältnis Meister – Schülerin manchmal um und zwar sehr drastisch.

Von solchen Dingen wirst du doch schon gehört haben! Jetzt schau nicht so befremdet! Deine Freundin ist da viel lockerer."

„Wie meinst du das?"

„Sie hat sich ohne Umstände ausgezogen und steht da drinnen Modell."

„Was macht sie?", fragte Amadeus verstört.

„Sie steht Modell, weil Elisabeth heute schwänzt. Hast du das nicht gewusst? Deine Freundin hat eine tolle Figur. Kein Gramm Fett und jeder Muskel fein modelliert. Sie tut sicher viel dafür. Ich glaube, ich werde das nicht schaffen, wenn ich einmal ihr Alter habe."

Amadeus ließ sie stehen und eilte in den Saal. Stefanies Kichern folgte ihm. Lisa stand splitternackt auf ihrem Podest, nahm eine graziöse Haltung ein und lächelte ihm zu. Die Kursteilnehmer zeichneten eifrig in ihren Skizzenblöcken.

Weiwoda klatschte in die Hände. „Heute habe ich Ihnen gezeigt, wie man mit knappen Strichen eine Skizze anfertigt, die als Vorlage für weitere Arbeiten dienen kann. Dafür habe ich uns ein anderes Modell besorgt, damit sie nicht in Routine verfallen. Wir danken Frau Charlotte, die sich liebenswürdigerweise dafür zur Verfügung gestellt hat."

Die Kursteilnehmer applaudierten heftig. Lisa machte einen Knicks und stieg vom Podest.

„Und jetzt darf ich Sie ans Buffet bitten. Nachher werden wir versuchen, nur an Hand Ihrer Skizzen eine detaillierte Zeichnung anzufertigen."

„Ich bin Ihrer Freundin sehr dankbar", sagte Weiwoda zu Amadeus. „Sie hat den heutigen Kurstag gerettet. Sie hat das fabelhaft gemacht. Wirklich, eine schöne Frau, wenn ich das als Künstler sagen darf. Glauben Sie, ich könnte sie dafür gewinnen, auch künftig für uns Modell zu stehen?"

„Nein, das glaube ich nicht", erklärte Amadeus entschieden.

Lisa trat zu ihnen. „Wie war ich?"

„Wunderbar, liebe Charlotte, wunderbar", lobte Weiwoda. „Du bist ein Naturtalent."

„Findest du?" Lisa wirkte sehr geschmeichelt.

„Geh und zieh dir etwas an, du Naturtalent", befahl Amadeus ungnädig.

„Ach ja, ich bin ja noch nackt. Erstaunlich, wie rasch man sich daran gewöhnt und nichts mehr dabei findet." Sie grinste Amadeus an und ging ungeniert quer durch den Saal zu einem Paravent.

Weiwoda vermutete, dass Amadeus verärgert war und sah ihn besorgt von der Seite an.

„Ich muss jetzt eine Zigarette rauchen", brummte Amadeus. „Leisten Sie mir Gesellschaft?"

„Natürlich, gern." Weiwoda folgte ihm. An der Tür kam ihnen Stefanie entgegen. „Ein entzückendes neues Modell hast du gefunden", sagte sie zu Weiwoda und grinste Amadeus dabei süffisant an. „Du hättest natürlich auch mich fragen können."

„Und hättest du es gemacht?"

„Ich weiß nicht, aber fragen hättest du auf jeden Fall können, schon aus alter Freundschaft." Sie kicherte und begann das Gerüst hochzuklettern.

„Kennen Sie Stefanie schon lange?", fragte Amadeus, als sie vor der Tür standen.

„Schon seit unserer Zeit an der Akademie."

„Und auch ihre Freundinnen Helene und Isabella?"

„Die kenne ich auch, obwohl sie keine so besonders gute Freundinnen sind."

„So etwas habe ich auch schon gehört. Was ist damals an der Akademie wirklich vorgefallen?"

Weiwoda zögerte, dann entschloss er sich zu reden, wahrscheinlich um Amadeus, dessen Verstimmung über Lisas Verhalten ihn bekümmerte, versöhnlich zu stimmen.

„Isabella hatte ein Verhältnis mit ihrem Lehrer, Professor Kunststotter, angefangen. Wie die Sache in einem peinlichen Skandal aufgeflogen ist, hat Isabella die Akademie und auch Kunststotter verlassen. Dieser ist für ein Semester beurlaubt worden, bis wieder Gras über die Sache gewachsen war."

„Ich habe gehört, Helene hat die beiden verraten?"

„Das vermuten die meisten Leute, es stimmt aber nicht. Es war Stefanie."

„Sieh an. Sind Sie sich da ganz sicher?"

„Völlig. Sie war selbst in Kunststotter verschossen und hat dann die Situation gründlich ausgenützt. Sie hat ihn über Isabellas Verlust hinweggetröstet und war einige Zeit seine Geliebte. Dann hat sie ihren Meister kennengelernt und Kunststotter stehen lassen."

„Sie sind erstaunlich gut informiert, Herr Weiwoda."

„Das meiste hat mir Helene erzählt."

„Verstehe", sagte Amadeus, obwohl er den Bedeutungsinhalt dieser Information nicht wirklich verstand.

„Ich war mit Helene einige Zeit zusammen, ehe sie Barkenstein kennengelernt hat."

Weiwoda verstummte, weil er das Gefühl hatte, schon mehr erzählt zu haben, als er vorgehabt hatte.

Lisa kam aus der Tür und war wieder adrett angezogen. „Da seid ihr ja. Deine Schüler haben sich den Bauch vollgeschlagen und sind voller Tatendrang, Max."

„Dann sollte ich wohl wieder an die Arbeit gehen. Nochmals vielen Dank Charlotte, auf Wiedersehen, Herr Heinrich." Er eilte ins Haus zurück.

„Wolltest du etwas sagen?", fragte Lisa.

„Du solltest dich schämen."

„Bitte sei mit der Lisa nicht so böse. Sie ist eine schamlose Person, das stimmt schon. Ich sage ihr das ja auch immer wieder, aber sie kann halt nicht anders. Am besten gibst du dich gar nicht mit ihr ab und hältst dich mehr an mich. Ich bin viel braver als die Lisa."

Amadeus starrte seine Begleiterin fassungslos an. „Spielst du jetzt die brave Lotte, die gar nichts dafür kann? So leicht kommst du mir nicht davon, meine Liebe. Was fällt dir ein, dich nackt auszuziehen?"

„Das hat dich doch nie gestört."

„Stell dich nicht so dumm, Lisa oder Lotte oder Lieselotte. Ich meine vor all den fremden Leuten."

„Das hat dich bei Elisabeth doch auch nicht gestört. Du hast sogar ausdrücklich ihren Hintern gelobt."

„Das ist etwas anderes. Warum hast du das gemacht."

„Weil ich den Weiwoda gut leiden kann und ihm helfen wollte und weil ich dich ärgern wollte. Du hast es nämlich verdient. Willst du jetzt einen Aufstand machen?"

Es klang nach einer Einladung zum Streit. Amadeus erforschte sein eigenes Gewissen und sagte dann: „Nein, ich will keinen Aufstand machen. Friede!"

„Friede!", bestätigte Lisa bereitwillig und gab ihm einen Kuss auf den Mund. Hand in Hand gingen sie zu dem Brunnen hinter dem Haus.

„Das schaut schlimmer aus, als ich es in Erinnerung hatte", klagte Lisa als sie angekommen waren und nahm eine Kamera aus ihrer Tasche. „Ich werde ihn am besten fotografieren, so wie er ist. Beim Abmontieren fällt wahrscheinlich alles auseinander. Sie umkreiste den Brunnen und machte eine Aufnahme nach der anderen.

Amadeus trat an den kreisrunden, etwa einen Meter hohen Sockel. „Ob noch Wasser drinnen ist?"

„Pass auf, dass die Mauer nicht nachgibt und du hineinfällst."

Amadeus beugte sich vorsichtig über den Mauerrand und erstarrte. Der Brunnen hatte noch reichlich Wasser und er beherbergte einen Gast. Amadeus hatte Elisabeth gefunden. Sie hing knapp unter der Wasseroberfläche, getragen von einer Luftblase, die sich in ihrem Kleid verfangen hatte. Das Gesicht war dem Himmel zugewandt und die blauen Augen waren weit offen. Die langen blonden Haare schwebten um sie wie ein Strahlenkranz. Es schien fast als ob sie lächelte. Auf eine grausame Art wirkte sie hübsch, so wie sie da im Wasser schwebte.

Amadeus wich langsam zurück. „Bleib stehen und komm nicht her", sagte er mit gepresster Stimme zu Lisa, die näher kam.

„Warum?" fragte sie und machte sofort ein paar Schritte auf den Brunnen zu.

Amadeus verlor die Nerven. „Verdammt noch einmal, tu einfach, was ich dir sage und frag nicht immer ‚warum' und mach dann das Gegenteil, du sture Nuss!", schrie er.

Lisa sah ihn entsetzt an.

Amadeus zog sein Mobiltelefon hervor und betätigte eine Taste.

„Hagenberg. Ich habe jetzt keine Zeit für dich, Amadeus. Ich habe eine Menge Arbeit."

„Du wirst gleich noch mehr Arbeit haben. Ich habe eine Leiche gefunden."

Einen Augenblick war es still. „Hast du schon die örtliche Polizeidienststelle verständigt?"

„Nein. Ich fürchte diese Tote gehört auch zu deinem Fall. Es ist die Angestellte der Galerie, aus der das Bild geraubt wurde. Sie liegt im Brunnen des Herrenhauses."

Es war wieder einen Augenblick still, dann sagte Hagenberg: „Rühr dich nicht von der Stelle. Du bist mir dafür verantwortlich, dass niemand an den Fundort der Leiche kommt. Wir sind sofort da."

Lisa hatte sich auf den Boden gesetzt und weinte bitterlich. Ihr ganzer Körper zuckte und bebte.

Amadeus eilte zu ihr und versuchte sie zu trösten. „Es tut mir ja auch leid, Lisa, das ist sicher ganz schrecklich, aber so gut haben wir Elisabeth doch gar nicht gekannt."

„Ich weine nicht nur wegen Elisabeth", schluchzte Lisa, „sondern auch weil du mich so böse angeschrien und eine sture Nuss genannt hast."

Amadeus versuchte erst gar nicht, diese irrationale Reaktion zu verstehen. Er nahm sie schweigend in die Arme und wartete. Nach einer viertel Stunde rasten mehrere Autos mit Blaulicht die Auffahrt herauf und bremsten, dass der Kies nur so stob. Dann kamen etliche Männer auf sie zugerannt, allen voran ein grimmiger Hagenberg.

Kapitel 15

Lisa hatte den Schock über Elisabeths Tod überwunden und sich wieder gefangen. Sie beaufsichtigte die Lieferung der Torflügel, die von den Leuten einer Transportfirma in ihre Werkstatt geschleppt wurden. Das lenkte sie ab.

Amadeus und Wizzig saßen auf der Terrasse und sprachen leise miteinander.

„Das ist es also, was ich bisher herausgefunden habe", schloss Amadeus seinen Bericht. „Ich habe ein Mail darüber an unsere Kanzlei geschickt, damit ihr unseren Akt ergänzen könnt."

„Wir waren inzwischen auch nicht untätig. Das dürfte das Aufschlussreichste sein, das wir gefunden haben." Wizzig schob einige Bilder über den Tisch. „Es handelt sich um eine Fotografie der Baronin Barkenstein, die kurz vor ihrem Verschwinden im Jahre 1908 aufgenommen worden ist."

„Ich erkenne keine Ähnlichkeit mit jenem Bild, das Barkenstein vorgelegt hat. Wo hast du die Bilder her?"

„Aus einem alten Zeitungsarchiv. Das hier ist noch deutlicher."

Er legte ein weiteres Bild vor Amadeus. Es zeigte das Gemälde einer Frau in der Tracht, wie sie um die Jahrhundertwende üblich gewesen war.

„Dieses Bild befindet sich im Lager des Hofmobiliendepots und zeigt ohne Zweifel die Baronin Barkenstein. Lizzy hat es gefunden."

„Wieso arbeitet Lizzy für uns?", fragte Amadeus drohend.

„Nur probeweise", versicherte Wizzig eilig. „Sie hat von sich aus in der Kanzlei Mauser gekündigt und ich wollte ihr eine Chance geben, natürlich nur, wenn du einverstanden bist."

Amadeus knurrte.

„Sie ist sehr tüchtig, eine ausgesprochen brauchbare Person. Ich selber hätte dieses Bild wahrscheinlich nicht ausfindig machen können."

Amadeus konzentrierte sich wieder auf das Gemälde. „Das ist eindeutig nicht die Frau auf dem Klimtbild. Wie konnte dem Fälscher so ein Fehler unterlaufen?"

„Ganz einfach. Es wurde allgemein davon ausgegangen, dass es keine Bilder von der historischen Baronin gibt, weil ihr Mann nach ihrem Verschwinden alles vernichtet hat, das an sie erinnern konnte. Von diesen Bildern hat niemand gewusst und sie waren nur Dank Lizzis Geschick zu finden. Der Fälscher hat also gar nicht gewusst, wie die Dame wirklich ausgeschaut hat. Ich denke, mit allen Informationen, die wir haben, können wir beweisen, dass das Bild eine Fälschung ist. Sollten wir nicht Hochkutzer informieren? Ich glaube, wir haben unseren Auftrag erfüllt. Um die Morde soll sich die Polizei kümmern."

„Noch nicht", entschied Amadeus. Ich will versuchen, das Bild selbst zu finden, dann kann Hochkutzer keine Tricks bei der Berechnung meiner Prämie versuchen. In diesem Punkt ist der Vertrag, den ich mit ihm ausgehandelt habe, eindeutig: Finde ich das Bild, bekommen wir 250.000 Euro."

„Dafür müssen wir uns wahrscheinlich mit einem Mörder herumschlagen."

„Das wird sich nicht vermeiden lassen."

„Zählt Wicher auch zu unseren Verdächtigen? Er lässt sich von seiner Freundin ‚Meister' nennen, genauso wie der geheimnisvolle Fälscher in der Szene auch genannt wird. Seine Freundin ist offenbar sowohl für das Beweisfoto als auch für das gefälschte Gemälde Modell gestanden oder hat zumindest als Vorbild gedient. Das sind doch massive Verdachtsmomente!"

„Das ist all zu offenkundig. Vorläufig ist zwar jeder verdächtig, aber ich halte Wicher für keinen Mörder. Seine Freundin Stefanie ist mir hingegen nicht ganz geheuer. Der traue ich alles Mögliche zu und ich glaube, sie hat mir nicht die Wahrheit gesagt. Ich werde den Eindruck nicht los, dass sie das Atelier erkannt hat, das auf dem Foto abgebildet ist."

„Das Foto, das Meisenbichler aus Susis Auto hatte? Was soll man davon halten?"

„Ich habe darüber nachgedacht. Susi hat mit der ganzen Sache nichts zu tun, davon bin ich überzeugt, auch wenn mich Isabella in diese Richtung lenken wollte. Ich glaube vielmehr, dass Elisabeth das Foto in Susis Auto vergessen hat."

„Das wäre eine Möglichkeit. Wer wusste, dass du dieses Foto hast?"

„Nur Meisenbichler. Ob der etwas weitererzählt hat, weiß ich natürlich nicht, glaube es aber eher nicht. Dann habe ich es gestern Abend noch Stefanie gezeigt."

„Stefanie also – und heute ist Elisabeth tot. Das ist doch auffällig. Wäre es möglich, dass wir der Lösung des Falles näherkommen? Du solltest dich um Stefanie kümmern. Pass dabei nur auf deinen Hals auf."

„Zuerst möchte ich mit Susi reden."

Amadeus griff zum Handy und rief Hagenberg an. Der war ausgesprochen unwirsch. „Ich habe jetzt keine Zeit und auch keine Informationen für dich. Morgen früh besuche ich dich. Dass du ja da bist, wenn ich komme: Um 9 Uhr!" Er legte auf.

„Freie Bahn", verkündete Amadeus. „Er kommt heute nicht mehr. Ich fahre jetzt nach Krems."

Lisa war in ihrer Werkstatt damit beschäftigt, einen der Torflügel mit einem Flaschenzug, der von der Decke hing, so aufzustellen und zu fixieren, dass er von allen Seiten zugänglich war.

„Ich könnte eine dritte und eine vierte Hand brauchen", stöhnte sie.

„Ich muss leider fort", erklärte Amadeus eilig.

„Kann ich vielleicht helfen?", erbot sich Wizzig voreilig.

Lisa musterte ihn prüfend. „Ich glaube schon. Nehmen Sie sich eine der Schlossermonturen, die dort im Fach liegen. Sie werden sonst ganz dreckig."

Amadeus klopfte seinem Partner auf die Schulter und machte, dass er fortkam.

Er hatte sich bei Susi telefonisch angemeldet. Sie ließ ihn sofort ein, als er läutete. Ihre Augen waren verschwollen. Sie hatte geweint. „Du brauchst es mir nicht schonend beibringen", sagte sie „Ich weiß es schon. Es war in den Radionachrichten. Elisabeth ist in einem Brunnen ertrunken." Sie schniefte.

„Es tut mir sehr leid."

Sie führte ihn ins Wohnzimmer. „Weißt du Näheres?"

„Ja, leider. Ich habe sie gefunden, wie Lisa den Brunnen, den sie renovieren soll, in Augenschein genommen hat."

„Wie hatte das nur geschehen können! Weiß man schon ...?"

„Nein. Man weiß noch nicht, wie sie in den Brunnen gekommen ist. Ich war dabei, wie man sie herausgezogen hat. Es waren keine Verletzungen zu sehen. Auch am Brunnen hat man keine Spuren gefunden. So wie es ausschaut, könnte es auch ein Unfall gewesen sein."

„Die arme Elisabeth. Sie war so vertrauensvoll und unschuldig." Susi schniefte wieder.

„Vertrauensvoll vielleicht, unschuldig nicht unbedingt."

„Wie meinst du das?"

„Es könnte sein, dass sie in irgendeiner Weise in den Raub des Bildes verwickelt war. Sagt dir das etwas?" Er legte das Foto des Ateliers vor sie.

Susi betrachtete es verständnislos. „Was soll das sein? Wo hast du es her?"

„Beide Fragen kann ich dir beantworten. Es stellt vermutlich das Atelier dar, in dem das Bild gefälscht wurde und es stammt aus deinem Auto. Dein Verehrer Meisenbichler hat es dort in einem deiner Firmenprospekte gefunden und mir gegeben."

Susi sah in fassungslos an. „Das ist unmöglich. Ich habe dieses Foto noch nie gesehen."

„Das glaube ich dir. Ich vermute, Elisabeth hat es in deinem Auto vergessen, oder vielleicht sogar absichtlich versteckt."

Erschrecken und Erkenntnis zeichnete sich auf Susis Gesicht ab. „Mein Gott, dann ist sie ja vielleicht ..."

„Ja, das halte ich für möglich. Sie könnte zuviel gewusst haben und ist deshalb umgebracht worden. Ich denke, ich werde morgen näheres über die Todesursache erfahren."

Susi rang um Fassung. Amadeus ließ ihr einige Zeit, um das Gehörte zu verdauen. Dann fragte er: „Hat Elisabeth etwas bei dir gelassen?"

Susi nickte. „Komm mit."

Sie führte ihn in ihr Schlafzimmer. Das breite Doppelbett war zerwühlt. „An der Fensterseite hat sie immer geschlafen, wenn sie bei mir übernachtet hat. Im Nachtkästchen sind Sachen von ihr. Ich weiß nicht was, ich habe nie hineingeschaut. Was machst du da?"

Amadeus hatte sich Latexhandschuhe über die Hände gezogen. „Ich möchte keine Fingerabdrücke auf möglichen Beweisgegenständen hinterlassen. Mein Freund Hagenberg kann in der Hinsicht sehr eigen sein. Ich vermute, er wird sehr bald bei dir auftauchen."

Er öffnete die Lade des Kästchens und durchsuchte den Inhalt, der hauptsächlich aus Toiletteartikel bestand, sorgfältig. Lediglich ein Kuvert erweckte seine Aufmerksamkeit. Darin lag ein Abzug desselben Fotos, das er Susi gezeigt hatte. Auf den Umschlag hatte sie geschrieben: ‚Für Karin'.

„Da schau her. Das bestätigt meine Vermutung. Hast du eine Ahnung, wer diese Karin sein könnte?"

Susi runzelte die Stirne. „Ich erinnere mich, dass sie einmal eine Reporterin erwähnt hat, von der sie wegen des Raubes interviewt wurde. Ich glaube, die hat Karin geheißen und arbeitet beim ‚Spekulum'."

Amadeus suchte noch einmal gründlich und wurde fündig. Er fand einen zerknitterten Zettel, auf dem Telefonnummern und Namen standen. Bei einer Nummer stand ‚Karin'. Er legte den Zettel auf den Boden und fotografierte ihn mehrmals. Dann verstaute er wieder alles, so wie er es gefunden hatte, in der Lade und zog sich die Handschuhe aus.

„Wenn dich die Polizei befragt, solltest du ganz ehrlich sein. Mach kein Geheimnis aus deiner Beziehung zu Elisabeth, zeige der Polizei ihre Habseligkeiten, wenn du danach gefragt wirst, gib zu, dass ich dich heute besucht habe. Die Polizei wird wahrscheinlich darüber schon Bescheid wissen. Sage, ich habe dich über den Tod Elisabeths informieren wollen und dich getröstet. Sonst haben wir nichts geredet."

„Ich verstehe." Susi schniefte wiederum. „Komm her und tröste mich, damit meine Aussage stimmt."

Amadeus nahm sie in die Arme und sie weinte sich an seiner Schulter aus. Nach einer Weile suchten ihre Lippen seinen Mund und sie begann ihn zärtlich zu küssen, während ihre Hände über seinen Körper tasteten.

„Susi", flüsterte ihr Amadeus ins Ohr. „Unter anderen Umständen wäre ich der glücklichste Mann der Welt, aber – wie wir beide wissen – ist ein Mann für dich doch nur eine Notlösung und ich will Lisa nicht betrügen, auf keinen Fall mit ihrer besten Freundin. Bitte lass uns vernünftig sein."

Susi ließ ihn los. „Es hätte ja gar nicht gezählt, eben weil du bloß ein Mann bist", sagte sie enttäuscht, „und Lisa hätte es nie erfahren. Aber wenn du nicht willst, dann geh jetzt."

Amadeus ging und schrieb sich auf seinem imaginären Gewissenskonto einen weiteren dicken Punkt für besondere Treue gut. Das war schon der dritte in dieser Woche. Ein wenig blöd kam er sich dabei schon vor.

Kapitel 16

Hagenberg hegte offenbar die Hoffnung, mit einem frugalen Frühstück verwöhnt zu werden. Er sah übermüdet aus, war unrasiert und übler Laune. Lisa hatte sich Amadeus' Bemerkung über das Raubtier, das gefüttert werden musste, um es friedlich zu stimmen, zu Herzen genommen und servierte ihrem frühen Gast wie selbstverständlich und ohne vorher zu fragen, eine riesige Portion Spiegeleier mit Speck und eine große Kanne Kaffee. So etwas wie Wohlwollen war auf Hagenbergs Gesicht zu erkennen, als er Lisa dankte und sich zu einem Kompliment über ihr blendendes Aussehen an diesem ansonst abscheulichen Morgen durchrang. Das Wohlwollen erstreckte sich nicht auf Amadeus.

„Zu dir komme ich später", knurrte ihn Hagenberg an, während er sich über sein Essen hermachte.

Amadeus war sich keiner Schuld bewusst, von der Hagenberg wissen konnte, und widmete sich gelassen seinem eigenen Frühstück, das deutlich kleiner war, als jenes das Hagenberg bekommen hatte.

Eine halbe Stunde und drei große Tassen Kaffee später lehnte sich Hagenberg zurück und zündete sich eine Zigarette an. Er war nicht sehr, aber doch ein wenig milder gestimmt.

„Jetzt zu dir. Was kannst du mir erzählen, Amadeus?"

„Nichts, was ich dir nicht schon gestern gesagt habe und was du selber weißt."

„Wie willst du wissen, was ich weiß? Welche Beziehung besteht zwischen Elisabeth und deiner Freundin Susanna Jehlik?"

„Sie waren Freundinnen."

„Was soll das genauer heißen?"

„Das weißt du doch selber. Susi ist eine Lesbe."

„Ja, so etwas habe ich gehört. Ich dachte bloß, sie ist mit der Anna Moser hier aus der Ortschaft fest liiert." Hagenberg war bestens informiert.

„Das auch", bestätigte Amadeus."

„O tempora, o mores", beklagte Hagenberg diesen evidenten Sittenverfall.

„Gib nicht so an, ich habe auch Latein lernen müssen", sagte Amadeus.

„Sei nicht vorlaut! Hat Elisabeth Habseligkeiten bei Susanna deponiert?"
„Frag sie doch selber."
„Das habe ich schon gestern Abend getan, kurz nachdem du gegangen warst. Hat sie dich nicht angerufen?"
Amadeus schaute betreten und schaltete sein Handy ein. Das Display zeigte ihm zwei entgangene Anrufe von Susi. Einer von gestern Abend, als er schon fest in Lisas Armen geschlafen hatte und einen von heute Morgen, kurz bevor Hagenberg gekommen war.
„Stümper", bemerkte Hagenberg grimmig und legte einen Plastikumschlag auf den Tisch. Darin waren das für Karin bestimmte Kuvert und das Foto von dem Atelier. „Kennst du das?"
„Nein", log Amadeus. „Wer ist Karin?"
„Angeblich eine Reporterin beim ‚Spekulum'. Bloß dort gibt es überhaupt keine Karin. Ich habe das schon überprüft."
„Hast du eine Telefonnummer von ihr gefunden?"
„Ich werde den Verdacht nicht los, dass du unbefugt in Beweismitteln gestöbert hast, Amadeus. Lass dich dabei bloß nicht von mir erwischen. Natürlich haben wir eine Telefonnummer gefunden. Es ist ein Wertkartenhandy. Niemand meldet sich, weil es abgeschaltet ist, weshalb wir es auch nicht orten können."
„Weißt du schon Näheres über den Tod Elisabeths?"
„Warum sollte ich dir etwas sagen?"
Amadeus entschloss sich zur Kooperation. Er legte ein Foto vor Hagenberg. „Das ist ein Gemälde der historischen Baronin Barkenstein. Es hat keine Ähnlichkeit mit der Frau auf dem angeblichen Klimtbild. Du findest das Original im Hofmobiliendepot. Eine meiner Mitarbeiterinnen hat es dort entdeckt."
Hagenberg schnappte das Bild. „Gut gemacht, Amadeus", lobte er.
„Davon habe ich nichts. Erzähl mir etwas. Wie ist Elisabeth gestorben?"
„Ich habe erst ein vorläufiges Obduktionsergebnis. Jemand hat sie direkt neben dem Brunnen mit einem Stein auf den Kopf gehauen und sie dann in den Brunnen geschmissen. Da war sie schon tot. Die Atmung hatte bereits ausgesetzt. Man hat in ihren Lungen kein Wasser gefunden. Den Stein haben wir. Er hat

noch dort gelegen, leider ohne Fingerabdrücke. Er wird jetzt auf DNA-Spuren untersucht. Der Gerichtsmediziner sagt, möglicherweise ist Elisabeth auch gar nicht geschlagen worden, sondern bei einem Sturz auf den Stein gefallen. Die Kopfverletzung war bei weitem nicht so schwer, dass sie tödlich sein konnte. Mit einem Wort, wir wissen noch nicht genau, wie sie gestorben ist."

„Warum ist sie in den Brunnen geworfen worden, wenn man sie nicht ertränkt hat? Ein gutes Versteck war das nicht. Sie musste bald gefunden werden."

„Vielleicht wollte jemand sicher gehen oder es war eine spontane Handlung, ohne viel nachzudenken."

„Das passt nicht zu unserem Mörder", murmelte Amadeus. „Weißt du schon Näheres über den Tod Mausers?"

„Die einzige Neuigkeit besteht darin, dass in der Wunde mikroskopische Spuren von Künstlerölfarbe gefunden wurden."

„Künstler und ihre Modelle", bemerkte Amadeus versonnen. „Manchmal glaube ich schon ganz nahe dran zu sein, aber ich bekomme es nicht zu fassen. Sind darauf Spuren?" Er deutete auf den an Karin adressierten Brief.

„Nicht von dir, wenn dir das Sorgen machen sollte. Ich habe das eigens überprüfen lassen. Es sind nur Fingerabdrücke von Elisabeth und Werner Liblich, dem ermordeten Galeriebesitzer darauf."

„Das ergibt Sinn. Hast du schon die Beziehung zwischen Helene Barkenstein und Liblich überprüfen lassen?"

„Wenn er ihr Cousin war, wie sie behauptet, war die Verwandtschaft sehr weitschichtig. Wir haben sie nicht verifizieren können. Ich habe auch gehört, Helene habe seinerzeit an der Akademie einen Skandal ausgelöst, weil sie eine Freundin verraten hat, die mit einem der Professoren ein Verhältnis hatte. Weißt du darüber etwas Näheres?"

„Das ist wahrscheinlich eine Sackgasse. Das bewusste Verhältnis hatten Isabella Krawovsky, die jetzt bei der ‚Glabus' arbeitet und die mir in diesem Fall ständig über den Weg läuft, und der allseits geschätzte Professor Kunststotter. Verraten hat sie aber nicht Helene, sondern eine andere Kommilitonin: Eine gewisse Stefanie Stuchlik."

„Wer zum Teufel ist das?"

„Stefanie Stuchlik, die sich mit ihrem Künstlernamen auch Carmen Eratho nennt, hatte es selbst auf Kunststotter abgesehen und war eine Zeitlang seine Geliebte. Jetzt ist sie die Muse von Professor Wicher, der das Deckengemälde im Herrenhaus renoviert. Sie hilft ihm dabei und nennt ihn ihren Meister. Ich denke aber nicht, dass er unser gesuchter Fälscher ist, obwohl er wahrscheinlich die Kenntnisse und Fähigkeiten dafür hätte."

Hagenberg machte sich schweigend Notizen. Dann sagte er überraschend freundlich: „Danke, Amadeus. Einen Mann wie dich könnte ich brauchen. Willst du nicht in den Polizeidienst zurückkommen?"

„Vielleicht mit dir als Chef? Nein danke, das würde ich nicht aushalten."

„So schlimm bin ich gar nicht. Weil du so kooperativ warst, verrate ich dir auch etwas: Liblich und Helene Barkenstein hatten ein Verhältnis. Sie haben zweimal gemeinsam die Nacht im Hotel ‚Zur deutschen Krone' verbracht. Natürlich in getrennten Zimmern, aber mit gemeinsamem Badezimmer und diskret aufgesperrter Verbindungstür. Das war gar nicht so leicht herauszubekommen, weil der Nachtportier sehr verschwiegen ist."

„Diskretionen kosten bei ihm hundert Euro, Indiskretionen werden wahrscheinlich teurer sein", verriet Amadeus. „Ich schätze so um die dreihundert Euro."

„Ich habe nicht dein Spesenkonto, mein Lieber. Ich bin ein bisschen ungehalten geworden und habe ihm gedroht, ich nehme ihn mit und sperre ihn ein. Da hat er geredet, ganz freiwillig und kostenlos. Bis bald, Amadeus."

Er stand auf. Lisa hielt ihm zum Abschied die Wange hin. Hagenberg küsste sie herzlich auf beide Wangen und eilte davon. Seine Laune hatte sich merklich gebessert.

Lisa zog sich in ihre Werkstatt zurück und überließ Amadeus seinen Gedanken. Etwa eine halbe Stunde später läutete es an der Tür.

„Geh aufmachen!", schrie Lisa. „Ich kann jetzt nicht!"

Amadeus sperrte gehorsam die Geschäftstür auf. Draußen stand eine Frau, die etwa in Lisas Alter war. Sie war ein wenig unscheinbar, hatte ein hübsches rundes Gesicht und trug Arbeitskleidung.

„Hallo, Amadeus", grüßte Anna Moser, Susis ständige Begleiterin, wenn diese nicht gerade auf Abwegen war. „Schön, dass du wieder bei uns bist. Ich bringe etwas für Charlotte."

Sie trug ein Gestell aus Metall herein. Es war etwa einen Meter hoch und aus Blüten und Blattranken geformt. Den oberen Teil zierte ein Medaillon mit dem Halbrelief einer barbusigen Frau, die möglicherweise eine Muse darstellen sollte. Den Fuß, mit dem das Ding aufgestellt werden konnte, und der auch die Funktion einer Halterung für ein Bild oder dergleichen erfüllte, bildete ein Gewirr von Blättern und Ranken. Ein nach hinten gerichteter Spreizfuß mit Bänderwerk verlieh dem Ganzen Stabilität. Das schön gearbeitete und überaus dekorative Stück war so exemplarisch dem Jugendstil zuzuordnen und so gut erhalten, dass Amadeus Zweifel an der Echtheit hegte.

„Schön", lobte er halbherzig. „Schön kitschig."

„Charlotte sammelt so etwas", erklärte Anna. „Sie sammelt alte kunstgewerbliche Gegenstände aus Metall und lässt sich von ihnen inspirieren. Das da habe ich auf dem Flohmarkt in Krems erwischt. Es war gar nicht teuer und ich dachte, ich bringe es ihr mit."

„Sie wird gleich kommen", versprach Amadeus und führte Anna auf die Terrasse. „Willst du Milch in deinen Kaffee? Wie geht es dir, wie läuft es mit Susi?"

„Ganz gut. Sie hat bloß in den letzten Wochen nur wenig Zeit für mich gehabt. Sie sagt, sie hat im Geschäft so viel zu tun." Anna klang merklich skeptisch.

„Das wird sich bald wieder ändern", tröstete Amadeus und dachte mit Beklemmung an Elisabeth und wie sie im Brunnen gelegen hatte.

Wenig später erschien Lisa, begrüßte Anna und bewunderte das Mitbringsel.

Während die beiden Frauen zu plaudern begannen, ohne sich weiter um Amadeus zu kümmern, untersuchte dieser aus purer Langeweile die zierliche Staffelei. Zu seiner Überraschung ließ sich das Medaillon öffnen. Darin befanden sich ein gut erhaltenes Foto, das einen distinguierten Herrn zeigte und eine Haarlocke. Auf der Rückseite des Fotos war mit eleganter schwarzer Tinte geschrieben: *„Seiner geliebten Ehefrau zum Namenstag 1906 von ihrem glücklichen Ehemann, Manuel, Baron Barkenstein'.*

Amadeus atmete vorsichtig aus, um sich seine Überraschung nicht anmerken zu lassen und sah Anna von der Seite an. Diese beachtete ihn gar nicht. Amadeus vermutete, dass sie vom Inhalt des Medaillons nichts gewusst hatte. Er steckte Fotografie und Haarlocke heimlich zu sich und schloss das Medaillon vorsichtig. „Wo hast du das schöne Stück her?", fragte er beiläufig, als eine Pause in der Unterhaltung Gelegenheit dazu bot.

„Vom Flohmarkt", wiederholte Anna.

„Erstaunlich. Was hast du dafür bezahlt?"

„Hundert Euro", antwortete Anna nach einigem Zögern.

„Erstaunlich! Nach meiner Meinung ist es aus der Zeit und in diesem Erhaltungszustand ein Vielfaches wert."

„Seit wann bist du Fachmann für so etwas", warf Lisa spöttisch ein und begann ihrerseits die Staffelei zu untersuchen. Schon bald hatte sie eine Herstellermarke entdeckt. „Es könnte wirklich echt und keine Replik sein", murmelte sie.

„Ich schenke es dir", warf Anna eilig ein.

„Ich weiß nicht", meinte Lisa zögernd, „ich will es natürlich gern haben, aber Susi könnte es in ihrem Geschäft wahrscheinlich ziemlich teuer verkaufen."

„Ich habe es für dich gekauft. Wenn du solche Skrupel hast, dir von mir etwas schenken zu lassen, dann gib mir eben die hundert Euro, aber behalte es."

Lisa konnte nicht widerstehen. Sie küsste Anna, bedankte sich wortreich und steckte der Widerstrebenden eine Banknote zu. Amadeus bewegten inzwischen andere Gedanken. „Weißt du noch, wer der Verkäufer war?"

„Sicher nicht", wehrte Anna ab. „Das ist ja auch gar nicht wichtig. Ich habe den Mann nicht gekannt."

Amadeus beließ es dabei. „Wann hast du Susi das letzte Mal gesehen", versuchte er beiläufig zu erkunden, als das Gespräch die Gelegenheit dazu bot.

Anna reagierte wiederum abweisend. „Warum willst du das wissen?" Diese Antwort schien ihr selbst unangemessen unfreundlich zu sein und sie ergänzte:

„Vorgestern habe ich sie in ihrem Geschäft besucht. Ich bin aber nicht lange geblieben, weil sie etwas anderes vor hatte."

„Warum ziehst du nicht einfach zu ihr?", erkundigte sich Lisa unverblümt.

„Das geht doch nicht. Ich muss dem Vater in der Landwirtschaft helfen", sagte Anna entschieden. „Er verlässt sich auf mich. Außerdem glaube ich, dass Susi das gar nicht will."

Als Amadeus wieder allein war, ging er auf sein Zimmer und blätterte in dem Handakt, den er sich über den Fall angelegt hatte, bis er das Foto der angeblichen Baronin Barkenstein fand. Er entdeckte auf den ersten Blick, was er suchte. Die Staffelei, die Anna gebracht hatte, oder eine die dieser zumindest verdammt ähnlich sah, bildete einen Teil des auf dem Bild erkennbaren Interieurs.

Er rief Hagenberg an, der sich erwartungsgemäß wenig zugänglich zeigte, aber nach einigem hin und her mit der Auskunft herausrückte, die Amadeus haben wollte: „Das Mädchen ist nach Meinung des Gerichtsmediziners vorgestern Abend gestorben, wahrscheinlich kurz nachdem sie ihre Tätigkeit als Modell beendet hatte. Sie ist die Nacht über in dem Brunnen gelegen, bis ihr sie tags darauf gefunden habt."

Amadeus bedankte sich. Ein böser Verdacht begann sich in seinem Kopf festzusetzen.

Kapitel 17

Der Meister war in hohem Maße irritiert. Er zog die schweren Vorhänge vor die Fenster, damit kein Licht hinausfallen konnte, und wanderte dann in seinem Atelier auf und ab. „Ich sage dir nochmals, dass ich mit dem Tod dieses Modells nichts zu tun habe. Ich bin doch kein Serienkiller, der aus purer Tollerei Leute umbringt. Wahrscheinlich war es bloß ein Unfall."

Die Frau kauerte halbnackt vor einer Staffelei, auf der sich die Versuchung der keuschen, aber gleichfalls fast unbekleideten Susanna durch zwei lüsterne Ehrenmänner abzuzeichnen begann. „Sie war eine Angestellte Liblichs. Ich glaube nicht an solche Zufälle. Hältst du es für möglich, dass der Idiot sie eingeweiht hat?"

„Wenn es so war, sollten wir froh sein, dass sie ersoffen ist. Weil wir sie nicht beseitigt haben und sonst niemand einen Grund dafür hatte, war es wohl wirklich nur ein Unfall. Wir sollten dem Zufall, an den du nicht glauben willst, dankbar sein."

„Ich bin überhaupt nicht dankbar", sagte die Frau. „Sie hatte einen Abzug des Fotos, das Liblich von deinem Atelier und dem Klimtbild gemacht hat. Sie hat sich blöd gestellt, so als ob sie nicht weiß, was sie da hat. Sie hat sich sicher eine entsprechende Gegenleistung von mir erwartet. Ich bin leider nicht mehr dazu gekommen, es ihr abzukaufen. Jetzt hat die Polizei das Bild und sieht logischerweise einen Zusammenhang zwischen ihrem Tod und dem Raub des Bildes. Sie haben ihre Ermittlungen forciert. Dazu kommt dieser Heinrich, der zunehmend lästiger wird und mit dem Chefinspektor zusammenarbeitet. Sie halten es inzwischen für gesichert, dass es sich bei dem Bild um eine Fälschung handelt. Das führt sie unweigerlich über kurz oder lang zur angeblichen Entdeckerin des Bildes, Helene."

„Das kann uns egal sein. Helene weiß nicht, wer ich bin und sie weiß nicht, wer du bist. Sie hatte nur Kontakt mit Liblich."

„Das ist ja das Problem. Sie lässt sich zwar nichts anmerken, aber können wir ausschließen, dass ihr Liblich nicht zu viel erzählt hat? Wir hätten uns nie mit diesen Amateuren einlassen dürfen."

„Da stimme ich dir zu. Aber wer konnte schon damit rechnen, dass Liblich so geldgierig wird und versucht uns zu erpressen? Es blieb gar nichts anderes übrig, als ihn zu beseitigen."

„Genauso wie diesen Privatdetektiv, der dich im Verdacht hatte."

„Da hatte ich keine andere Wahl mehr. Das ist der Fluch der bösen Tat, dass sie fortzeugend immer Böses muss gebären."

„Ich bitte dich, fange nicht an, theatralisch zu werden. Was werden wir jetzt unternehmen?"

„Am besten gar nichts. Ich habe mich dazu entschlossen, mich aus dieser Sache gänzlich zurückzuziehen. Das bedeutet, dass du jeden Kontakt mit Helene abbrichst. Sie kannte dich bisher ohnehin nur von Telefonaten, in denen du dich Karin genannt hast. Sie soll sich mit der Versicherung auseinandersetzen und prozessieren, wenn sie will. Sollte sie wirklich etwas bekommen, was ich inzwischen fast bezweifle, soll sie es behalten. Wir werden spurlos von der Bildfläche verschwinden. Ich möchte auch aus einem anderen Grunde mit Helene nichts mehr zu tun haben. Wir wissen nicht, wie sie den Tod Liblichs aufgenommen hat. Immerhin war er ihr Geliebter. Das fehlte mir noch, dass ich es mit einer rachsüchtigen und daher unberechenbaren Frau zu tun bekomme. Sie argwöhnt sicher, dass wir etwas mit seinem Tod zu tun haben."

„Als ich – besser gesagt Karin – das letzte Mal mit ihr telefoniert habe, hat sie seinen Tod eigenartigerweise mit keinem Wort erwähnt. Mit der Liebe dürfte es zwischen den beiden nicht so weit her gewesen sein. Sie hat mit ihm höchstwahrscheinlich nur gelegentlich geschlafen, weil sie – wie soll ich sagen – die Geschäftsverbindung mit ihm festigen wollte. Ich glaube, sie ahnt, dass wir hinter seinem Tod stehen und nicht ein anonymer Kunsträuber und sie fürchtet sich. Das macht sie unberechenbar. Sie könnte sogar zur Polizei gehen."

„Ein Grund mehr, aus ihrem Blickfeld zu verschwinden. Du solltest telefonisch für sie nicht mehr erreichbar sein."

„Das bin ich ohnehin nicht mehr. Nachdem man Elisabeth tot aufgefunden hatte, habe ich sofort das Wertkartenhandy, das ich als Karin benutzt habe, in die

Donau geschmissen. Elisabeth hatte nämlich auch diese Nummer und jetzt hat sie sicher auch die Polizei."

„Ausgezeichnet, meine Liebe, ausgezeichnet. Belassen wir es dabei."

Die Frau sah grüblerisch vor sich hin. „Ich denke nicht, dass Helene weiß, wer wir sind, insbesondere, wer ich bin. So gut kann sie sich nicht verstellen. Ich hätte es sicher gemerkt. Aber wenn doch ...?"

„Nur keine voreiligen Aktionen", beruhigte sie der Meister. „Ich glaube auch nicht, dass sie etwas weiß. Zumindest in diesem Punkt hat sich Liblich an die Abmachung gehalten. Wahrscheinlich im eigenen Interesse und um seine Pläne nicht zu gefährden. Andernfalls müsste ich mich um Helene kümmern, so lästig mir das auch ist. Behalte sie gut im Auge, liebe Susanna."

Er studierte das Bild auf der Staffelei. „Es wird ganz gut, aber jetzt bin ich voller Sorgen und komme einfach nicht weiter."

Die Frau lachte. „Dir fehlt es einfach an der nötigen Inspiration." Sie trat auf ihn zu und knöpfte seinen Arbeitsmantel auf. „Halte still und entspann dich. Du wirst sehen, deine Sorgen werden im Nu wie weggeblasen sein."

Kapitel 18

Amadeus war unschlüssig, was er unternehmen sollte. Er hatte das Gefühl, in einer Sackgasse festzusitzen. Lisa hatte sich nach dem Frühstück in ihre Werkstatt zurückgezogen und deutlich gemacht, dass sie in Ruhe arbeiten und sich bis auf weiteres nicht mit ihm abgeben wollte.

Amadeus hätte sich um den Fortgang der Geschichte nicht sorgen müssen. Die Dinge, einmal in Bewegung geraten, entwickelten sich ganz von selbst und nahmen ihm die Entscheidung ab. Während er noch vor sich hingrübelte, rief zu seiner Überraschung Isabella, Hochkutzers Frau fürs Grobe an: „Ich benötige Ihre Assistenz bei einer heiklen Mission", erklärte sie unumwunden. Sie war wieder zu dem förmlichen ‚Sie' zurückgekehrt, wohl weil aus ihrem Verführungsversuch nichts geworden war.

„Worum geht es", erkundigte sich Amadeus vorsichtig.

„Ich werde heute Nachmittag im Auftrage des Herrn Direktors das Ehepaar Barkenstein besuchen, um weitere Vergleichsverhandlungen zu führen. Ich möchte, dass Sie mich begleiten. Ihre bisherigen Ermittlungsergebnisse, die uns von Ihrem Partner leider nur sehr zögerlich übermittelt werden, könnten hilfreich sein, die Barkensteins zum Einlenken zu bewegen."

„Dafür stehe ich nicht zur Verfügung", erklärte Amadeus entschieden. „Abgesehen davon, dass mich Helene Barkenstein nicht ausstehen kann, ist das nicht meine Aufgabe. Wenn Sie wollen, informiere ich Sie vorher eingehend, damit Sie bestmöglich gerüstet sind. Die Verhandlungen müssen Sie schon selber und ohne mich führen."

„Der Herr Direktor wünscht es aber so." So wie sie es sagte, klang es nach einem unabänderlichen göttlichen Entschluss.

Amadeus ließ sich nicht beeindrucken und reagierte mit einem ablehnenden Knurren.

„Zweitausend Euro, sie geldgieriger Schnüffler. Ich bin ermächtigt, Ihnen soviel als Sonderhonorar anzubieten. Mehr gibt es mit Sicherheit nicht."

Amadeus, der in Wahrheit höchst daran interessiert war, an diesem Gespräch teilzunehmen, gab seinen Widerstand auf. „Also gut. Aber bringen Sie den Scheck gleich mit. Ich bin ein wenig knapp bei Kasse. Wann darf ich Sie erwarten?"

Isabella gab ein verächtliches Schnauben von sich. „Erwarten Sie mich um 13 Uhr. Ich hole Sie ab. Wir fahren gleich los." Beinahe hätte sie gesagt, er solle ausgebreitet sein, damit sie nicht warten müsse.

Pünktlich um 13 Uhr läutete Isabella Sturm, weil die Ladentür verschlossen war. Lisa führte sie auf die Terrasse, wo Amadeus vor sich hindöste. „Die schicke Dame von unlängst ist wieder da", meldete sie und machte aus ihrer Missbilligung kein Hehl. „Du kümmerst dich wohl selber um sie. Ich habe keine Zeit."

Die beiden Frauen musterten einander. Isabella war wie immer durchgestylt und sah wie ein Bild aus einem Modejournal aus. Lisa trug eine Schlosserhose, ein knappes Leibchen und war ziemlich schmutzig. Außerdem hatte sie einen Hammer in der Hand, was ihrem Auftritt etwas Bedrohliches gab.

„Sie sind sehr freundlich, Fräulein Schmied", sagte Isabella zuckersüß, „aber wir müssen ohnehin gleich weiter. Wir benötigen ihre Dienste nicht."

Lisa schnappte nach Luft. Amadeus hielt es für angezeigt, sich mit ein paar freundlichen Worten, aber sehr rasch zu empfehlen, ehe es zu einem unangenehmen Wortwechsel kommen konnte.

Isabella folgte ihm mit überlegenem Lächeln auf die Straße, wo sie ihren Sportwagen geparkt hatte. „Apart, Ihre Freundin", bemerkte sie, „oder besser gesagt, sehr originell. Ich fürchtete schon, sie zieht mir mit ihrem Hammer eins über."

Amadeus hielt eine solche Reaktion Lisas durchaus für möglich, ließ sich daher auf keine Antwort ein und verlangte seinen Scheck.

„Haben Sie Angst, die ‚Glabus' könnte Sie übervorteilen?"

„Nicht wenn ich mein Geld im Voraus bekomme." Amadeus prüfte den Scheck und ließ ihn in seiner Tasche verschwinden.

Isabella fuhr rasch und sehr kontrolliert. Nach einer Weile fragte sie: „Kennen Sie ihre Freundin schon lange?"

„Schon seit unserer Kindheit."

„Aha; und seit wann ist sie Ihre Geliebte?"

Amadeus wollte sehen, wohin diese Unterhaltung führte und antwortete bereitwillig: „Erst seit diesem Sommer."

„So kurz erst! Lieben Sie Ihre Schlosserin? Wollen Sie sie heiraten?"

„Wenn sie mich nimmt, ja."

„So wie das klingt, ist sich die Dame offenbar noch nicht ganz sicher. Ist sie eifersüchtig?"

„Ich denke schon."

„Das denke ich auch, so wie sie mich angeschaut hat. Lassen Sie sich bloß bei keinem Seitensprung erwischen. Sind Sie ihr immer treu? Unlängst – im Hotel – war ich mir nicht ganz sicher, ob Sie aus Angst, weil Sie mich nicht mögen, oder bloß aus Treue gezögert haben."

„Von allem etwas", antwortete Amadeus wenig charmant.

Isabella ließ sich nicht provozieren. „Ich glaube, Sie wären ganz gern mit mir aufs Zimmer gegangen. Wissen Sie, ich betrüge Hochkutzer regelmäßig. Einfach deswegen, damit ich mich nicht zu sehr an ihn gewöhne. Man könnte natürlich auch sagen, ich betrüge meinen anderen Liebhaber mit Hochkutzer. Das ist nur eine Frage des Standpunktes."

Amadeus war unangenehm berührt. „Das geht mich alles nichts an. Ihr Liebesleben, oder was Sie dafür halten, ist mir gleichgültig. Warum erzählen Sie mir das alles?"

Isabella lachte. „Um Ihre Reaktion zu studieren. Das ist der einzige Grund. Ich möchte Sie besser einschätzen können."

„Sind Sie jetzt klüger?"

Isabella gab keine Antwort und Amadeus ermunterte sie nicht, diese sonderbare Unterhaltung fortzuführen.

Herr von Barkenstein – wie Isabella ihn anredete – empfing sie freundlich, seine Frau war hingegen ausgesprochen ungnädig. Sie ignorierte Amadeus' höfliche

Verbeugung und fragte: „Was wollen Sie hier, Heinrich? Warum hast du diesen Menschen mitgebracht, Isabella?"

„Er ist mein Assistent und hat sonst nichts zu sagen", beruhigte Isabella. Amadeus ließ sich seinen Ärger nicht anmerken und lächelte nichtssagend.

Im Wohnzimmer erwartete sie eine weitere Überraschung. Dort saß ein distinguierter Herr, hatte einen Aktenordner vor sich liegen und wurde als Rechtsanwalt Dr. Gold vorgestellt, der hier sei, um die Interessen der Familie Barkenstein zu wahren.

Isabella eröffnete die Verhandlungen: „Herr Direktor Hochkutzer hat mich damit beauftragt, die Möglichkeiten einer raschen und gütlichen Einigung weiter auszuloten und war der Meinung, dass unsere alte Freundschaft, liebe Helene, dabei behilflich sein könnte."

„Das ist keine Frage von Freundschaft", ließ sich Gold vernehmen. „Wie sagt man so schön? Strenge Rechnung, gute Freunde! Ich bin sehr über das Verhalten der ‚Glabus' verwundert, Frau Krawovsky. Diese Causa ist von einmaliger Klarheit. Ihre Anstalt hat die Versicherung des Bildes übernommen, das Bild wurde geraubt, der Versicherungsfall ist eingetreten und die Versicherungssumme ist fällig. Jedes Gericht wird das so sehen. Warum sind Sie also säumig und versuchen sogar meine Mandantschaft zu einem für sie ungünstigen Vergleich zu bewegen?"

„Es gibt Hinweise dafür, dass es sich bei dem Bild um eine wertlose Fälschung handelt", versuchte Isabella ihre Position aufzubauen.

Gold, der die Verhandlung an sich gerissen hatte, bekam zunehmend Oberwasser. „Hinweise? Das sind nur Vermutungen, Spekulationen und Vorwände, um die Zahlung zu verzögern! Sie haben keinen einzigen Beweis. Haben Sie Beweise? Nein! Sie hatten vor Vertragsabschluss jede Gelegenheit, sich von der Echtheit und damit von dem Wert des Bildes zu überzeugen und Sie haben die Vertragssumme akzeptiert. Was soll das also, Frau Krawovsky?"

Isabella warf Amadeus einen Blick zu. „Wir können mit Sicherheit davon ausgehen, dass das Bild nicht die historische Baronin Barkenstein zeigt, wie behauptet wurde, um die Provenienz das Bildes zu belegen", sagte er.

Alle starrten Amadeus an. „Unsinn", erklärte Gold. „Wie kommen Sie zu so einer Behauptung, Herr – wie war doch gleich Ihr Name – und was machen Sie überhaupt hier?"

„Heinrich, Amadeus Heinrich", sagte dieser mit sanfter Stimme, „Ermittler im Dienste der Glabus-Versicherung. Er zog ein Foto aus der Tasche und legte es auf den Tisch. „Das ist ein Gemälde der historischen Baronin Barkenstein. Die abgebildete Person hat keine Ähnlichkeit mit jener auf dem versicherten Bild."

„Unsinn", beharrte Gold und wechselte einen Blick mit seinen Mandanten. „Es gibt kein solches Bild. Wir haben das überprüft. Wollen Sie bluffen, Heinrich?"

„Das habe ich nicht notwendig. Sie haben bloß nicht sorgfältig genug recherchiert. Dieses Portrait befindet sich im Depot einer staatlichen Sammlung und ist über jeden Zweifel erhaben. Ein zweites Bild, das wir ebenfalls gefunden haben, wurde seinerzeit in einem Journal veröffentlicht. Es handelt sich um dieselbe Person, eben um die historische Baronin Barkenstein und nicht um die Person auf dem angeblichen Klimtbild."

Gold wechselte neuerlich einen Blick mit Helene und begann ein Rückzugsgefecht. „Das mag so sein oder auch nicht. Darüber sollen die Sachverständigen diskutieren. Aber selbst wenn es so sein sollte, wie Sie behaupten, sagt es noch nichts darüber aus, von wem das geraubte Bild stammt. Unabhängig davon, wen dieses Bild zeigt, kommt es für den Wert doch hauptsächlich darauf an, wer es gemalt hat. In diesem Punkt ist die von einem namhaften Sachverständigen vertretene und von der ‚Glabus' akzeptierte Meinung, es sei Klimt zuzuordnen, nicht zu widerlegen, zumal der Versicherungsgegenstand verschollen ist. Die darauf – auf dem Versicherungsfall selbst – basierende Hinhaltetaktik der ‚Glabus' ist all zu offenkundig und wird kein Gericht überzeugen." Er sah Isabella an. „Ich muss vor dem Imageschaden warnen, den Ihre Anstalt durch so ein Verhalten erleiden würde. Es läuft im Ergebnis doch darauf hinaus, dass meine Mandantschaft in den Verdacht des Versicherungsbetruges gezogen wird. Das könnte auch unter dem Gesichtspunkt der Verleumdung, bzw. der Nötigung zum Abschluss eines Vergleiches gesehen werden. Ich bin wirklich neugierig, was ein kritischer Reporter, wie etwa dieser Meisenbichler, der mich unlängst kontaktiert hat, daraus machen würde."

Isabella geriet wiederum in Bedrängnis und stieß Amadeus an.

„Es gibt noch weitere Aspekte zu berücksichtigen", sagte dieser und starrte gleichgültig auf die Tischplatte. „Ich habe vermutlich die Person gefunden, die sowohl für das Klimtbild als auch für das Belegfoto Modell gestanden hat. Es handelt sich um eine quicklebendige junge Dame. Sie werden mit Recht einwenden, dass ich ‚vermutlich' gesagt habe. Es fehlen mir die Möglichkeiten, sie zu einem Geständnis zu bewegen. Ich werde meine Ermittlungsergebnisse daher der Polizei übergeben, wozu ich mich als aufrechter Staatsbürger ohnehin verpflichtet fühle. Überhaupt, weil es in dieser Sache zwei oder drei Morde gegeben hat."

Helene verlor die Fassung und schrie: „Morde wollen Sie uns auch noch anhängen, Sie Schwein?!"

„Aber das ist doch unmöglich", warf Barkenstein ein und sah seine Frau an. „Bitte fasse dich, meine Liebe. Du hast mir doch selber erzählt ..."

„Halt den Mund", fuhr ihm seine Frau überraschend heftig ins Wort. „Du siehst doch, was diese Leute alles aufführen, um unseren guten Namen in den Schmutz zu ziehen. Ich bin die ganze Sache leid. Was kannst du mir anbieten, Isabella, du gute Freundin?"

„Ich bin eine bessere Freundin, als du denkst. Ich nenne dir gleich unser Höchstgebot: Fünfhunderttausend Euro."

„Nicht akzeptabel", protestierte Gold. „Das ist doch nur ein Zehntel der Versicherungssumme!" Er klang nicht sehr überzeugt.

„Eine Million, das ist das Mindeste", lizitierte Barkenstein überraschend. „Wir können uns doch nicht so über den Tisch ziehen lassen, Helene."

„Siebenhundertfünfzigtausend und keinen Cent mehr", bot Isabella mit steinerner Miene.

„Einverstanden", akzeptierte Helene.

Barkenstein schüttelte den Kopf und Gold murmelte: „Ja, wenn das so ist ..."

„Sehr gut, dann sind wir uns ja einig", bestätigte Isabella. „Es sind nur noch die Begleitbedingungen zu klären: Es wird nur bekannt gegeben, dass eine außergerichtliche Einigung erfolgt ist. Über die Höhe der Vergleichssumme wird Stillschweigen vereinbart. Sie verpflichten sich außerdem dazu, sich jeder kritischen Bemerkung über die ‚Glabus' zu enthalten. Ich schlage eine Konventionalstrafe von zwei Millionen vor."

Barkenstein schluckte.

„Wenn wir damit einverstanden sein sollen, haben wir auch Bedingungen", sagte Gold. „Die ‚Glabus' wird alle Ermittlungen in dieser Sache einstellen, allenfalls schon vorhandene Ermittlungsergebnisse vernichten und über deren Inhalt niemandem gegenüber Mitteilung zu machen. Das gilt insbesondere für Vermutungen und Verdächtigungen, die geeignet sein könnten, das Ansehen meiner Mandantschaft zu schädigen. Auch in diesem Fall beträgt die Konventionalstrafe zwei Millionen.

Sollte das Bild doch noch aufgefunden werden, ist es Frau von Barkenstein zu überlassen. Die ‚Glabus' erwirbt durch den abgeschlossenen Vergleich keine Rechte daran. Hingegen ist die jetzt ausgehandelte Vergleichssumme nicht rückforderbar, unter keinen Umständen, selbst wenn das Bild irgendeinmal an meine Mandantschaft zurückgegeben werden sollte. Im Falle der Echtheit – woran wir nicht zweifeln – wäre die ‚Glabus' sonst in Millionenhöhe ungerechtfertigt bereichert.

Diesmal schluckte Isabella.

„Einverstanden, vorbehaltlich der Genehmigung durch meinen Vorgesetzten", sagte sie schließlich. „Der Vertragsentwurf wird in den nächsten Tagen Ihrer Kanzlei zur Prüfung zugehen, Herr Dr. Gold. Wir dürfen uns jetzt verabschieden."

„Das ist gut gelaufen", freute sich Isabella, als sie ihren Wagen auf die Bundesstraße lenkte. „Ich werde dem Herrn Direktor gegenüber Ihren Beitrag ausdrücklich erwähnen. Ihr Auftrag ist damit beendet."

„Darf ich davon ausgehen, dass es meine Erhebungen waren, die zum Abschluss des Vergleiches beigetragen haben? Ich frage wegen der mir zustehenden Prämie."

Isabella zögerte. „Bis zu einem gewissen Grad", räumte sie schließlich ein. „Sie dürfen natürlich nicht auf die volle Prämie hoffen, nicht annähernd, weil Sie ja nur marginal hilfreich waren. Aber der Herr Direktor wird Ihnen sicher ein akzeptables Vergleichsangebot machen. Sie wollen doch schließlich auch in Zukunft für die ‚Glabus' arbeiten, nicht wahr?"

Amadeus war weder überrascht noch empört. Er machte sich über die Zahlungsmoral der ‚Glabus' keine Illusionen. „Ich verstehe", sagte er. „Dann darf ich nur darum bitten, mich schriftlich von meinem Auftrag zu entbinden, damit es keine Missverständnisse gibt."

„Wie Sie wollen. Wir stellen das Schreiben Ihrer Kanzlei in Wien zu. Ich muss Sie nur noch daran erinnern, sich strikt an die Vergleichbedingungen zu halten. Sie wissen schon: Absolute Verschwiegenheit, auch Ihrem Freund von der Polizei gegenüber und keine weiteren Untersuchungen in dieser Sache, auch nicht auf eigene Faust. Denken Sie an die Konventionalstrafe!"

Amadeus lächelte bösartig. „Ich bin zwar kein Jurist, aber ich bin mir ziemlich sicher, dass sich der soeben ausgehandelte Vergleich mit seinen horrenden Strafsummen nicht automatisch auf mich erstreckt. Ich werde aber vorsichtshalber unseren Firmenanwalt konsultieren. Ich kann mir nicht vorstellen, dass ich jetzt verpflichtet wäre, beispielsweise bei einer polizeilichen Vernehmung, die Unwahrheit zu sagen. Bitte setzen Sie Direktor Hochkutzer von dieser meiner Sicht der Dinge in Kenntnis, wenn er darüber nachdenkt, wie weit er meine Ansprüche kürzen will."

Auch Isabella war nicht empört. Dazu war sie viel zu abgebrüht. Das Verhalten von Amadeus entsprach ihren eigenen Denkmustern. Sie hätte es nicht anders gemacht. „Verdammt", war alles, was sie sagte.

Wenig später hielt sie ihr Fahrzeug auf dem Parkplatz des Hotels ‚Zur deutschen Krone'.

„Ich wohne hier", erklärte sie. „Ich fahre erst morgen nach Wien zurück. Ich habe heute Abend noch eine Verabredung."

„Und wie soll ich nach Grafenhotter kommen?"

„Nehmen Sie sich ein Taxi. Das geht auf Firmenkosten. Schicken Sie die Rechnung an die ‚Glabus'. Vorher brauche ich Sie aber noch. Wir müssen ein Gedächtnisprotokoll verfassen und an meine Firma schicken. Das wird wohl nicht zuviel verlangt sein, für zweitausend Euro."

„Natürlich nicht", sagte Amadeus widerwillig. Als Isabella an der Rezeption ihren Schlüssel verlangte, lächelte der Portier – es war schon wieder derselbe – Amadeus verschwörerisch zu. Amadeus reagierte nicht darauf und folgte Isabella. Im Zimmer streifte sie die hochhackigen Schuhe von den Füßen und bewegte genüsslich ihre Zehen. Amadeus verhielt sich abwartend. Isabella stellte ihren Laptop auf den Tisch und tätigte einige Einstellungen. „Ich bin sofort wieder da", erklärte sie. „Ich will mich nur frisch machen. Dann können wir anfangen."

Sie verschwand im Badezimmer. Amadeus hatte eine ziemlich konkrete Ahnung von dem, was auf ihn zukam. Er war kein Heiliger und der Gedanke an ein Schäferstündchen mit Isabella erfüllte ihn mit Vorfreude und Erregung. Trotzdem behielt er einen klaren Kopf und tat das, was er am besten konnte. Er analysierte die Situation und fragte sich, ob er sich dadurch erpressbar machte. Die Antwort war eindeutig: Ja. Wenn Lisa davon erfuhr, würde das ihre ohnehin fragile Beziehung nicht nur auf die Probe stellen, sondern möglicherweise zerbrechen lassen. Allzu auffällig hatte sich Isabella nach seiner Beziehung zu Lisa erkundigt.

„Du kannst dich inzwischen ruhig ausziehen", rief Isabella aus dem Badezimmer. „Ich bin gleich bei dir."

„Was wird das? Ich dachte wir wollen arbeiten?", rief Amadeus zurück und ließ den Blick durchs Zimmer gleiten.

„Fragen kannst du ... Lass es mich so sagen: Dir steht eine außervertragliche Prämie zu, weil du mir heute so brav geholfen hast. Du willst doch immer Zusatzprämien haben! Das ist eine: Zwei Stunden mit mir, in denen du machen darfst, was du willst und wozu du imstande bist. Wie klingt das?"

„Das klingt sehr verlockend." Amadeus hatte entdeckt, wonach er Ausschau gehalten hatte. Das Kontrolllicht oben an Isabellas Laptop leuchtete. Die

Webcam war in Betrieb. Er trat näher und überprüfte die Einstellung. Die Kamera war auf das Doppelbett gerichtet, nahm alles auf, was dort geschah und was noch geschehen würde und speicherte es ab.

„Bist du schon nackt?", erkundigte sich Isabella mit rauchiger Stimme. „Leg dich aufs Bett, ich komme jetzt zu dir, du wirst diesen Nachmittag nie vergessen, das verspreche ich dir."

Sie trat langsam ins Zimmer. Abgesehen von ihren hohen Schuhen war sie nackt. Sie drehte sich rasch im Kreis. „Gefällt dir, was du siehst? Wo bist du denn?" Nur das Summen der Klimaanlage war zu hören. „Amadeus, wo bist du? Verstecktst du dich?"

Ihr Blick fiel auf den Laptop. Er war geschlossen und eine rote Rose aus dem Zimmerschmuck lag auf dem dunklen Gehäuse. Ihr Gesicht verfinsterte sich. Sie gab ihre verführerische Pose auf, öffnete das Gerät und überprüfte es. Die spezielle Datei – obwohl sie ohnehin noch nichts Verfängliches enthielt – war endgültig gelöscht.

„Du verdammtes Arschloch", sagte sie erbittert. „Du gottverdammtes Arschloch. Ich krieg dich noch, das schwör ich dir."

„Sie sind aber nur kurz geblieben", konstatierte der Mann an der Rezeption. „Kaum zehn Minuten." Es klang irgendwie bedauernd.

„Das nächste Mal bleibe ich länger", versprach Amadeus und schob fünfzig Euro in die geöffnete Hand. Mehr gab es nicht für zehn Minuten. „Ich schätze Diskretion, auch bei kurzen Aufenthalten."

„Stets zu Diensten, der Herr. Beehren Sie uns bald wieder."

Kapitel 19

Der Meister war zufrieden. „Du glaubst, die Barkensteins werden sich mit der Versicherung vergleichen? Dann sind wir Heinrich los und ich muss ihn nicht auch noch umbringen. Ich mache das nicht gern, das weißt du."

„Ich bin mir sicher", sagte die Frau und begann sich auszukleiden. „Vor kurzem hat Karin mit Helene telefoniert. Keine Sorge, ich habe mir ein neues Wertkartenhandy beschafft und sofort wieder abgeschaltet."

„Das habe ich dir doch verboten."

„Ich wollte sicher gehen, wie sie sich endgültig entscheidet, nachdem sie von den Versicherungsleuten Besuch gehabt hat. Es hat einige Diskussionen mit ihrem Mann gegeben, aber dann war klar, dass sie den Vergleich unterschreiben und das Geld kassieren wird. Sie bekommt fünfundsiebzigtausend Euro und sie ist bereit, uns die Hälfte davon zu überweisen, weil ja das Drittel für Liblich entfällt. Was sagst du dazu?"

„Was ich immer gesagt habe. Wir ziehen uns völlig zurück. Brich jeden Kontakt mit ihr ab. Sie soll das Geld behalten. Eine Überweisung ist eine Spur, der man leicht folgen kann. Möglicherweise ist jetzt dieser Versicherungsdetektiv aus dem Spiel, aber die Polizei wird weiter suchen. Sie haben zwei Morde aufzuklären und sie werden jeder Spur nachgehen. Warum hörst du nicht auf mich? Willst du uns ins Gefängnis bringen?"

„Aber 37.500 Euro sind noch immer eine Menge Geld", beharrte die Frau. „Ich kann die Übergabe so organisieren, dass keine Spur zu uns führt. Das ist zwar nicht das, was wir uns erwartet haben, aber wir haben uns wenigstens nicht ganz umsonst bemüht."

Der Meister geriet in Versuchung. „Warten wir ab. Aber du unternimmst nichts mehr ohne meine ausdrückliche Erlaubnis. Du willst doch nicht, dass ich dich als Sicherheitsrisiko ansehen muss? Es täte mir sehr leid um dich."

Die Drohung war offenkundig. Die Frau hatte gesehen, wozu er imstande war. „Du kannst mir vertrauen", versicherte sie eilig. „Ich werde nichts ohne deine Erlaubnis tun."

„Gut. Dann wirf auch dieses Handy sofort in die Donau."

Die Frau senkte ergeben den Kopf.

„Kopf hoch", befahl der Meister.

Er arbeitete mit sicheren raschen Pinselstrichen an der ‚Susanna im Bade'. Er widmete sich mit besonderer Sorgfalt der beiden lüsternen Alten, die sich an Susanna heranmachten. Das Bild schritt seiner Vollendung entgegen.

„Heinrich hat einen Verdacht, wer als Modell für das Klimtbild gedient haben könnte."

Der Meister hielt inne. „Ist sein Verdacht richtig?"

„Das weiß ich nicht. Es war sehr unvorsichtig von dir, auch wenn du das Gesicht verfremdet hast."

„Die ganze Aktion war sehr unvorsichtig, meine Liebe. Ehe du mir Vorwürfe machst, vergiss nicht, dass du es warst, die den Coup von Anfang an geplant hat."

„Wer hätte denn gedacht, dass sich solche Komplikationen ergeben werden. Wir hätten das Bild stehlen können, ohne Liblich umzubringen. Das war der entscheidende Fehler."

Jetzt war der Meister verärgert. „Es war unvermeidlich, weil ihn das nicht davon abgehalten hätte, uns zu verraten. Er hätte es sogar sicher getan, um sich zu revanchieren. Ich bin ein friedfertiger Mensch, der keiner Fliege etwas zuleide tut, das weißt du." Die Frau dachte an Mauser, der in diesem Raum verblutet war und schaute skeptisch. „Aber wenn mich jemand hintergeht und meine Sicherheit gefährdet, kann das nicht geduldet werden. Dann muss der Betreffende bestraft und beseitigt werden. Kopf hoch! Ja, so ist dein Gesichtsausdruck richtig. So schaut Susanna angesichts der Alten: Überrascht, erschrocken und verlegen. Bist du jemals wirklich verlegen, meine Liebe? Nein, das glaube ich nicht. Denn das Faszinierende an dir ist deine absolute Schamlosigkeit. Was bewegt dich also wirklich?"

„Heinrich macht mir Sorgen."

„Wieso? Er wird sein Honorar einstreifen und sich anderen Dingen zuwenden. Darüber waren wir uns doch einig!"

„Trotzdem. Er weiß inzwischen zu viel und es ist nicht abzusehen, was er mit diesem Wissen anfangen wird."

Die Zufriedenheit, die der Meister zu Anfang dieses Gespräches empfunden hatte, war verschwunden. „Komplikationen, nichts als Komplikationen! Ich frage mich, was besser ist: Sich still zu verhalten und das Problem auszusitzen, oder die Sache aktiv anzugehen. Du weißt schon, was ich meine. Ich bin mir unschlüssig. Es fehlt mir einfach an der richtigen Inspiration."

„Kann ich etwas tun, um deiner Inspiration auf die Sprünge zu helfen?"

„Ich glaube, das kannst du meine Liebe." Er nahm eine Reitpeitsche von der Wand und warf sie der Frau zu. „Sei nicht zimperlich, geliebte Susanna und bestrafe den geilen Alten, der dich in deiner aufreizenden Nacktheit begehrt. Danach habe ich immer die besten Einfälle."

Kapitel 20

Amadeus und Wizzig saßen auf Lisas Terrasse und berieten.

„Ich habe nicht wirklich etwas herausgefunden", konstatierte Amadeus missmutig, „außer einigen Verdachtsmomenten, die ausgereicht haben, die Barkensteins zum Einlenken zu bewegen."

„Das genügt. Wir haben unseren Auftrag erfüllt. Wir sind schließlich nicht die Polizei. Wie viel glaubst du, wird Hochkutzer noch herausrücken?"

„Nicht annähernd das, was uns unbestreitbar zugestanden wäre, wenn wir das Bild gefunden hätten. Ich schätze, wir werden zusätzlich zu dem, was er bisher bezahlt hat, noch ein Monatshonorar, also zwanzigtausend Euro bekommen. Das ist nicht viel, wenn ich bedenke, was er sich erspart und dass ich vier hungrige Mäuler zu stopfen habe – mich selber eingerechnet und natürlich Lizzy, die jetzt auch bei uns ist. Wenn du unsere Fixkosten abziehst, bleibt nicht allzu viel übrig. Ich hätte mir mehr von diesem Fall erwartet."

„Lass gut sein. Denk daran, was Mauser passiert ist. Mörderjagd ist nicht unsere Sache. Mach noch ein paar Tage Urlaub bei deiner Charlotte und ich versuche inzwischen, den einen oder anderen Auftrag an Land zu ziehen. Wie ich schon sagte: Wir sind nicht die Polizei!"

„Nein, die Polizei bin ich!", verkündete Hagenberg. Er betrat gefolgt von Lisa die Terrasse und nahm unaufgefordert Platz.

„Ihr Frühstück kommt gleich, lieber Polizist", versprach Lisa.

„Sie sind sehr freundlich, schöne Schlossermeisterin." Hagenberg haschte nach Lisas Hand und drückte einen Kuss darauf. Eine kleine Rußspur blieb auf seiner Oberlippe zurück.

„Ihr beiden versteht euch ja blendend", murrte Amadeus.

Hagenberg betrachtete ihn forschend. „Ich wollte, das könnte ich auch von uns beiden sagen. Was verschweigst du mir diesmal?"

„Nichts. Ich habe nichts mehr zu verschweigen. Ich bin aus diesem Fall raus. Die Barkensteins haben sich mit der ‚Glabus' verglichen."

„Das erklärt, warum mich meine Vorgesetzten zurückgepfiffen haben. Sie meinen, für den Verdacht des Versicherungsbetruges sei die Suppe viel zu dünn. Man hat mir gesagt, ich solle die Barkensteins in Ruhe lassen und mich ausschließlich auf die Mordfälle konzentrieren; als ob das überhaupt zu trennen wäre. Aber auch in diesem Punkt hat man höheren Ortes schon eine Lösung. Man meint, es sei höchstwahrscheinlich eine international agierende Bande am Werk gewesen und die Täter hätten das Land schon längst verlassen. Wenn meine Ermittlungen das bestätigen, soll ich den Fall abschließen. Im Übrigen – so hat man mich wissen lassen – stehe es mit meiner Bewerbung sehr günstig." Hagenberg seufzte. „Ich hatte vor, in der Villa der Barkensteins eine Hausdurchsuchung vornehmen zu lassen und Helene wegen des Verdachtes des Versicherungsbetruges festzunehmen. Ich hätte sie schon zum Reden gebracht und wahrscheinlich eine Spur zum Mörder gefunden. Daraus wird nun nichts mehr. Wenn sich die ‚Glabus' nicht für geschädigt hält und Hochkutzer seine Intervention zurückgezogen hat, wird es kaum möglich sein, Versicherungsbetrug zu beweisen."

„Was wirst du jetzt machen?"

„Ich weiß noch nicht recht. Es widerstrebt mir, einen Mörder laufen zu lassen. An die Geschichte von den unbekannten Tätern, die ins Ausland geflüchtet sind, glaube ich keinen Augenblick. Mir bleibt allerdings nur mehr sehr wenig Zeit, ehe meine Vorgesetzten den Abschluss des Falles einfordern, oder mich einfach zurückbeordern."

Hagenberg machte sich über sein verspätetes Frühstück her. „Wollen Sie uns nicht Gesellschaft leisten, Charlotte? Sie sind der einzige Lichtblick an diesem trostlosen Vormittag."

Lisa grinste. „Wenn ich nicht störe und ich Ihnen nicht zu schmutzig bin, gerne." Sie wischte zärtlich mit einer Serviette über Hagenbergs Oberlippe. „Sie müssen vorsichtig sein, wenn Sie einer Kunstschlosserin die Hand oder sonst etwas küssen. Dabei wird man leicht rußig."

„Flirtet ihr beiden etwa?", erkundigte sich Amadeus indigniert.

„Aber nein", antworteten Lisa und Hagenberg im Chor.

„Ich glaube, ich muss dich auf andere Gedanken bringen", sagte Amadeus zu Hagenberg. „Ich an deiner Stelle würde mich einmal mit Stefanie Stuchlik, der Assistentin von Professor Wicher beschäftigen. Ich bin mir fast sicher, dass ihr Gesicht als Vorbild für die falsche Baronin Barkenstein gedient hat; sowohl auf dem Gemälde, als auch auf dem angeblichen Belegfoto. Außerdem habe ich das Gefühl, dass sie das Atelier kennt, in dem das falsche Klimtbild hergestellt wurde. Sie hat es nicht zugegeben, aber sie war überrascht, wie ich ihr das Foto aus dem Besitz Elisabeths gezeigt habe."

„Und wo hattest du dieses Foto her?", fragte Hagenberg mit hinterhältiger Freundlichkeit. „Ich dachte das einzige Exemplar, das sichergestellt wurde, sei in meinem Besitz."

„Oh je", murmelte Lisa.

„Darf ich Sie besuchen, liebste Charlotte, wenn ihr Freund wegen Behinderung der Polizeiarbeit und Unterschlagung eines Beweisgegenstandes im Gefängnis sitzt?", fragte Hagenberg mit werbender Stimme. „Er wird für sehr lange Zeit im Gefängnis sitzen, fürchte ich. Dieser Windhund verdient ohnehin keine Frau wie Sie."

„Ach lieber Polizist, können Sie nicht Gnade vor Recht ergehen lassen?", Lisa sah Hagenberg tief in die Augen. „Natürlich verdient er mich nicht, aber ich habe mich inzwischen an ihn gewöhnt. Er würde mir fehlen, nicht sehr, aber doch ein wenig."

„Hört auf, euch über mich lustig zu machen", empörte sich Amadeus. Er wandte sich an Hagenberg. „Du undankbarer Hund. Ich gebe dir in aller Freundschaft einen Tipp und du drohst mir dafür mit Gefängnis!"

„Wo hattest du dein Bild her?"

Amadeus versuchte erst keine Ausflüchte. „Der Reporter Meisenbichler hat es in Susi Jehliks Auto entdeckt. Elisabeth muss es dort versteckt oder vergessen haben. Meisenbichler hat es mir überlassen."

„Meisenbichler? Weshalb hat er keinen Artikel daraus gemacht oder es der Polizei übergeben?"

„Er wollte Susi keine Schwierigkeiten machen. Ich fürchte, er ist in sie verschossen."

Hagenberg lachte boshaft. „Dann ist er bestraft genug. Jetzt zu dir, mein Lieber. Du kannst nur dann mit Nachsicht rechnen, wenn du zur bedingungslosen Zusammenarbeit bereit bist."

„Wie stellst du dir das vor? Ich habe meinen Auftrag abgeschlossen."

„Was geht mich dein Auftrag an? Du wirst dich um diese Stefanie und ihren Mentor kümmern und mir umgehend Bericht erstatten."

„Warum machst du das nicht selber, oder lässt es einen deiner Beamten machen?"

„Weil du durch Charlotte den besten Zugang zu diesen Leuten hast und unauffälliger agieren kannst. Ich habe hier leider nicht mein Stammteam, sondern nur Mitarbeiter, die mir kurzfristig zugeteilt wurden. Ich arbeite in einer so heiklen Sache, in der mir meine Vorgesetzten im Nacken sitzen, lieber mit jemandem, dem ich vertraue, obwohl das bei dir natürlich auch nur bedingt der Fall ist."

„Das kannst du nicht machen", protestierte Amadeus.

„Ich fürchte, er kann schon", meldete sich Wizzig verzagt zu Wort. „Ich muss jetzt wieder ins Büro zurück. Wenn ich etwas für dich tun kann, melde dich bei mir. Auf Wiedersehen!"

Hagenberg entließ Wizzig, der von Lisa zur Tür begleitet wurde, mit einer großzügigen Handbewegung.

„Ich könnte dabei umgebracht werden", sagte Amadeus verbittert.

„Ich werde deinen Tod rächen und deine Geliebte trösten", versprach Hagenberg herzlos und ließ sich von Lisa auf beide Wangen küssen, ehe er ging.

„Was sagt man dazu?", fragte Amadeus, als sie allein waren.

Lisa lachte. „Das ist es doch, was du ohnehin wolltest. Dir ist es genauso zuwider wie Hagenberg, dass der Fall abgewürgt wird. Jetzt hast du wenigstens einen Grund, um weiterzuschnüffeln. Also tu Hagenberg den Gefallen und horch diese Stefanie aus. Das wird ja wohl nicht lebensgefährlich sein."

„Ich werde mir überlegen, wie ich das am besten anstellen kann."

„Ganz einfach. Ich muss ohnehin hinauf ins Herrenhaus und mit Weiwoda etwas besprechen. Du begleitest mich und alles andere wird sich finden."

„Hast du vor, dich wieder vor all diesen fremden Menschen auszuziehen und Modell zu stehen", fragte Amadeus misstrauisch. „Das würde mir gar nicht gefallen."

„Hab dich nicht so. Wahrscheinlich hat Weiwoda schon längst ein neues Modell. Wenn nicht, werde ich ihn aber nicht hängen lassen."

„Untersteh dich!", drohte Amadeus.

„Wenn er lieber dich als Modell nimmt als mich, stehe ich natürlich zurück, aber du darfst dann nicht kneifen."

„Mich will er sicher nicht."

„Und wenn doch? Würdest du es dann machen?"

„Lächerlich", sagte Amadeus in der Gewissheit, dass dieser Fall nicht eintreten werde, „dann mache ich meinetwegen das Modell, aber du ziehst dich auf keinen Fall mehr aus."

„Abgemacht!" Lisa begann grundlos zu kichern.

Kapitel 21

Weiwoda war wieder oder noch immer in Bedrängnis. Er stand vor der Tür des Festsaales und bot ein Bild der Verzweiflung.

„Was ist dir diesmal über die Leber gelaufen?", fragte Lisa mitleidig.

„Ich habe schon wieder kein Modell", jammerte Weiwoda. „Nach dem, was der armen Elisabeth zugestoßen ist, fehlt es einfach an Bewerbern und Bewerberinnen. Die Bande da drinnen hat es satt, nach Skizzen zu zeichnen. Eine Dame hat mich schon darauf hingewiesen, dass ich in der Ankündigung professionelle, lebende Modelle versprochen habe."

Er sah Lisa an. „Du hättest nicht vielleicht ein Stündchen Zeit?"

„Hätte ich schon, aber er erlaubt es nicht", Lisa deutete bedauernd mit dem Kopf nach Amadeus, als ob es sie wirklich gekümmert hätte, was Amadeus erlaubte oder nicht.

„Es wäre auch nur eine Notlösung gewesen", seufzte Weiwoda. „Das ist nicht persönlich gemeint, liebe Charlotte, aber für heute ist männlicher Akt angesagt. Ich habe schon daran gedacht, selbst Modell zu stehen, aber das kann ich als Kursleiter wohl nicht machen."

„Nimm doch ihn." Lisa deutete abermals mit dem Kopf nach Amadeus. „Ich muss arbeiten, aber er hat im Moment ohnehin nichts zu tun. Er läuft mir nur hinterher."

Weiwoda musterte Amadeus. „Das könnte zur Not gehen. Er ist zwar kein Adonis, aber das mache ich denen da drinnen schon schmackhaft. Es ist sehr freundlich, dass Sie sich zur Verfügung stellen, Herr Heinrich. Ich bezahle für die Stunde zwölf Euro. Das ist Ihnen doch recht?"

„Was redet ihr da?", fragte Amadeus entsetzt. „Ich stehe sicher nicht Modell!"

„Du hast es versprochen", erinnerte ihn Lisa. „Wenn du jetzt kneifst, bist du ein erbärmlicher Feigling und ich werde dich immer daran erinnern, falls ich überhaupt noch ein Wort mit dir spreche."

„Warum tust du das, Lisa?"

Lisa zählte an den Fingern ab: „Erstens, weil es mir Spaß macht. Zweitens, weil ich Herrn Weiwoda helfen möchte. Drittens, weil du dich so aufgeführt hast, wie ich Modell gestanden habe, viertens ..."

Amadeus winkte ab. „Du hast es gewusst", sagte er erbittert. „Du hast gewusst, dass er für heute ein männliches Modell braucht."

„Und wenn schon. Geh jetzt da hinein und tu, was du versprochen hast."

„Ja, kommen Sie. Die Bande wird langsam unruhig!" Weiwoda hielt Amadeus am Oberarm fest, als fürchte er, dieser könne wegrennen.

Amadeus folgte ihm, wie das sprichwörtliche Kalb dem Metzger zur Schlachtbank.

Weiwoda klatschte in die Hände. „Meine Damen und Herren! Ich bitte um Ihre Aufmerksamkeit! Wir beginnen mit unserer Lektion im männlichen Aktzeichnen. Ich darf Ihnen unser heutiges Modell, Herrn Heinrich vorstellen, den ich aus mehr als einem Dutzend Bewerber sehr sorgfältig ausgewählt habe. Sie werden sich fragen: Warum gerade ihn? Nun, die Antwort ist einfach: Sie sollen nicht nur den menschlichen Körper in seiner ganzen Schönheit abbilden lernen, wofür uns meine liebe Freundin Charlotte zur Verfügung gestanden ist – Lisa quittierte den spontanen Applaus mit einem kleinen Knicks – Sie sollen sich auch mit dem Menschlichen, dem allzu Menschlichen, beschäftigen. Es ist relativ leicht, einen idealtypischen Athleten wie eine griechische Statue zu zeichnen. Eine weitaus größere künstlerische Herausforderung ist es, sich im Realismus zu üben und den Menschen schonungslos so zu sehen, wie er wirklich ist: Mit all seinen körperlichen Mängeln und Unzulänglichkeiten."

„Sind Sie verrückt?", zischte Amadeus. „Ich bin doch kein Freak!"

„Ausziehen", flüsterte Weiwoda zurück.

„Ausziehen", wiederholte Lisa im drohenden Ton.

Amadeus kam dieser Aufforderung beklommen nach. Lisa nahm seine Kleider mit ernster Miene entgegen und trug sie fort, so als ob sie als seine Assistentin fungierte. Weiwoda wies Amadeus in die richtige Position ein. „Ganz entspannt sein", raunte er. „Versuchen Sie um Himmels Willen nicht so krampfhaft, den Bauch einzuziehen. Das halten Sie auf die Dauer nicht durch."

Eine ältere Dame mit Kneifer betrachtete Amadeus von oben bis unten und verweilte länger als schicklich bei seiner Körpermitte. „So übel ist er gar nicht", bemerkte sie sachkundig zu ihrer Nachbarin. „Er hat schon einiges zu bieten, bloß der Bauch müsste weg."

Amadeus schloss die Augen.

„Augen auf und Kopf hoch", befahl Weiwoda.

Amadeus öffnete die Augen, vermied die Blicke der kunstbeflissenen Schülerinnen, die begannen, die Kurven seines Bauches nachzuzeichnen, und blickte zur Decke. Oben am Gerüst stand Stefanie und schaute auf ihn herunter, Der Mund stand ihr offen. „Ich glaube es einfach nicht", sagte sie deutlich vernehmbar und begann die Leiter herunterzuklettern. Sie stellte sich seitlich hinter Amadeus und flüsterte: „Was machst du da?"

„Das siehst du doch", antwortete Amadeus zwischen den Zähnen und ohne den Mund zu bewegen. „Ich stehe Modell. Das sollte dir nicht fremd sein."

„Bei mir ist das etwas anderes. Geht dein Detektiv-Geschäft so schlecht, dass du einen Nebenverdienst brauchst?"

„Ich habe eine Wette verloren, deshalb stehe ich hier. Hau ab und hör auf, mich da hinten zu kitzeln."

Stefanie dachte nicht daran. Sie kicherte. „So ist das also. Wirst du gern an dieser Stelle gekitzelt? Stell dir vor, du zeigst jetzt eine menschliche, eine allzu menschliche Reaktion, wie unser Kursleiter gesagt hat. Die Schülerinnen müssten dann beginnen, gewisse Körperpartien neu zu zeichnen."

„Das passiert nicht, dazu ist mir die Sache viel zu peinlich."

„Ich bitte um Ruhe", befahl Weiwoda. „Lenk unser Modell nicht ab, Stefanie." Er musterte die beiden und sagte nachdenklich. „In unserer nächsten Stunde werden wir dazu übergehen, Szenen mit einem erzählerischen Potential zu zeichnen. Ich denke an eine schöne Nymphe, die von einem lüsternen, aber sehr hässlichen Faun mit Bauch verfolgt wird. Ihr beide wärt die ideale Besetzung dafür."

Aus den Reihen der Schülerinnen waren zustimmende Rufe zu hören.

„Ich stehe gern dafür zur Verfügung", versprach Stefanie. „Wenn er auch mitmacht."

„Sicher nicht", fauchte Amadeus und versuchte dabei, für die Schülerinnen ein freundliches Gesicht beizubehalten. „Hau ab, Stefanie."

Sie flüsterte ihm ins Ohr. „Wenn du mitmachst, verrate ich dir, weshalb mir das Atelier auf dem Bild, das du mir gezeigt hast, bekannt vorkommt."

Amadeus zuckte zusammen.

„Bitte um Konzentration", befahl Weiwoda.

„Warum sagst du es mir nicht auch so?", fragte Amadeus leise. „Wozu muss ich dafür nackt vor diesen Leuten posieren? Willst du mich ärgern und quälen, Stefanie?"

„Das ist es", erwiderte Stefanie erstaunt, als ob sie überraschend den Stein der Weisen entdeckt hätte. „Ich habe die ganze Zeit darüber nachgedacht, aber jetzt weiß ich es. Das ist das Geheimnis deiner Wirkung auf Frauen: Du animierst sie dazu, dich zu ärgern und zu quälen. Deshalb geben sie sich überhaupt mit dir ab. Ja, mein Lieber, ich möchte dich ärgern und vielleicht auch gründlich quälen, wenn sich die Gelegenheit dazu ergibt."

„Meinetwegen. Wenn du mir verrätst, was du weißt, werde ich tun, was du verlangst. Darauf kommt es auch nicht mehr an."

„Ich sage es dir, sobald wir beide auf diesem Podest hier posieren, nicht früher", flüsterte sie zurück und rief mit lauter Stimme: „Wir stehen natürlich gern zur Verfügung!"

„Ausgezeichnet!", freute sich Weiwoda. „Ich schlage vor, wir beginnen gleich morgen um acht Uhr, damit wir den Arbeitern nicht im Weg sind, wenn sie am Nachmittag das Gerüst umstellen." Er ging durch die Reihen seiner Schülerinnen. „Nein, meine Liebe", rügte er eine, die wie eine ältliche Lehrerin wirkte und wahrscheinlich auch eine war. „Sie sind hier nicht in einem Kurs für Pflanzenzeichnen. Nehmen Sie dieses Feigenblatt weg und zeichnen Sie, was Sie sehen. Mehr Realismus, wenn ich bitten darf!" Er blieb kopfschüttelnd bei der Dame mit dem Kneifer stehen. „Das ist hingegen zuviel Realismus. Mir scheint, sie haben sich in den Proportionen vertan. Das ist viel zu groß, um als künstlerische Freiheit noch durchgehen zu können."

Amadeus schloss neuerlich die Augen.

„Was ist das hier für ein Irrenhaus?" Professor Kunststotter stand in der Tür und betrachtete die Szene mit tiefster Missbilligung. „Draußen sitzt eine Frau auf einer Bank und kugelt sich vor Lachen."

„Das wird meine Freundin sein, Herr Professor", erklärte Amadeus mit schwacher Stimme.

Kunststotter musterte ihn von oben bis unten. „Ist das so? Ich sehe nichts, das Anlass zur besonderen Freude geben könnte. Kenne ich Sie?"

„Heinrich, Amadeus Heinrich, Versicherungsdetektiv, Herr Professor."

„Wie ich schon sagte: Ein Irrenhaus! Ist Wicher oben auf seinem Gerüst?"

„Ich komme schon!" Wicher kletterte die Leiter herunter und sah Stefanie tadelnd an. „Vernachlässige deine Arbeit nicht, mein Kind. Ich wüsste nicht, was hier herunten bei diesen Dilettanten so interessant sein könnte. Was führt Sie zu mir, Herr Kollege?"

„Die Podiumsdiskussion, die vom Kulturverein veranstaltet wird. Ich müsste verbindlich wissen, ob Sie daran teilnehmen werden. Sie ist schon morgen Abend."

„Ach ja, darauf hätte ich fast vergessen. Was war gleich das Thema?"

„Können Fälschungen im Einzelfall als eigenständige Kunstwerke angesehen werden?"

„Richtig. Meine Antwort steht fest. Sie lautet eindeutig: Ja! Ich werde meine Ansichten dazu, die den Ihren vermutlich diametral zuwiderlaufen, gerne vertreten."

„Ich freue mich schon auf einen regen Gedankenaustausch, Herr Kollege. Ihre Zusage, Weiwoda, habe ich ja schon. Es wird sicher interessant sein, zu hören, was jemand aus den fernen Randgebieten der Kunst, ein Comiczeichner, dazu zu sagen hat."

Weiwoda schaute ein wenig betreten. „Es ist mir eine Ehre, Herr Professor."

Kunststotter nickte huldvoll. „Wie weit sind Sie mit dem Deckengemälde, Herr Kollege?"

„Mit dieser Seite sind wir fertig. Morgen wird das Gerüst abgebaut und dann nehmen wir uns die andere Seite der Decke vor. Würden Sie mir die Freude machen, mein Werk zu begutachten, Herr Kollege?"

„Mit dem größten Vergnügen, Herr Kollege!"

Die beiden Männer kletterten das Gerüst hoch. Stefanie zwinkerte Amadeus zu. „Morgen um acht, wenn wir beide nackt auf diesem Podest stehen und dir die Sache so richtig peinlich ist, verrate ich dir, was ich weiß. Komm vorsichtshalber eine halbe Stunde früher."

Sie folgte den beiden Professoren auf das Gerüst.

„Kann ich mich jetzt wieder anziehen?", erkundigte sich Amadeus demütig.

Weiwoda streifte die Werke seiner Schützlinge mit einem kurzen Blick. „Ich denke schon. Meine Damen und Herren, wir danken Herrn Heinrich mit einem kräftigen Applaus. Morgen sehen wir uns wieder. Wir beginnen pünktlich um Acht."

Die Schülerinnen applaudierten, am lautesten die Dame mit dem Kneifer. Amadeus stieg vom Podest. „Zwölf Euro", verlangte er, „und meine Hosen."

„Wie war es", wollte Lisa, die vor dem Tor gewartet hatte, wissen und versuchte sich ihre Erheiterung nicht anmerken zu lassen.

„Mir hat es Spaß gemacht", erklärte Amadeus. „Ich stehe morgen gleich wieder Modell. Er zahlt immerhin zwölf Euro in der Stunde."

Lisa war fassungslos. „Du veräppelst mich!", war alles, was ihr dazu einfiel.

„Überhaupt nicht. Ich stehe mit Stefanie – du weißt schon, das ist die niedliche Kleine vom Gerüst – Modell. Sie macht eine Nymphe und ich einen Faun. Wahrscheinlich darf ich sie im Namen der Kunst sogar begrabschen."

„Bist du irre geworden, Amadeus? Warum machst du das?"

Er wurde ernst. „Sie hat mir versprochen, sie sagt mir etwas über das Foto, auf dem das Fälscheratelier zu sehen ist. Bedingung dafür war, dass ich morgen mit ihr Modell stehe."

„Warum verlangt sie das?"

„Aus demselben Grund, aus dem auch du mich dazu gebracht hast, mich vor diesen Weibern lächerlich zu machen: Aus Jux und Tollerei und um mich zu ärgern. So stellt sie es dar."

„Absurd! Es muss ihr doch klar sein, welche Bedeutung dieses Foto hat. Es könnte direkt zum Mörder führen. Selbst wenn sie eine extrem frivole Person ist – wofür ich sie übrigens halte – würde sie mit solchen Informationen nicht spielen. Dazu ist sie sicher zu klug. Das kann man mit dem Streich, den ich dir gespielt habe, nicht vergleichen. Da steckt etwas anderes dahinter, Amadeus."

„Ich weiß. Ich bin schon neugierig, wo das alles hinführen soll. Morgen früh werden wir es hoffentlich erfahren."

„Ich begleite dich morgen", sagte Lisa entschieden. „Ich traue diesem Weib nicht. Die wird in Wahrheit gar nichts wissen. Am Ende legt sie es bloß darauf an, dich zu verführen."

Kapitel 22

„Kein Wunder, dass du fix und fertig bist, wenn du mir die halbe Nacht zeigst, was ein Faun mit einer Nymphe alles anstellt, sobald er sie erwischt hat." Lisa schenkte ihm die dritte Tasse Kaffee ein. „Trotzdem müssen wir jetzt los, wenn wir rechtzeitig bei deiner heutigen Nymphe sein wollen." Sie lächelte boshaft. „Was immer das Mädchen vom Gerüst mit dir vorhat, viel wird sie heute nicht von dir haben, dafür habe ich gesorgt."

„Manchmal schockierst du mich", sagte Amadeus.

„Nur manchmal? Dann muss ich an unserer Beziehung noch arbeiten. Komm jetzt endlich!"

Weiwoda, der offenbar Sorge gehabt hatte, Amadeus werde nicht kommen, begrüßte sie überschwänglich. Er tauschte mit Lisa Küsschen, ein paar zuviel, wie Amadeus fand und fragte sie, ob sie nicht auch Modell stehen wolle. Er meinte, eine Dreiergruppe würde eine Sensation und eine neue Herausforderung für seine Schüler sein. „Lieber nicht", lehnte Lisa ab. „Zwei Nymphen würden unseren Faun mit Sicherheit überfordern."

Wenig später traf Stefanie ein. Sie sah bezaubernd und ausgesprochen verführerisch in ihrem Fähnchen von Sommerkleid aus. Sie und Lisa begrüßten sich mit gegenseitigen Komplimenten und einer Freundlichkeit, die Amadeus das Schlimmste befürchten ließ.

Zum Glück drängte sie Weiwoda, in den Unterrichtssaal zu gehen, ehe die gegenseitigen Sympathiebekundungen entgleisen konnten. Lisa wollte nicht mitkommen, weil sie noch einige Detailaufnahmen vom Brunnenschloss machen wollte, ehe es abmontiert wurde.

„Zieht euch bitte aus", sagte Weiwoda zu seinen Modellen. „Ich möchte euch gleich richtig in Position bringen, damit wir keine Zeit verlieren, wenn meine Schüler kommen. Ihr müsst euch das so vorstellen: Die Nymphe flieht, sie richtet flehend den Blick zum Himmel und hebt einen Lorbeerstab, um die Hilfe der Götter anzurufen. Aber es ist schon zu spät. Der Faun hat sie schon erreicht und packt sie. Ja, so ist es recht, Stefanie, genau so habe ich mir das vorgestellt. Bitte

Herr Heinrich, versuchen Sie sich doch in Ihre Rolle hineinzuversetzen. Sie stehen da, als ob Ihnen der Autobus davongefahren wäre. Sie sind ein lüsterner Faun! Sie fassen sie! Versuchen Sie es!"

Amadeus legte gehorsam Stefanie die Hand auf die Brust. Er spürte wie sich ihre Brustwarze in seiner Handfläche aufrichtete und hart wurde. Sie ließ sich nichts anmerken und lächelte.

„Nein, so ist das nicht gut!", befand Weiwoda. „Das sieht mehr nach sexueller Belästigung als nach einem mythologischen Zwischenfall aus. Sie halten sie nur am Oberarm fest und die andere Hand legen Sie da her. Nicht zupacken, Herr Heinrich, nur eine fast flüchtig Berührung, die aber ahnen lässt, was gleich geschehen wird."

Amadeus ließ folgsam seine Hand über Stefanies Gesäß gleiten. „Halt! So ist es gut", urteilte Weiwoda. „Bleibt so stehen. Und jetzt der Gesichtsausdruck: Stefanie: Du musst erschrocken schauen und gleichzeitig ahnungsvoll. Du hast dich schon fast in dein Schicksal ergeben. Ja, so ist es gut. Bitte, Herr Heinrich! Ich will Sie nicht kränken, aber Sie schauen nur belämmert drein. Wissen Sie nicht, was gleich geschehen wird? Was der Faun gleich mit diesem Mädchen hier tun wird? Ich verlange Vorfreude, lüsterne Vorfreude!" Er seufzte resigniert. „Jetzt schauen Sie aus, als ob Sie gleich davonlaufen möchten. Versuchen Sie wenigstens zu grinsen! Ja gut, besser wird es wohl nicht. Behaltet möglichst eure Position bei. Stefanie, wo ist dein Lorbeerstab? Hol ihn dir aus dem Nebenzimmer. Ich möchte, dass alles bereit ist, wenn die Klasse hereinkommt. Es soll eine Überraschung werden. Ich glaube, die ersten treffen schon ein." Er eilte aus dem Raum.

Stefanie sah Amadeus in die Augen, oder auch ein wenig daran vorbei. Ihr Silberblick war wirklich entzückend, fand Amadeus. Sie beugte sich vor, küsste ihn auf den Mund und ließ ihre Zunge leicht über seine Lippen gleiten. „Ich bin in einer halben Minute wieder bei dir", flüsterte sie. „Beweg dich inzwischen nicht von der Stelle, sonst müssen wir wieder von vorne anfangen. Ich hole nur rasch meinen Lorbeerstab."

Sie sprang vom Podest und verschwand im hinteren Bereich des Raumes. Das Gerüst nahm ihm die Sicht auf sie. So stand er da, splitternackt, in einer Pose erstarrt, die ohne Partnerin sinnlos wirkte und kam sich blöd vor. Er war ganz allein in dem riesigen Saal. Es war still, nur eine Fliege summte an den Fensterscheiben. Ich stehe hier wie auf dem Präsentierteller, kam es ihm in den Sinn, bewegungslos, wie ein Pappkamerad. Jedes Kind könnte mich abschießen. Er wusste im Nachhinein nicht, was den Alarm ausgelöst hatte. Ein Knirschen, ein Geräusch das er nicht einordnen konnte, das nicht hierher passte, vielleicht auch die Ahnung einer flüchtigen Bewegung auf dem Gerüst, wo doch nichts und niemand sein konnte. Er machte einen Satz von seinem Podest herunter, rannte in geduckter Haltung zur gartenseitigen Tür und hechtete hinaus. „Wenn das eine grundlose Panikreaktion war", dachte er, „bin ich bis auf die Knochen blamiert."

Er war nicht blamiert. Das undefinierbar gewesene Geräusch nahm zu, wurde zu einem Knirschen und zu einem Quietschen, das in ein metallisches Kreischen überging. Dann schmetterte etwas mit ohrenbetäubendem Krachen und Klirren zu Boden. Die Erde bebte. Aus der Tür stob eine Wolke und bedeckte Amadeus mit Kalkstaub, Mörtelresten und bunten Farbspritzern. Nach einem Moment der Stille ertönten Schreckenschreie und Menschen kamen angerannt.

Amadeus zitterten die Knie. Er ignorierte die Fragen, die kaum in sein Bewusstsein drangen. Das Klingeln und Klirren war noch immer in seinen Ohren. Er trat vorsichtig an die Tür und spähte in den Saal. Ein Teil des Gerüstes hatte sich nach vorne geneigt und war eingestürzt. Ein Gewirr aus Metallstreben hatte das Podest, auf dem er noch vor kurzem gestanden war, und die Staffeleien der Zeichenklasse zerschmettert. Mehrere Fenster waren zerborsten. Oben an der Decke – trotz der in der Luft hängenden Staubwolke deutlich zu sehen – leuchtete in wunderschönen Farben das Bild einer griechischen Landschaft, in der sich das Schicksal einer von einem Faun erbeuteten Nymphe erfüllte.

Lisa kam angerannt und schrie ununterbrochen seinen Namen. Er lächelte sie abwesend an. „Ist ja gut, mein Schatz, mir ist nichts passiert." Der Schock begann seine Wirkung zu entfalten. Er setzte sich auf eine Bank, während Lisa mit zitternder Stimme Zärtlichkeiten murmelte und in einem sinnlosen Versuch ihn zu säubern, den Schmutz auf seinem Gesicht verschmierte.

Stefanie tauchte auf. Sie war unversehrt und trug einen Lorbeerstab in der Hand. „Mein Gott, Amadeus", rief sie. „Was ist denn geschehen? Bist du unverletzt?" Sie sank vor ihm auf die Knie, legte die Hände auf seine Schenkel und versuchte, ihm in die Augen zu sehen.

„Zieh dir etwas an, Schätzchen", sagte Lisa mit kalter Stimme.

„Ich habe nichts, das liegt alles da drinnen unter dem Gerüst", murmelte Amadeus.

„Ich meine nicht dich", stellte Lisa klar. Sie geriet in gefährliches Fahrwasser. „Ich meine dieses Flittchen da, das dich beinahe umgebracht hätte."

Stefanie wollte protestieren, ließ es nach einem Blick in Lisas Gesicht aber lieber bleiben und flüchtete in Weiwodas Arme.

Amadeus hatte sich inzwischen wieder etwas gefasst. „Ich möchte eine Zigarette", verlangte er. Auf der Stelle wurden ihm mehrere Packungen von mitleidigen Kursteilnehmerinnen entgegengestreckt. Er gab dem Angebot der Dame mit dem Kneifer den Vorzug

Hagenberg traf am späten Nachmittag ein. Amadeus saß in einen Bademantel gewickelt auf Lisas Terrasse und erholte sich. Hagenberg wirkte besorgt und verzichtete darauf, Amadeus zu ärgern, so wie er es sonst gerne tat. „Ich habe mich sofort nach deinem Anruf in Bewegung gesetzt und mir zuallererst diese Stefanie Stuchlik vorgenommen", berichtete er. „Sie hat alles, was du mir gesagt hast, bestätigt."

„Schlampe", ließ sich Lisa vernehmen. „Sie hat Amadeus in eine Falle gelockt, damit ihn das Gerüst erschlägt. Davon bin ich überzeugt."

„Möglicherweise. Vielleicht war es aber auch so, dass sie selber das Opfer sein sollte. Vielleicht wollte jemand auch alle beide erschlagen, immer vorausgesetzt, es war überhaupt ein Anschlag."

„Weiß man inzwischen, wieso das Gerüst eingestürzt ist?", wollte Amadeus wissen.

„Das ist ja das Problem. Die Sachverständigen sind noch am Werk. Ein paar Schraubenmuttern an der falschen Stelle haben sich gelockert Man kann bis jetzt nicht einmal ausschließen, dass es einfach nur Schlamperei, beziehungsweise ein Unfall war."

„Das glaube ich nicht", beharrte Lisa.

„Ich auch nicht", pflichtete ihr Hagenberg bei.

„Hat sie erzählt, was sie mir über das Foto verraten wollte?"

„Das hat sie. Sie meint, das Atelier auf dem Foto erinnere sie an ein Atelier, in dem sie einmal war."

Amadeus richtete sich auf. „Das könnte der Durchbruch sein!"

„Fehlanzeige. Sie war vor einigen Jahren Kunststotters Geliebte und sie sagt, er habe damals in Wien ein Atelier gehabt, das so ähnlich eingerichtet war, wie das auf dem Foto. Sie hat uns sogar die Adresse genannt. Ich habe sofort einige Leute hingeschickt. Das Atelier gibt es, aber Kunststotter hat es schon vor drei Jahren aufgegeben. Jetzt ist ein Fotostudio dort untergebracht."

„Das besagt nichts. Kunststotter könnte das Bild schon damals gemalt haben, wenn er der Fälscher ist", grübelte Amadeus.

„Abermals Fehlanzeige." Hagenberg legte das fragliche Bild vor Amadeus. „Wenn du genau hinsiehst, kannst du dort links hinten einen kleinen Fernsehapparat erkennen. Wir haben den Typ identifiziert. Er ist erst seit einem Jahr auf dem Markt. Das gefälschte Bild kann nicht in Kunststotters ehemaligem Atelier entstanden sein. Das hat auch Stefanie nie angenommen. Sie hat nämlich gewusst, dass Kunststotter sein Atelier in Wien aufgegeben hatte. Natürlich war ihr die Bedeutung des Bildes klar, aber sie hat nie in Betracht gezogen, Kunststotter könne etwas mit der Fälschung und den Morden zu tun haben. In Wahrheit hat sie keine Ahnung, was das für ein Atelier ist."

„Warum zum Teufel, hat sie mir dann mit ihrem angeblichen Wissen den Mund wässrig gemacht?", fragte Amadeus wütend.

Hagenberg warf Lisa einen schrägen Blick zu. „Weil sie gemerkt hat, wie scharf du darauf bist. Sie hat einfach einen Vorwand gesucht, um mit dir anbändeln zu können, wenn ich sie recht verstanden habe."

„In dieser Geschichte kommen mir zuviel Weiber vor, die es auf ihn abgesehen haben", verkündete Lisa erbittert. „Was finden die bloß an ihm?"

„Vermutlich dasselbe wie Sie, verehrte Charlotte", murmelte Hagenberg, „auch wenn es schwer zu verstehen ist."

Amadeus ließ sich nicht ablenken. „Warum sollte mich jemand umbringen wollen? Oder warum sollte jemand Stefanie umbringen wollen?"

„Dafür gibt es nur einen einzigen plausiblen Grund. Der Mörder befürchtet, einer von euch beiden weiß etwas, was ihm gefährlich werden könnte. Wir haben keine Ahnung was das ist, aber wir können versuchen, den Personenkreis auf andere Weise einzuschränken. Wer konnte davon wissen, dass du heute früh mit Stefanie auf diesem Podest stehen würdest?"

„Weiwoda, die Professoren Kunststotter und Wicher, die ganze Zeichenklasse, aber die können wir wahrscheinlich ausschließen, Stefanie und natürlich Lisa."

„Idiot", sagte Lisa.

„Dazu kommen Leute, denen es die genannten erzählt haben könnten", fuhr Amadeus fort.

„Wer sollte das denn weitererzählen", höhnte Lisa. „So eine Sensation ist es ja auch wieder nicht, dich nackt zu sehen."

Amadeus ließ sich nicht provozieren. „Sag das nicht. Wem hast du es zum Beispiel erzählt?"

Lisa sah ihn empört an. „Ich bin doch keine Klatschbase. Nur meinen Freundinnen, der Susi, der Anna Moser und der Angelika habe ich es am Telefon erzählt."

„Und wem haben die es weitererzählt?"

„Wie soll ich denn das wissen?"

Hagenberg massierte sich die Schläfen. „Ich sehe schon, wo das hinführt: Nirgendwohin! Ihr müsst mich jetzt entschuldigen. Ich habe noch eine scheußliche Sache vor mir."

„Noch scheußlicher als ungeklärte Morde? Was soll das sein?"

„Ich muss an einer Podiumsdiskussion teilnehmen, mit Kunststotter und ein paar anderen Kunstheinis."

„Warum machst du das? Ich kenne dich. Das muss dir doch in der Seele zuwider sein."

„Du sagst es. Die Veranstalter wollten einen Polizeibeamten dabei haben. Daraufhin haben mich meine Vorgesetzten hinbeordert, weil ich ohnehin vor Ort bin. Natürlich mit dem Hinweis, dass sich das in meinem Bewerbungsverfahren gut machen würde. Sonst hätten mich keine zehn Pferde hingebracht."

„Ich begleite dich nach Krems", sagte Amadeus entschlossen. „Ich war dabei, wie Kunststotter über diese Veranstaltung gesprochen hat. Es geht um Kunstfälschungen. Das möchte ich mir doch zu gerne anhören."

Lisa öffnete einen Schrank und nahm Amadeus' Pistole heraus. „Das Ding nimmst du mit", befahl sie. „Du gehst mir nicht mehr ohne Schießeisen aus dem Haus."

„Es wird ihm nichts nützen, wenn er splitternackt hinter einer Nymphe her rennt", bemerkte Hagenberg boshaft.

„Hörst du, was dein Freund sagt?", ermahnte Lisa Amadeus. „Denk immer daran!"

Kapitel 23

Die Veranstaltung schien recht gut besucht zu sein. Im Foyer hatten sich bereits zahlreiche Leute versammelt. Kunststotter eilte auf sie zu. „Da sind Sie ja, Herr Chefinspektor! Wie schön, dass Sie Ihre Vorgesetzten doch noch dazu überreden konnten, zu kommen."

Hagenberg machte aus seinem Unmut kein Hehl. „Überreden ist nicht der richtige Ausdruck. Ich weiß gar nicht, was ich hier soll. Ich verstehe etwas von Mord, aber nicht von Kunst."

„Das eine hat gelegentlich auch mit dem anderen zu tun, wie die aktuellen Vorkommnisse zeigen, Herr Chefinspektor. Sie sind gewiss eine Bereicherung für die heutige Veranstaltung."

Kunststotter geruhte Amadeus, den er offenbar für keine Bereicherung hielt, zur Kenntnis zu nehmen. „Sie sind auch hier? Ich habe gehört, sie haben heute im Herrenhaus einige Verwüstung angerichtet. Mein Kollege Wicher ist außer sich."

„Ich bin unschuldig", dementierte Amadeus. „Ich bin selber das beklagenswerte Opfer, oder wäre es fast geworden."

„Erklären Sie das Wicher. Kommen Sie, Herr Chefinspektor, ich mache Sie mit den anderen Diskussionsteilnehmern bekannt."

Er führte Hagenberg fort, der ihm mit gesenktem Kopf folgte, wie ein Übeltäter auf dem Weg zu Gericht.

Amadeus schlenderte durch das Foyer und sah sich nach Bekannten um. Meisenbichler kam ihm entgegen und hatte Susi am Arm hängen. Er beobachtete misstrauisch die Küsschen, die Amadeus und Susi wechselten.

„Ich habe erstaunliche Dinge über Sie gehört", bemerkte er boshaft, als die Begrüßung an ihm war. „Man erzählt sich, sie hätten splitternackt ein junges unschuldiges Mädchen durch die Gegend gejagt und dabei ein Gerüst zum Einsturz gebracht. Dann sollen Sie ganz ungeniert und nackt in den Park spaziert sein, wo sie ältere Damen um Zigaretten angeschnorrt haben. Stimmt das? Ich habe an einen Artikel gedacht, mit dem Titel ‚Gefährlicher Sittenstrolch fast ein

Opfer seiner eigenen Triebe geworden'. Mein Chefredakteur erlaubt es aber wahrscheinlich nicht."

„Ein sehr vernünftiger Mann, Ihr Chefredakteur."

„Ich bin durstig", meldete sich Susi zu Wort.

„Sofort, meine Liebe, sofort! Ich bringe dir gleich etwas." Meisenbichler machte sich unverzüglich auf die Suche nach einem Getränkeautomaten.

„Was soll das?", fragte Amadeus.

„Was soll was?"

„Stell dich nicht so: Du und dieser Reporter natürlich. Wo ist Anna?"

„Ich mag dich, Amadeus, aber mein Privatleben geht dich wirklich nichts an, überhaupt, seit du dich geweigert hast, einen kleinen Beitrag dazu zu leisten."

„Diesen kleinen Beitrag leistet jetzt Meisenbichler?"

„Klein kann man eigentlich nicht sagen", bemerkte Susi versonnen, „eher ganz schön groß."

„Du bist ein exemplarisches Luder, Susanna!"

„Das sagst du mir ständig, als ob ich es nicht selbst wüsste." Sie seufzte. „Anna macht sich in letzter Zeit sehr rar. Ich weiß nicht was sie hat. Irgendetwas nimmt sie mir übel. Da bin ich halt vorübergehend in alte Gewohnheiten zurückgefallen. Männer haben mir früher ja auch Spaß gemacht. Schau, Karel kommt schon zurück, mit einer Limonade. Ich hasse Limonaden! Verschwinde jetzt, du Sittenstrolch, damit er nicht eifersüchtig wird. Ich rufe dich gelegentlich an."

Amadeus wanderte weiter und konnte Wicher nicht rechtzeitig ausweichen. Wicher verzichtete auf einleitende Förmlichkeiten und Erklärungen. „Dass Sie es wagen, mir noch unter die Augen zu kommen! Die Sache wird noch ein Nachspiel haben!"

„Das sagt mein Anwalt auch", erklärte Amadeus. „Er bereitet eben eine Strafanzeige wegen Gefährdung der körperlichen Sicherheit vor und natürlich eine Schadenersatzklage. Ich habe einen schweren Schock erlitten und die Langzeitfolgen werden beträchtlich sein. Das ist immer so, sagt mein Anwalt. Er prüft noch, wer aller verantwortlich gemacht werden könnte. Wie ich höre, hat die Gerüstfirma nach Ihren Anweisungen gehandelt. Stimmt das, Herr Professor?"

Wicher schnappte nach Luft.

„Es ist ja zum Glück nicht viel passiert", intervenierte Stefanie. „Niemand ist verletzt worden, das Deckengemälde ist heil geblieben und den Schaden im Saal deckt die Versicherung. Ich glaube, du hast dich auch recht schnell wieder erfangen, Amadeus, sonst wärst du nicht hier. Gebt doch Frieden, ihr beiden! Amadeus kann wirklich nichts dafür, dass das Gerüst umgefallen ist."

„Schweig still, leichtfertiges Weib!", zürnte Wicher. „Du hast ja gesehen, was bei deinen unbedachten Aktionen herauskommt. Was heißt überhaupt ‚Amadeus?' Seid ihr schon so gute Bekannte? Ich verbiete dir, mit diesem verdächtigen Menschen hier auch nur noch ein Wort zu wechseln. Hast du mich verstanden?"

„Ja, Meister", sagte Stefanie und senkte ergeben den Kopf. Sie folgte ihrem Mentor in einem Abstand von einem Schritt, drehte sich rasch um und zwinkerte Amadeus zu.

„Wicher ist besorgt und ein bisschen eifersüchtig", meinte Weiwoda, der den Wortwechsel verfolgt hatte, besänftigend. „Sie dürfen nicht alles auf die Goldwaage legen, was er von sich gibt. Im Großen und Ganzen ist er ein recht umgänglicher Mensch. Er behandelt Stefanie nur so, als ob sie sein persönliches Eigentum wäre."

„Er ist ein Spinner und die Kleine kann einem leid tun", antwortete Amadeus. „Wie geht es Ihren Schülern?"

„Sie haben gar nicht unangenehm reagiert", berichtete Weiwoda. „Sie betrachten den Vorfall von heute Morgen als interessante Bereicherung des Kurses. Schon bald werden neue Staffeleien geliefert und wir setzen den Unterricht vorläufig im Freien fort. Haben Sie den Schrecken gut überstanden, Herr Heinrich? Es schaut ganz danach aus. Hätten Sie nicht Lust, mir weiterhin ..."

„Mir geht es gut und ich werde sicher nicht mehr Modell stehen. Dieser Ausflug in die Kunstszene hat mir gereicht."

„Das kann ich verstehen. Entschuldigen Sie mich bitte, ich muss jetzt wohl hinter die Bühne."

Amadeus machte sich auf die Suche, um vielleicht irgendwo Kaffee zu ergattern. Er fand schließlich den Automaten und damit auch Isabella, die daneben lehnte und ihm einen Becher mit Kaffee entgegenhielt. „Ich habe mir doch gedacht, dass es dich hierher treiben wird. Du bist so schrecklich berechenbar, Amadeus. Hier ist dein Kaffee."

„Danke", sagte Amadeus. „Bist du allein hier?"

„Das bin ich und das bleibe ich auch. Ich habe es satt, mich mit Begleitern abzugeben, die mich im entscheidenden Moment sitzen lassen und die Flucht ergreifen."

„Du weißt, warum ich gegangen bin."

„Weil du ein misstrauischer Feigling bist. Weißt du, nicht alles, was ich tue, geschieht in böser Absicht. Du wirst dich sehr anstrengen müssen, damit du wieder so eine Gelegenheit bekommst."

„Und trotzdem hast du hier mit einem Kaffee auf mich gewartet."

„Das hat einen anderen Grund. Ich habe gehört, was heute passiert ist und mir Sorgen um dich gemacht."

„Das ist lieb von dir."

„Wie man es nimmt. Eigentlich mache ich mir stellvertretend für Direktor Hochkutzer Sorgen um dich. Er würde es zu schätzen wissen, wenn du dich aus dieser Sache endgültig zurückziehst. Er hätte einen guten neuen Auftrag für dich."

„Ich mache bloß noch einige Tage Urlaub in dieser schönen Gegend."

„Dabei verkehrst du nach wie vor im Kreis der Verdächtigen und stellst Fragen. Du siehst ja, was dabei herauskommt. Jemand versucht dich umzubringen. Welcher Teufel hat dich geritten, damit du unter einem wackeligen Gerüst als Nacktmodell posierst?"

„Stefanie Stuchlik hat mich dazu überredet."

„Dann kenne ich den Teufel, der dich reitet. Die gute Stefanie! Sie war meine Nachfolgerin bei Kunststotter und hat ihn eine Zeitlang getröstet, bis sie ihm den

Laufpass gegeben hat. Jetzt spielt sie die Lieblingssklavin Wichers, lässt ihn in Wahrheit nach ihrer Pfeife tanzen und betrügt ihn bei jeder Gelegenheit."

„Du magst sie nicht?"

„Überhaupt nicht, obwohl wir beste Freundinnen sind, wenn jemand fragen sollte. Wie hat sie dich dazu überredet, dich nackt auf dieses Podest zu stellen?"

„Sie wollte mir etwas dafür verraten."

„Hat sie es getan?"

„Nein. Sie wusste in Wahrheit gar nichts. Sie hat nur vorgetäuscht, etwas zu wissen, um mit mir besser bekannt zu werden."

„Das glaubst du wirklich? Bist du tatsächlich so naiv und eingebildet, Amadeus? Ich gebe zu, dass ich selber eine gewisse Vorliebe für dich hege, was ich als unerklärliche Geschmacksverwirrung ansehe, die sich hoffentlich bald geben wird. Aber Stefanie? Der bist du mit Sicherheit schnurzegal. Hast du dich schon einmal gefragt, ob sie dich nicht ganz bewusst auf diesen Platz hingestellt hat, damit dich das Gerüst erschlägt?"

„Natürlich habe ich mich das gefragt. Aber sie hatte kein erkennbares Motiv dafür. Ich habe mich auch gefragt, ob sie selber das Opfer sein sollte und ich nur ein möglicher Kollateralschaden. Auch dafür gibt es keine vernünftigen Hinweise, denn sie weiß überhaupt nichts, was dem Mörder gefährlich werden könnte."

„Es kommt nicht darauf an, was sie wirklich weiß, sondern darauf, was der Mörder glaubt, das sie weiß. Denk einmal darüber nach Amadeus."

Amadeus nippte an seinem Kaffee. „Hast du das Atelier Kunststotters in Wien gekannt?"

Sie sah in überrascht an. „Natürlich, aber das gibt es schon seit Jahren nicht mehr. Er hat das Malen aufgegeben."

„Wieso denn das?"

„Er ist ein tüchtiger Lehrer, von dem man die Technik perfekt erlernen kann, aber es fehlt ihm an Inspiration für das eigene Schaffen. Das hat er auch eingesehen, die Malerei als Broterwerb aufgegeben und sich der Theorie und Kritik zugewandt. Wie man sieht, ist er recht gut damit gefahren."

„Weißt du zufällig, wo Wicher sein Atelier hat?"

„Keine Ahnung. Stefanie könnte es dir sicher verraten, wenn sie dich vorher nicht umbringt, oder Wicher dich eigenhändig erwürgt. Er ist krankhaft eifersüchtig, habe ich gehört. Ich an deiner Stelle würde nicht in sein Atelier gehen."

„Danke für die Warnung. Wie gut kennst du Weiwoda?"

„Unseren Maxentius? Flüchtig. Er war mit uns an der Akademie. Ein lieber Kerl. Es hat ihm fast das Herz gebrochen, als Helene, dieses Biest, ihn verlassen hat."

„Du magst Helene nicht, ich weiß."

„Ich mag sie genauso gern wie Stefanie. Sie hatte damals, als sie mit Weiwoda zusammen war, ein gewisses Faible für die Bohème. Dann war ihr ein wohlhabender Baron aber doch lieber. Das Eigenartige ist, dass sie eine wirklich begabte Malerin war, auch viel begabter als Stefanie, die jetzt im Windschatten Wichers eine Art Karriere macht. Sie war die einzige von uns, die wirklich etwas drauf hatte. Aus der hätte was werden können, wenn sie sich nicht für den leichteren Weg entschieden hätte."

„Glaubst du, sie könnte eine Fälschung wie das Klimtbild anfertigen, immer vorausgesetzt, es war eine Fälschung?"

Isabella schüttelte den Kopf. „Deine Fragen zeigen mir ganz deutlich, dass du den Fall noch nicht abgehakt hast. Bitte Amadeus, überlass das der Polizei und komm nach Wien zurück. Die Sache ist für die ‚Glabus' und damit auch für dich erledigt. Mir würde es wirklich leid tun, wenn dir etwas zustößt. Ich bin eigens hergekommen, um mit dir deswegen zu reden. Hochkutzer hat ein neues, echt lukratives Angebot für dich."

„Wieso wusstest du, dass du mich hier treffen wirst?"

„Ich sagte dir schon: Du bist ganz leicht berechenbar, wenn man dich kennt. Ich wusste, dass du hier sein wirst, einfach deswegen, weil die meisten Leute, die in dieser Geschichte vorkommen, auch hier sein werden."

„Ich werde darüber nachdenken. Ich glaube, wir sollten jetzt hineingehen."

„Ich gehe nicht hinein. Ehrlich gesagt, die ganze Diskussion interessiert mich nicht. Ich war nur deinetwegen hier."

„Soll ich dich begleiten?", fragte Amadeus zögernd.

Sie sah ihn aufmerksam an. „Und dann? Du bist schon auf dem richtigen Weg, Amadeus, aber du bist dir noch nicht ganz sicher. Bis es so weit ist, werden wir wohl warten müssen." Sie küsste ihn auf den Mund und verschwand durch den Eingang in die Nacht. Wenig später dröhnte der Motor ihres Sportwagens auf.

Ein zweimaliges Läuten erinnerte Amadeus daran, dass es höchste Zeit war, die Plätze einzunehmen. Er warf seinen Pappbecher in einen Papierkorb und eilte in den Saal. Auf dem hell erleuchteten Podium saßen bereits die Diskussionsteilnehmer. Die Saalbeleuchtung begann zu erlöschen. Amadeus murmelte Entschuldigungen und drängte sich in eine Reihe, in der er noch einen freien Platz erspäht hatte. Als er es sich vorsichtig bequem machen wollte, wurde sein Ellenbogen durch einen anderen heftig von der Lehne gestoßen.

„Suchen Sie sich einen anderen Platz, Sie Sittenstrolch", zischte Helene Barkenstein. „Ich will nicht neben Ihnen sitzen. Das kann man mir nicht zumuten!"

„Entschuldigen Sie", sagte Amadeus verstört und machte Anstalten wieder aufzustehen. Hinter ihm zischten Leute und neben ihm protestierten welche, die nicht schon wieder aufstehen wollten. Kunststotter starrte in den dunklen Saal und ermahnte die Anwesenden, ihre Plätze in aller Ruhe einzunehmen. Resigniert ließ sich Amadeus wieder in seinen Sessel zurückfallen.

Helene beugte sich zu ihm und flüsterte drohend: „Unterstehen Sie sich, mich zu belästigen!" Amadeus verschränkte die Arme vor der Brust und machte sich schmal. Nach einer Weile beugte sich Helene wieder zu ihm und raunte in sein Ohr: „Stimmt es?"

„Stimmt was?"

„Sie sind nackt im Park des Herrenhauses herumgerannt."

„Ich war bloß deswegen nackt, weil ich Modell für die Zeichenklasse stehen sollte."

„Sie ein Modell? Schwer zu glauben. Das ist bloß eine Ausrede."

„Ich sollte einen Faun darstellen." Helene schüttelte den Kopf. „Einen überaus hässlichen, lüsternen Faun mit Bauch", ergänzte Amadeus widerwillig.

„Das könnte zur Not gehen, das klingt schon glaubhafter."

Hinter ihnen zischten Leute. Eine Weile verfolgten sie schweigend die Streitgespräche auf der Bühne. Dann neigte sich Helene wieder zu ihm. „Wieso waren Sie dann im Park?"

„Weil über mir ein Gerüst eingestürzt ist. Ich bin im letzten Moment hinausgerannt, sonst wäre ich erschlagen worden."

„Furchtbar!", befand Helene. „Obwohl es wahrscheinlich für etliche Leute einige Probleme bereinigt hätte, wenn Sie erschlagen worden wären."

Amadeus sah sie empört an.

„Ist jemand im Publikum, der das Wort haben möchte?", fragte Kunststotter wütend und versuchte im dunklen Saal die Störenfriede auszumachen. Amadeus und Helene schüttelten die Köpfe, was Kunststotter nicht sehen konnte, weil sie sich gleichzeitig duckten.

Den Rest der Diskussion verfolgten sie schweigend wobei ihm Helene großzügig die Hälfte der Sessellehne überließ. Hagenberg unterhielt das Publikum mit Anekdoten aus seinem Berufsleben, die irgendetwas mit Kunst zu tun hatten und brachte so Farbe in die trockene akademische Diskussion. Er kam gut an, das Publikum liebte ihn und bedachte ihn mit dem längsten Applaus von allen Diskussionsteilnehmern. Das Licht im Saal ging wieder an.

Hagenberg hatte schlechte Nachrichten für Amadeus. „Es tut mir sehr leid, alter Freund, ich kann dich heute Abend nicht mehr nach Hause zurückbringen. Ich habe eben eine dienstliche Nachricht erhalten und muss dringend weg."

„Jetzt, am Abend?"

„So ist das eben. Du übernachtest am besten im Hotel ‚Zur deutschen Krone'. Morgen früh hole ich dich von dort ab und bringe dich wohlbehalten nach Hause."

Helene, die den Wortwechsel aufmerksam verfolgt hatte, nickte Amadeus zum Abschied kurz zu, was mehr war, als dieser von ihr an Freundlichkeit erwartet hatte, und eilte davon.

Amadeus wanderte missmutig durch die nächtliche Stadt und verfluchte sich, weil er mit Hagenberg mitgefahren war und nicht sein eigenes Auto genommen hatte. Unterwegs rief er Lisa an.

„Wie war es?", wollte sie wissen.

„Hagenberg hat sich gut geschlagen. Er kann sein Publikum unterhalten, wenn er will. Nur leider hat er weg müssen und ich sitze hier fest."

„O je. Soll ich dich abholen? Du könntest auch bei Susi Quartier nehmen und ich hole dich morgen Früh."

„Nicht bei Susi. Es ist möglich, dass sie nicht allein ist. Ich will nicht ungelegen kommen. Ich werde im Hotel übernachten. Hagenberg holt mich morgen Früh ab und bringt mich zurück."

„Dann bist du ja gut aufgehoben. Bis morgen also, Amadeus."

Am Eingang ‚Zur deutschen Krone' traf Amadeus zu seiner Überraschung mit Helene zusammen.

„Sie schon wieder?", fragte sie indigniert. „Sind sie mir nachgestiegen? Sind Sie vielleicht doch ein Triebtäter?"

„Keineswegs", versicherte Amadeus. „Ich bin bloß in Krems gestrandet, weil Chefinspektor Hagenberg, mit dem ich hergekommen bin, keine Zeit hatte, um mich nach Hause zu bringen. Jetzt suche ich ein Nachtlager, bis er mich morgen abholt."

Gemeinsam betraten sie die Halle. Der Portier musterte sie und versuchte die Situation einzuschätzen.

„Ich brauche ein Zimmer", erklärte Helene. „Ist das Zimmer frei, das ich sonst auch immer hatte?"

„Zum Glück ja, gnädige Frau. Soll alles so arrangiert werden, wie sonst auch?"

„Das wäre mir recht."

Helene nahm ihren Schlüssel in Empfang, wünschte Amadeus gute Nacht und entschwebte mit dem Aufzug.

„Ich brauche auch ein Zimmer", sagte Amadeus.

„Selbstverständlich brauchen Sie das, mein Herr." Der Portier legte einen Schlüssel auf die Theke. „Das Zimmer hat ein außergewöhnlich schönes Bad. Ich hoffe, Sie werden sich wohl fühlen und diesmal länger bleiben, als sonst."

Amadeus machte es sich in seinem Zimmer bequem und sah sich die Abendnachrichten im Fernsehen an. Dann zog er sich aus, ließ die Kleider am

Boden liegen und marschierte ins Bad. Der Portier hatte nicht zuviel versprochen. Es war wirklich sehr schön und es bot eine Überraschung. Helene stand am Waschbecken, hatte Schaum vor dem Mund und putzte sich die Zähne. Sie war nur mit einem durchsichtigen Höschen bekleidet. Amadeus war wie vor den Kopf geschlagen und wusste nicht, was er sagen sollte. Helene schien hingegen überhaupt nicht überrascht zu sein. Sie spuckte ins Waschenbecken und fragte mit gespielter Empörung: „Was zum Kukuk machen Sie in meinem Badezimmer, Sie Sittenstrolch?"

„Bitte um Entschuldigung", stammelte Heinrich. „Ich dachte, das ist mein Badezimmer."

„Es scheint unser gemeinsames Badezimmer zu sein. Wir werden uns morgen bei der Hoteldirektion beschweren. So etwas ist unzumutbar und kann nur zu Missverständnissen und Peinlichkeiten führen."

Sie neigte den Kopf in den Nacken und gurgelte. Amadeus betrachtete fasziniert, wie ihre mädchenhaften Brüste dabei sanft bebten. Sie spuckte wieder aus. „Mir kommt vor, ihre Augen sind ganz starr geworden, Amadeus. Woran denken Sie gerade?"

„An gar nichts."

„Unsinn! Man denkt ständig an etwas. Heraus mit der Sprache!"

„Ich habe mich gefragt, wie sich Ihre Brüste anfühlen." Amadeus hatte den Eindruck zu weit gegangen zu sein und bewegte sich rückwärts zur Tür.

„Nicht anders, als die jeder anderen Frau meiner Statur auch", antwortete sie gelassen. „Die eigentliche Sensation findet nur in Ihrem Kopf statt. Sie können sich ja selbst überzeugen."

„Ich weiß nicht recht..."

„Natürlich wissen Sie es nicht, weil Sie es nicht versucht haben."

Amadeus gab seine Zurückhaltung auf, trat an sie heran und ließ seine Hände über ihren Körper gleiten. Sie hielt still und sah ihm fest in die Augen. Er beugte sich vor und versuchte sie zu küssen. Sofort stieß sie ihn von sich.

„Habe ich dir erlaubt, mich zu küssen? Du bist mir etwas zu forsch, mein Lieber. Wenn du willst darfst du mir beim Baden Gesellschaft leisten, wenn wir uns schon ein Badezimmer teilen müssen, aber nicht mehr." Sie streifte das Höschen ab, das mehr gezeigt als verborgen hatte, stieg vorsichtig in die gefüllte Badewanne und setzte sich nieder. „Das ist angenehm. Komm herein, es ist sicher nicht kalt."

Amadeus folgte ihr. Sie schob ihre Beine zwischen die seinen „Warum, Helene?", fragte er. „Warum tust du das?"

„Das weiß ich selber nicht. Wir werden es morgen Früh als situationsbedingte aber höchst bedauerliche Entgleisung ansehen und nie mehr darüber sprechen."

„Du hast keinen Grund mich zu mögen. Du hast aus deiner Abneigung mir gegenüber nie ein Hehl gemacht. Ich habe dich bei der Verhandlung mit Isabella wahrscheinlich um eine Menge Geld gebracht."

„Das hast du nicht. Ich habe mehr bekommen, als ich erhofft habe. Du hast mir die Möglichkeit geboten, mich auf plausible Art aus der Affäre zu ziehen. Wenn die ‚Glabus' weiter Druck gemacht hätte, wären binnen kurzem Ermittlungen gegen mich und meinen Mann wegen Versicherungsbetruges eingeleitet worden. Das musste ich auf jeden Fall verhindern."

„Weil wirklich ein Versicherungsbetrug geplant war, nicht wahr? Sagst du mir, wer das eingefädelt hat und wer der Fälscher ist?"

„Ist dir eigentlich klar, was du hier treibst, Amadeus? Du sitzt in der Badewanne mit einer Frau, mit der du vermutlich gleich Sex haben wirst und anstatt die Situation zu genießen verhörst du sie!"

„Warum Helene? Warum sitze ich wirklich in deiner Badewanne?"

„Das war nicht geplant. Ich konnte vor deinem Gespräch mit diesem Polizisten ja nicht wissen, dass du hier absteigen wirst. Aber dann habe ich improvisiert und dich vor dem Hotel abgepasst. Im Improvisieren bin ich gut. Der Portier hat genau kapiert, was ich will und alles andere hat sich von selbst ergeben."

„Der Portier hat gewusst, was du willst, weil du dieses Spielchen schon öfter gespielt hast. Zum Beispiel mit Liblich."

„Vermutest du das, oder weißt du es?"

„Ich weiß es und die Polizei weiß es auch."

„Das ist unangenehm. Halte still, wenn ich dich einseife, Amadeus."

„Erzähl mir, wie du das Bild entdeckt hast."

„Gefällt dir, was ich mache? Ja es gefällt dir, das merke ich, aber bitte halte mich nicht ganz so fest. Was wolltest du gleich wissen? Ach ja, das Bild. Liblich hat es allein gefunden. Ich war gar nicht dabei. Ich hatte ihm erlaubt, allein am Speicher herumzustöbern, dabei hat er es entdeckt."

„Er hat es nicht wirklich in eurem Haus gefunden, er hat es vorher selbst hingebracht. Habe ich recht?"

„Kann sein. Er hat mir versichert, es sei sicher echt, wir müssten bloß mit einer glaubhaften Geschichte nachhelfen, damit es als echt anerkannt wird. Das Foto mit der historischen Baronin Barkenstein hat er zu diesem Zweck auch beigesteuert."

„Und du hast wirklich geglaubt, dass alles mit rechten Dingen zugeht?"

„Fünf Millionen haben mich in meinem Glauben gestärkt."

„Bitte Helene, mach weiter und hör jetzt nicht auf."

„Womit? Mit meinem Geständnis oder mit dieser Massage?"

„Mit beidem sollst du weitermachen. Wie sollte das Geld aufgeteilt werden?"

„Zu drei Teilen. Ein Drittel sollte ich als Eigentümer des Bildes bekommen, nachdem es mir mein Mann geschenkt hatte, ein Drittel Liblich und ein Drittel eine Kunstagentin, von der er das Bild hatte."

„Kennst du diese Agentin?"

„Mach mir ja keinen Lutschfleck, Amadeus! Wir sind schließlich keine Teenager mehr. Nein, ich kenne diese Agentin nicht persönlich. Ich weiß nur, dass sie Karin heißt. Sie hat mich unlängst angerufen und ich habe ihr angeboten, ihr die Hälfte der Vergleichssumme zu überweisen. Sie hat nicht mehr zurückgerufen."

Helene begann leicht zu keuchen. „Das machst du sehr schön, Amadeus. Du hast den richtigen Punkt gefunden."

„Welche Rolle spielt dein Mann bei der ganzen Geschichte?"

„Überhaupt keine. Er hat ein Verhältnis mit seiner Sekretärin und stellt die unglaublichsten Dinge an, damit ich ihm nicht dahinterkomme. Das verschafft mir gewisse Freiräume und die Möglichkeit, ihn zu manipulieren. Deshalb hat er mir auch als Zeichen seiner besonderen Liebe das Klimtbild, das ich gefunden habe, geschenkt. Fünf Millionen sind zwar auch für ihn viel Geld, aber sie machen ihn nicht wesentlich ärmer oder reicher. Er ist ein sehr vermögender Mann, musst du wissen. Am Ende waren es dann doch keine fünf Millionen und die ganze Geschichte hat mir mehr Sorgen eingebracht, als dafürstand."

„Du meinst die Morde?"

Sie atmete heftiger und klammerte sich an ihn. „Natürlich die Morde! Mach eine Pause mit deinem Verhör, ich kann mich im Moment nicht mehr richtig konzentrieren."

Sie wand sich unter seinen Händen, das Wasser plätscherte, winzige Luftblasen perlten empor und sie begann ungeniert zu schreien. Es klang wie das Jaulen einer Babyrobbe, die Amadeus einmal im Zoo gesehen hatte. Er schaute besorgt um sich und kam zu dem Ergebnis, dass die Lage des Bades zwischen zwei Zimmern diese Geräusche so weit dämpfte, dass sie andere Gäste nicht beunruhigen konnten.

Nach einer Weile wurde sie still und entspannte sich. „Das war sehr schön. Kann auch ich etwas Gutes für dich tun, mein Liebster?"

„Mach dort weiter, wo du aufgehört hast. Mit beidem!"

„Natürlich, mein Liebling, wie unachtsam von mir. Die Morde also! Selbstverständlich war ich entsetzt, wie das Bild geraubt und Liblich umgebracht wurde. Ich wusste nicht, was ich davon halten sollte. Liblich hatte mir versichert, er werde den Verkauf des Bildes arrangieren. Von einem Versicherungsbetrug war mir gegenüber nie die Rede, das musst du mir glauben. Dann ist auch noch dieser Detektiv ermordet worden, der vor dir für die ‚Glabus' recherchiert hatte. Ich war verstört, von allen Informationen abgeschnitten und wusste nicht, wie ich mich verhalten sollte. Amadeus, ich glaube, du genießt die Sache nicht richtig. Dauert das bei dir immer so lange? Mach eine Pause mit deinen Fragen, die lenken dich zu sehr ab."

„Gleich, erzähl weiter!"

„Dann hat mich überraschend Karin wieder angerufen, die ich nur unter diesem Namen kenne. Sie hat mich ausgefragt. Das Gespräch war ganz sonderbar. Sie hat sich weder über den Tod Liblichs betroffen gezeigt, noch war sie an Geld interessiert. Sie wollte nur herausbekommen, wieviel ich weiß. Am Ende habe ich ihr Geld angeboten, weil ich Angst bekommen habe. Wie ich dir schon gesagt habe, hat sie bloß gesagt, sie werde mich zurückrufen und das Gespräch unterbrochen. Ich habe zwar ihre Mobilnummer, aber der Anschluss ist tot. Bist du jetzt endlich zufrieden?"

„Ja, jetzt schon", keuchte Amadeus.

„Wow", war alles was Helene sagte. Sie schöpfte mit beiden Händen Wasser aus der Wanne und wusch sich Gesicht und Oberkörper. „Ich denke, wir stellen uns noch kurz unter die Brause, bevor wir zu Bett gehen."

Amadeus folgte ihr mit nachdenklichem Gesicht und ließ sich von ihr gründlich abbrausen.

„Worüber denkst du jetzt wieder nach? Du darfst mich abtrocknen. Aber gründlich, wenn du so lieb sein willst. Fang unten an und arbeite dich nach oben."

Amadeus kniete vor ihr nieder und sie stellte den Fuß auf seinen Oberschenkel. „Woher kanntest du Liblich", fragte er.

„Das hast du noch nicht herausbekommen? Er war zur selben Zeit wie ich, Isabella, Stefanie und Weiwoda an der Akademie. Er hat bei Wicher studiert, aber nur ein Semester und dann abgebrochen. Ich habe noch eine Weile Kontakt mit ihm gehabt und auch ein paar Mal mit ihm geschlafen, ehe ich mit Weiwoda zusammengezogen bin. Liblich war ein Aussteiger ohne Zukunft. Ich war recht überrascht, als er wieder in meinem Leben aufgetaucht ist und sich als erfolgreicher Kunsthändler präsentiert hat. Na ja, nachträglich betrachtet war das wohl auch nur ein Windei."

„Warum hast du dich auf die Geschichte mit dem Bild eingelassen? Das hattest du doch gar nicht nötig!"

„Aus Abenteuerlust, ein wenig Geldgier und weil ich Liblich helfen wollte. Du kannst dir jetzt mein anderes Bein vornehmen, Amadeus. Es war nicht so, dass ich ihn geliebt hätte, oder etwas in der Art. Ich mochte ihn und er hat mir leid getan. Das war sehr unbesonnen und dumm von einer Frau in meiner Position, das sehe ich jetzt ein. Wenn du mit meinen Beinen fertig bist, kannst du meine Brüste frottieren, aber vorsichtig und zärtlich, mein Liebling." Amadeus tat mit Umsicht was sie von ihm verlangte.

Sie seufzte wohlig. „Die Vorspeise war sehr gelungen. Wie ich sehe, bist du zu neuen Taten bereit. Kommen wir also zum Hauptgericht des heutigen Abends. Ich schlage vor, wir nehmen das Bett in deinem Zimmer. Das in meinem quietscht erbärmlich, wenn es zu schaukeln beginnt."

„Eine Frage hast du mir noch nicht beantwortet, Helene. Warum hast du diesen heutigen Abend überhaupt arrangiert."

„Ganz einfach. Ich fürchte, dass es in dieser Sache noch unangenehme Weiterungen geben wird. Ich habe mir alles genau überlegt und bin zu dem Ergebnis gekommen, dass du der einzige Mensch bist, dem ich mich anvertrauen kann. An wen sollte ich mich denn sonst noch wenden? An die Polizei, vielleicht sogar an meinen Mann? Sicher nicht! Du weißt jetzt Bescheid und wirst mir vielleicht helfen können, wenn es für mich eng wird. Du bist in mancher Hinsicht ein sehr findiger Mann. Bleib so liegen. Ich möchte dir etwas ganz besonderes zeigen."

„Du hättest dich mir auch anvertrauen können, ohne dass du ... Oh mein Gott, was machst du da!"

„Ich sorge dafür, dass dir dieser Abend unvergesslich bleibt. Ich kenne Männer wie dich, Amadeus. Für dich zählt Loyalität sehr viel. Nach dem, was wir heute gemeinsam erlebt haben und noch erleben werden, wirst du nichts mehr tun, das mir schaden könnte und du wirst angerannt kommen, wenn ich um Hilfe schreie."

„Das klingt sehr berechnend."

„Natürlich ist es berechnend. Du siehst, ich bin ganz ehrlich zu dir. Deshalb solltest du mir auch glauben, wenn ich dir sage, dass ich das Zusammensein mit dir sehr genieße. So! Jetzt ist es vorläufig genug. Es ist Zeit, dass du wieder für mich etwas tust." Sie zog ihn über sich. „Weißt du, ich habe mir schon überlegt, dich zu meinem ständigen Geliebten zu machen. Wie würde dir das gefallen?"

„Ich habe eine Freundin", murmelte Amadeus und erlitt einen heftigen Anfall von schlechtem Gewissen.

„Ja und? Ich bin schließlich auch verheiratet. Das sind die idealen Voraussetzungen für ein Verhältnis. Man erspart sich dabei eine Menge an lästigem Beziehungskram, weil man einfach keine Zeit für solchen Unsinn hat und jede Stunde nutzen muss."

Sie hielt in ihren Bewegungen inne, nahm sein Gesicht zwischen die Hände und sah ihm in die Augen. „O Jemine, du hast ein schlechtes Gewissen, du Ärmster. Das ist wohl bei einem Mann wie dir unvermeidlich: Loyalität ist auch hier das Schlüsselwort, nicht wahr?" Sie küsste ihn zärtlich. „Ich werde versuchen, dir zu helfen: Erforsche dein so furchtbar schlechtes Gewissen und frage dich, ob du zu mir in die Wanne gestiegen wärst, wenn du nicht die Hoffnung gehabt hättest, mich aushorchen zu können. Ich bin mir sicher, du hättest andernfalls nur höflich ‚Entschuldigung' gesagt und wärst in dein Zimmer zurückgegangen. In Wahrheit bist du bloß ein Opfer deines Berufes, der Pflichterfüllung, könnte man sagen. Dafür kann man dir keinen Vorwurf machen. Du solltest natürlich den Mund halten und auf keinen Fall deiner Freundin etwas über dieses berufliche Opfer erzählen. Es genügt völlig, wenn du vor dir selber gerechtfertigt bist und dir nichts vorzuwerfen hast. Ich halte das auch immer so. Habe ich dich überzeugt?"

„So halb und halb", murmelte Amadeus und liebkoste ihre Brüste.

„Halb und halb ist schon das Ganze. Du könntest dir natürlich auch sagen, dass du jetzt alles erfahren hast, was du wissen wolltest, dich verabschieden und gehen. Aber das tust du nicht. Nicht ein Mann wie du: Dazu bist du viel zu höflich und pflichtbewusst. Du würdest nie eine Frau so liegen lassen, wie ich jetzt daliege und einfach verschwinden. Du würdest die Sache zu Ende bringen; so oft sie will und so oft du kannst, habe ich recht?"

Ihre Fersen pressten sich gegen sein Gesäß.

„Du hast recht", stöhnte er und folgte dem Rhythmus, den sie vorgab.

Kapitel 24

Während Amadeus und Helene ihren zärtlichen Pakt besiegelten, ohne sich über dessen Bedingungen wirklich einig zu sein, sah sich der Meister einer Geliebten gegenüber, die alles andere als zärtlich war. Sie wurde in letzter Zeit immer schwieriger, fand er.

„Das war eine völlig unnötige, stümperhafte und gefährliche Aktion", wütete sie. „Ich war von Anfang an dagegen, aber du musstest deinen Willen ja durchsetzen. Dabei hast du selbst die Parole ausgegeben, dass wir uns ruhig verhalten sollen."

„Ich verstehe nicht, wie es schief gehen konnte. Die Falle war perfekt aufgestellt. Der Kerl stand wie ein Idiot stocksteif da und wäre eine Sekunde später wie eine Fliege zerklatscht worden. Auf einmal springt er wie von der Tarantel gestochen von dem Podest herunter und hetzt aus der Tür."

„Du hast ihn einfach unterschätzt. Er wird etwas gemerkt, oder zumindest geahnt haben. Dieser Mensch weiß in Wirklichkeit gar nichts, was uns gefährlich werden könnte, aber jetzt wird er anfangen, die Sache persönlich zu nehmen. Ich kenne diesen Typ. Der lässt nicht mehr locker, bis er uns hat."

„Rede keinen Unsinn", befahl der Meister. „Er kann es persönlich nehmen, so viel er will, er findet uns nicht."

„Mit diesen Aktionen haben wir eine breite Spur gezogen, die zu uns führt."

„Sei still, dummes Weib", zürnte der Meister. „Es gibt keine Spuren, darauf habe ich geachtet."

„Oh doch, die gibt es. Überlege einmal: Jetzt kann man den Personenkreis der Verdächtigen eingrenzen. Man muss sich nur fragen, wer davon wissen konnte, dass er Modell stehen wird und wer soweit ortskundig war, dass er das Gerüst manipulieren und im geeigneten Moment umstoßen konnte. Es müsste jemand sein, dessen Anwesenheit am Tatort keinen besonderen Auffälligkeitswert hat, wenn er zufällig gesehen wird. Sie suchen jetzt nicht mehr einen anonymen Mörder, der weiß Gott wo sitzen könnte, sondern jemanden aus dem Bekanntenkreis Heinrichs, jemanden, der sich zumindest gelegentlich an der Baustelle im Herrenhaus aufhält. Wie lange glaubst du, wird es dauern, bis jemand mit dem

Finger auf dich zeigt? Wirst du dann dem Druck standhalten? Kann ich sicher sein, dass du meinen Namen aus dem Spiel lässt, oder wirst du mich mit in den Abgrund reißen? Auch ich beginne die Sache persönlich zu nehmen. Es geht auch für mich um Kopf und Kragen."

Der Meister war beunruhigt. „Das nächste Mal werde ich erfolgreicher sein."

„Es gibt kein nächstes Mal. Ich will nicht, dass du noch einmal versuchst ihn umzubringen. Das ist sinnlos, würde die Polizeiermittlungen nicht aufhalten, sondern uns nur noch mehr in Gefahr bringen."

„Was schlägst du also vor?"

Die Frau hatte bisher noch nie erlebt, dass er ernstlich ihre Meinung hören wollte. Er musste sehr beunruhigt und verzweifelt sein. Das machte die Situation noch unberechenbarer.

„Wir müssen alle Spuren verwischen. Du solltest dieses Atelier sehr gründlich räumen. Wenn nichts mehr auf das hinweist, was hier geschehen ist, solltest du zusätzlich Feuer legen. Bis die Feuerwehr zu diesem abgelegenen Haus kommt, wird jede Spur, die es vielleicht noch gegeben hat, vernichtet sein. Du wirst dann völlig in deiner bürgerlichen Existenz aufgehen und jede Fälschertätigkeit aufgeben. Du zahlst mir meinen Anteil aus und wir trennen uns. Wir werden uns danach lange nicht mehr sehen. Ich habe meine Meinung in diesem Punkt gründlich geändert: Es ist Zeit, endgültig Schluss zu machen und in Deckung zu gehen. Ich sagte dir schon: Ich will deinetwegen nicht ins Gefängnis."

Der Meister betrachtete versonnen das Bild, an dem er bis zuletzt gearbeitet hatte. „Nichts ist so, wie es scheint", flüsterte er. „Susanna im Bade: Keusch und untadelig. Sie weist die Avancen der beiden Alten zurück und widersteht ihren Drohungen und Verleumdungen. Am Ende kann sie mit Genugtuung beobachten, wie die beiden hingerichtet werden. Ist das die wahre Geschichte, Susanna? War es vielmehr nicht so, dass sie die Geschenke angenommen, mit ihren Verehrern herumgehurt und sich ihrer am Ende als Mitwisser ihrer Sünden entledigt hat? Sie wäre sonst gesteinigt worden, also mussten die Alten sterben."

„Diese pervertierte Version der Geschichte gibt es nicht", sagte die Frau unangenehm berührt, „außer in deiner Fantasie. Ich habe sicher nicht den

Wunsch, dich sterben zu sehen, um mich zu retten, wenn es das ist, was du mir mit dieser Parabel vorwerfen wolltest."

Sie beobachtete mit steigendem Unbehagen, wie er mit dem Daumen die Kante einer dreieckigen Spachtel prüfte. Schließlich warf er das Werkzeug auf die Werkbank.

„Ich werde über deinen Vorschlag nachdenken. Alles ist möglich, nur eines nicht: Dass du dich von mir trennst. Wir werden einen Weg suchen, um das zu vermeiden." Er verbarg das Gesicht zwischen den Händen. „Diese verfluchte Sache belastet mich so sehr, dass ich fürchte verrückt zu werden! Ich kann manchmal gar nicht mehr klar denken. Hilf mir, Susanna."

So hatte ihn die Frau noch nie gesehen. Sie ließ sich ihre Besorgnis nicht anmerken und griff zu jenem Mittel, mit dem sie ihn bisher immer besänftigen und in ihren Bann hatte ziehen können. Sie begann sich langsam auszukleiden. „Komm her zu mir. Ich werde dich auf andere Gedanken bringen; für eine Zeitlang wenigstens, hoffe ich."

Kapitel 25

Das Bett neben ihm war zerwühlt und leer. „Helene?", rief Amadeus halblaut und rappelte sich auf. Gedämpftes Licht fiel durch die Vorhänge. Er warf einen Blick auf seine Armbanduhr. Es war kurz nach Acht. Keine Antwort. Er schaute ins Badezimmer und in das angrenzende Zimmer. Helene war nirgends zu finden. Sie hatte ihn offenbar schon vor einiger Zeit verlassen. Amadeus machte hastig Morgentoilette, zog sich an und begab sich in die Hotelhalle. Der Portier sah ihm aufmerksam entgegen. Amadeus legte den Schlüssel auf die Theke und bat um die Rechnung.

Der Portier studierte den Bildschirm seines Computers, als ob er das Ergebnis nicht ohnehin genau wüsste, und sagte schließlich mit neutraler Stimme. „Es ist bereits alles beglichen, mein Herr." Amadeus bewahrte Haltung, bedankte sich, blieb aber stehen. „Die Dame hat uns schon verlassen", beantwortete der Portier die unausgesprochene Frage. „Sie wurde in aller Früh von ihrem Herrn Gemahl abgeholt. Sie hat ihn bereits in der Hotelhalle erwartet." Amadeus bewunderte die Schnelligkeit, mit der zwei Hunderter verschwinden konnten.

„Die gnädige Frau war sehr ungehalten und hat ihrem Herrn Gemahl heftige Vorhaltungen gemacht, weil er etwas missverstanden und sie nicht schon gestern Abend nach einer Veranstaltung abgeholt hat."

„Das ist wirklich verdrießlich", konstatierte Amadeus.

„Das ist es. Vor allem für den Herrn Gemahl", bestätigte der Portier. „Darf ich fragen, ob Sie mit Ihrem Zimmer zufrieden waren? Sie sehen ein bisschen erschöpft aus, wenn ich mir die Bemerkung erlauben darf."

„Ich habe wenig geschlafen. Ansonsten war aber alles höchst zufriedenzustellend."

Der Portier nickte. „Das freut mich zu hören. Wenn der Herr noch frühstücken wollen, der Frühstücksraum hat eben geöffnet."

„Ausgezeichnet. Ich werde abgeholt werden, von einem Herrn Hagenberg. Ich glaube, Sie haben schon seine Bekanntschaft gemacht."

„In der Tat", brummte der Portier missmutig.

„Schicken Sie ihn bitte in den Frühstücksraum, er wird hungrig sein. Ich denke nicht, dass es sonst noch etwas gibt, dass er wissen müsste."

„Ganz gewiss nicht, mein Herr, ganz sicher nicht. Diskretion ist die Geschäftsphilosophie unseres Hauses."

Wenig später traf Hagenberg ein und musterte Amadeus. „Herr im Himmel, du siehst elend aus. Bist du krank?"

„Nur ein wenig müde, ich habe nicht viel geschlafen."

„Das kann passieren, wenn man in einem fremden Bett übernachtet. Tut mit leid, dass ich dich gestern im Stich gelassen habe." Hagenberg bestellte ein umfangreiches Frühstück.

„Was war so wichtig, dass du auf der Stelle weg musstest?"

„Eine Hausdurchsuchung in der Kunsthandlung Mittler. Du erinnerst dich? Erich und Peter Mittler: Das sind die Geschäftspartner des verstorbenen Liblich. Die Hausdurchsuchung erfolgte wegen Betrugsverdachtes, hatte mit unserem Fall aber gar nichts zu tun. Die Kollegen haben bloß in einer internen Datenbank entdeckt, dass die beiden auch in meinem Fall eine Rolle spielen und mich verständigt. Das Internet ist eine unheimliche Sache, findest du nicht auch?"

„Was ist dabei herausgekommen?"

„Man hat in der Kunsthandlung einige Bilder gefunden, die als alte Meister angeboten wurden, nach Meinung der beigezogenen Experten, aber ausgezeichnete Fälschungen sind. Die angeblichen Maler gehörten nicht zur Spitzenklasse. Der Verkauf solcher Bilder erregt in der Kunstszene üblicherweise keine besondere Aufmerksamkeit. Trotzdem waren die Preise ziemlich hoch, ein gewinnbringendes Geschäft also."

„Haben die beiden gestanden?"

„Natürlich nicht! Sie haben ihre Unschuld beteuert und nach ihrem Anwalt geschrieen. Einen alten Bekannten von mir: Ein gewisser Dr. Gold. Kennst du ihn?"

„Ich hatte schon einmal das Vergnügen."

„Jedenfalls mussten die Kollegen die beiden vorläufig wieder laufen lassen. Sie haben sich damit verantwortet, sie hätten die Bilder von einer Kunstagentin bekommen, der sie völlig vertraut hätten. Das ist natürlich sehr unglaubwürdig. Sie wussten nämlich nur ihren Vornamen und sonst nichts."

„Karin!", warf Amadeus ein. „Sie werden wahrscheinlich wirklich nicht mehr wissen und haben mit gutem Grund auch nicht mehr wissen wollen."

„Karin, ganz richtig, wie bist du darauf gekommen?"

„Es ist sicher dieselbe Karin, die sich Elisabeth gegenüber als Reporterin ausgegeben hat und auch dieselbe, die den Coup mit dem Klimtbild eingefädelt hat."

Hagenberg fuhr in die Höhe. „Was sagst du da? Woher hast du diese Information?"

„Das kann ich dir nicht verraten, aber es stimmt."

„Amadeus!", drohte Hagenberg.

Dieser blieb hart. „Tut mir leid, aber ich kann dir meine Quelle nicht nennen, außer du versprichst mir, sie absolut in Frieden zu lassen. Mit den Morden hat sie nichts zu tun."

„Das kann ich nicht versprechen, das kann ich nicht machen."

„Du kannst noch ganz andere Sachen machen, wenn du nur willst. Deine eigenartigen Ermittlungsmethoden sind legendär."

Hagenberg gab nach. „Einverstanden. Wenn deine Quelle nicht an den Morden beteiligt war, halte ich sie heraus."

„Helene Barkenstein."

Hagenberg lehnte sich langsam zurück und starrte Amadeus an. „Das war zwar naheliegend, aber ich glaube es trotzdem nicht. Ich habe gehört, sie hasst dich, wie die Pest. Wie hast du sie zum Reden gebracht?"

„Das spielt wohl keine Rolle. Ich habe sie gestern bei deinem sensationellen Auftritt getroffen und sie hat mir nachher alles erzählt." Amadeus gab eine kurze Zusammenfassung dessen, was er von Helene erfahren hatte.

Hagenberg hörte ihm schweigend zu. „Hat Helene Barkenstein heute Nacht auch in diesem Hotel übernachtet", fragte er plötzlich ahnungsvoll.

„Kann sein."

„Amadeus! Hast du eine Frau verführt, um ihr ein Geständnis abzuluchsen? Wie zum Teufel hast du das angestellt? Sie mag dich doch gar nicht."

„Es war anders, als du dir das vorstellst. Es ist eine sehr eigenartige Geschichte, die ich dir nicht erzählen möchte. Denk daran, du hast versprochen, sie in Frieden zu lassen. Sie könnte viel verlieren: Ihre gesellschaftliche Reputation, ihren wohlhabenden Ehemann und vielleicht sogar ihre Freiheit."

„Wenn sie keine Mörderin ist, halte ich sie heraus. Sorge dafür, dass sie dich sofort informiert, wenn sich Karin wieder bei ihr meldet. Vielleicht können wir Karin bei der Geldübergabe erwischen."

„Das heißt, ihr habt nicht die geringste Ahnung, wer Karin sein könnte."

„Nicht die geringste. Alles was wir haben, sind ein weiterer toter Handyanschluss, eine Personenbeschreibung und ein Phantombild, das nach den Angaben der Brüder Mittler angefertigt wurde."

Amadeus betrachtete das Bild und die beigelegte Personenbeschreibung: *‚1,75 m groß, etwa dreißig Jahre alt, gute Figur, langes blondes Haar, sportliche Kleidung, leicht sonnengebräuntes Gesicht, kaum geschminkt, trägt auffallend modisch getönte Brillen, burschikoses Auftreten, keine lackierten Fingernägel, spricht Hochdeutsch, aber mit Kärntner Einschlag, großes auffälliges Muttermal an der linken Halsseite und ein Tattoo am linken Bein in Form einer Flamme.'*

Amadeus schüttelte den Kopf. „Die ist nicht echt. Das sind viel zu viele besonderen Merkmale. Sie hat sich verkleidet."

„Das denke ich auch. Sie ist sicher das Bindeglied zu dem Fälscher und damit zu unserem Mörder. Wahrscheinlich ist die Barkenstein unsere einzige Hoffnung, Karin zu identifizieren, wenn diese doch noch ihren Anteil haben will."

Sie gingen an die Rezeption. „Wir wollen unsere Konsumation bezahlen", erklärte Hagenberg und legte die beiden Bons auf die Theke. „Beides geht auf meine Rechnung."

Der Portier konsultierte der Form halber seinen Computer und riss die beiden Zettel in der Mitte durch. „Ihr Frühstück ist bereits im Voraus beglichen worden, meine Herren. Sowohl Ihres", er machte eine kleine höfliche Verbeugung vor Amadeus, „als auch die des Herrn von der Polizei, der sie abholen kommt."

Hagenberg bekam keine Verbeugung, sondern nur ein verächtliches Deuten mit dem Kinn.

Amadeus erlebte einen sprachlosen Hagenberg, was selten vorkam.

„Es ist übrigens etwas für sie abgegeben worden." Der Portier gab Amadeus ein verschlossenes Kuvert. „Beehren Sie uns recht bald wieder, mein Herr!" Die Einladung bezog sich nicht auf Hagenberg.

Als Hagenberg sein Auto in Bewegung setzte, riss Amadeus den Umschlag auf: ‚*Liebster, verzeih, dass ich Dich so heimlich und im Schlaf verlassen musste. Ich habe dich zum Abschied auf beide Augen und den Mund geküsst, spürst du es noch? Wenn Du Sehnsucht nach mir hast, was hoffentlich sehr, sehr bald sein wird, rufe mich unter folgender Nummer an. Nur unter dieser Nummer, unter keiner anderen! Du warst, Du bist! Phantastisch! In Liebe H.*'

Hagenberg hielt den Blick fest auf die Fahrbahn gerichtet und sah Amadeus nicht an. „Wenn Charlotte dahinterkommt, erschlägt sie dich. Sie wird den Vorschlaghammer nehmen. Ist dir das klar?"

„Es gibt nichts zum Dahinterkommen."

„Sie kommen meistens dahinter", murmelte Hagenberg düster. „Früher oder später, wenn du nicht daran denkst und glaubst, alles ist in Butter, hauen sie es dir plötzlich um die Ohren. Du weißt nicht, ob sie nur bluffen, oder wirklich etwas wissen. Es ist genauso, wie wenn ich einen Verdächtigen im Verhör überrumple. Du bist überrascht, fängst mit Erklärungen an und verwickelst dich in Widersprüche. Dann knickst du ein, es kommen halbherzige Zugeständnisse und schließlich legst du ein umfassendes Geständnis ab, damit du mildernde Umstände bekommst. Dann haben sie dich, aber es gibt keine mildernden Umstände, keinen einzigen! Glaub mir, ich weiß wovon ich spreche. In manchen Einheiten – selbstverständlich nicht in meinem Team – sind inzwischen Frauen die erfolgreichsten Verhörspezialisten. Hast du das gewusst?"

„Ich habe kein Verbrechen begangen, das ich gestehen müsste", protestierte Amadeus. „Ich habe ein reines Gewissen und du bist alles andere als hilfreich. Lass mich jetzt in Frieden und bring mich nach Hause. Das wäre alles nicht passiert, wenn du mich nicht gezwungen hättest, deine Arbeit zu tun und mich dann im Stich gelassen hättest."

Lisa war nicht zu Hause. Sie hatte auf dem Küchentisch einen Zettel hinterlassen, sie sei im Herrenhaus oben. Während sich Hagenberg mit unbekanntem Ziel entfernte, machte sich Amadeus auf die Suche nach Lisa. Ein Arbeiter am Parktor beschrieb mit dem Arm einen weiten Bogen und sagte hilfsbereit „Ich glaube, sie ist dort hinten!"

Amadeus ging aufs Geradewohl in den Park hinein, wo er zwar nicht Lisa, aber Meisenbichler antraf. Der Reporter hatte ein Bündel Blätter in der Hand und wirkte sehr zufrieden.

„Kunststotter war so freundlich, mir ein paar Informationen und Bilder zu geben, mit denen ich einen sehr schönen Artikel zum Thema Kunstfälschungen machen kann", berichtete er ungefragt.

„Schön für Sie. Wie geht es Ihnen sonst? Wie hat Ihnen der gestrige Abend gefallen?"

„Das einzige, was mir wirklich gefallen hat, war dieser Polizist. Der Mann hat Humor. Ich würde gern ein Interview mit ihm machen. Könnten Sie ihn nicht fragen? Susanna sagt, Sie sind mit ihm gut bekannt."

„Ich werde es versuchen. Wie hat es Susi gestern gefallen?"

Meisenbichlers Gesicht verdüsterte sich. „Sie sind doch mit ihr befreundet?", fragte er zögernd.

„Schon seit unserer Kindheit. Wo drückt Sie der Schuh?"

„Ich bin ein großer Verehrer der Frau Susanna."

„Das ist nicht zu übersehen."

„Ich glaubte, ich hätte allen Grund mir Hoffnungen zu machen. Aber nachdem ich sie gestern Abend nach Hause gebracht hatte, war sie auf einmal sehr abweisend und hat mich weggeschickt."

„Das kann verschiedene Gründe haben. Abgesehen davon sind Frauen irrationale Wesen."

„Ich bin noch eine Weile in meinem Auto vor ihrem Haus gesessen. Sie ist nach kurzer Zeit wieder herausgekommen und fortgegangen. Sie ist so rasch verschwunden, dass ich ihr nicht mehr rechtzeitig folgen konnte. Wo mag sie wohl hingegangen sein?"

Amadeus hatte eine ziemlich klare Vorstellung davon. Susi war wahrscheinlich wieder in ihre Lieblingsbar gegangen, um sich anzusaufen. Das tat sie gelegentlich.

„Ich habe keine Ahnung, Meisenbichler. Aber wenn ich Ihnen einen Rat geben darf: Machen Sie sich nicht zuviel Hoffnungen, was Susi betrifft."

„Hat sie einen Freund? Gibt es einen anderen Mann in ihrem Leben?"

„Das sicher nicht. Es ist ein wenig komplizierter und für Sie weit aussichtsloser, als wenn sie bloß einen anderen Mann hätte. Reden Sie doch einmal in aller Offenheit mit ihr darüber. Sie wird Ihnen schon sagen, worin das Problem liegt."

Amadeus verließ den verstörten Reporter und folgte dem intensiven Geruch nach Tabak, der die Gegend verstank. Kunststotter saß auf einer Bank, rauchte sein Pfeifchen und sah nicht so aus, als ob er den Wunsch nach Gesellschaft hätte. So etwas störte Amadeus nicht.

„Guten Morgen, Herr Professor" sagte er freundlich. „Sie gestatten doch?" Er setzte sich ans andere Bankende und zündete sich eine Zigarette an. „Das war eine wirklich gelungene Vorstellung gestern."

„Finden Sie?" Kunststotter wirkte nicht sehr gesprächig.

„Aber ja. Ich habe vorhin Meisenbichler getroffen. Der war auch ganz begeistert."

Kunststotter produzierte eine gewaltige Rauchwolke. „Dieser Reporter zieht mir den letzten Nerv", sagte er ärgerlich. „Der Mensch hat sich mit mir getroffen, um einige Unterlagen und ein paar Informationen für einen Artikel zu schnorren. Er hat aber nicht die geringste Ahnung von dem Thema. Warum schreibt so einer über Kunst? Ich habe ihm praktisch den ganzen Artikel diktieren müssen. Wahrscheinlich kommt trotzdem nur Unsinn heraus."

„Darf ich Sie auch etwas fragen?"

„Wenn es sein muss. Jeder fragt mich etwas, als ob ich alle Antworten wüsste!"

„Kennen Sie die Kunsthandlung Mittler?"

„Erich und Peter Mittler? Nicht persönlich, aber ich weiß, dass es sie gibt: Es sollen ganz seriöse Leute sein, habe ich gehört."

„Die Polizei hat gestern eine Hausdurchsuchung bei ihnen durchgeführt. Sie haben angeblich mit gefälschten Bildern gehandelt."

Kunststotter schüttelte den Kopf. „Was Sie nicht sagen! Davon war mir nichts bekannt."

„Kennen Sie eine Kunstagentin, die Karin heißt? Sie vermittelt angeblich recht wertvolle Bilder alter Meister an Kunsthandlungen."

„Karin? Und wie noch?"

„Nur Karin. Sie ist nur unter ihrem Vornamen bekannt. Eine schicke Blondine."

„Unfug! Kein Händler, der bei Sinnen ist, übernimmt ein Bild, das auch nur einigermaßen etwas wert ist, von einer Unbekannten – schick oder nicht schick."

„Außer er will es gar nicht so genau wissen."

„Ich verstehe schon, was Sie meinen. Trotzdem, ich habe nie von ihr gehört, obwohl ich mir einbilde, recht gut informiert zu sein. Warum fragen Sie mich das? Wie kommen Sie mit Ihren Untersuchungen für die Versicherung voran, Herr Heinrich?"

Amadeus registrierte mit Genugtuung, dass sich der zerstreute Professor inzwischen seinen Namen gemerkt hatte.

„Die sind abgeschlossen. Die Barkensteins haben sich mit der Versicherung verglichen. Ich frage nur aus Neugier, weil ich gestern zufällig davon gehört habe. Für mich ist die Sache aber erledigt."

„Hoffentlich nicht auch für die Polizei. Es hat immerhin zwei oder drei Morde gegeben."

„Die Polizei wird den Fall wahrscheinlich auch bald abbrechen, wie ich von einem Freund erfahren habe. Sie tendiert zu der Auffassung, dass die Morde von Ausländern begangen wurden, die sich längst wieder abgesetzt haben."

Kunststotter verlieh seinem Ärger durch eine weitere mächtige Rauchwolke Ausdruck. „Was für ein haarsträubender Unsinn. Aber das sagen sie ja immer, wenn sie nicht weiterkommen, die Herrschaften von unserer Polizei."

„Was meinen denn Sie, Herr Professor?"

„Das was ich immer gesagt habe. Der Fälscher und damit der mutmaßliche Mörder ist hier!"

„Hier?"

„Nicht gerade in diesem Nest hier, aber in der Umgebung, im Raum Niederösterreich und Wien. Er war immer hier und er ist es noch immer. Das habe ich auch Meisenbichler erklärt, der es hoffentlich so schreiben wird. Der Kerl war so verdammt unkonzentriert."

„Er hat Liebeskummer."

„Die attraktive Rothaarige, mit der er gestern da war?"

„Ja. Ich glaube, die hat ihm den Kopf verdreht."

„Weiber", sagte der Professor verächtlich.

„Trotzdem – was würden wir ohne sie machen! Sind sie verheiratet, Herr Professor?"

„Ich war es, aber sie hat sich Gott sei Dank schon vor Jahren scheiden lassen. Ein zweites Mal tue ich mir das sicher nicht mehr an. Wie steht's mit Ihnen, Heinrich? Sind Sie verheiratet?"

„Nicht mehr und noch nicht."

Kunststotter lachte freudlos. „Sie sind also im Begriff, denselben Fehler ein zweites Mal zu machen. Ist es die hübsche Kunstschlosserin mit den unbändigen Haaren und der Amazonenfigur?"

„Genau die."

Kunststotter stocherte in der erlöschenden Glut seiner Pfeife und seufzte. „Dann laufen Sie eben in Ihr Glück. Sie werden schon sehen, was sie davon haben. Ich bin ihr vorhin beim Herrenhaus begegnet."

Amadeus stand auf. „Es war nett mit Ihnen zu plaudern, Herr Professor."

Kunstotter winkte huldvoll mit seiner erkaltenden Pfeife.

Amadeus schlug einen Bogen durch den Park und stieß dabei auf die Zeichenklasse, die unter einer Baumgruppe mit Skizzenblöcken agierte. Stefanie machte das Modell. Sie hatte sich anstandshalber – weil mit Spaziergängern zu rechnen war – eine Art Leintuch übergeworfen, achtete aber darauf, dass zumindest eine ihrer Brüste frei war.

„Meine Damen und Herren", dozierte Weiwoda, „die besondere Herausforderung besteht darin, die Konturen des Körpers auch unter einem Überwurf anatomisch korrekt darzustellen und gleichzeitig den Faltenwurf so natürlich wie möglich widerzugeben. Das ist die hohe Schule des Aktzeichnens." Er machte seinen Schülern die Tatsache, dass hier im Freien kein Aktzeichnen im eigentlichen Sinn stattfinden konnte, sehr geschickt schmackhaft.

Als die Dame mit dem Kneifer Amadeus sah, begrüßte sie ihn mit heftigem Armwedeln.

„Wir freuen uns, dass unser männliches Modell wohlbehalten ist", verkündete Weiwoda, „wenngleich wir mit der Nymphenjagd zuwarten müssen, bis wir wieder ins Haus können. Ich denke wir machen jetzt eine kleine Pause. Das Buffet ist dort unter dem Baum angerichtet."

Die Dame mit dem Kneifer machte Anstalten auf Amadeus zuzugehen, aber Stefanie war schneller. Sie hielt ihr Leintuch mit der einen Hand fest und schnappte sich mit der anderen Amadeus.

„Ich bin ganz steif vom Modellstehen. Ich muss mich bewegen. Komm, begleite mich ein Stück." Sie hängte sich bei ihm ein und zog ihn auf einen schmalen Weg zwischen Büschen und Bäumen.

„Du sollst doch nicht mit mir reden. Was wird dein Meister sagen, wenn er uns so sieht?"

„Der ist beschäftigt. Außerdem tun wir ja nichts Böses. Es tut mir leid, was dir gestern passiert ist und auch dass Wicher am Abend so unangenehm war. Das war unnötig und ich habe ihm das sehr deutlich gesagt."

„Wenn du nicht deinen Lorbeerstab geholt hättest, hätte ich dich wahrscheinlich geküsst und dann wären wir beide erschlagen worden."

„Welche Schlussfolgerung ziehst du daraus? Dass es lebensgefährlich ist, mich zu küssen?"

„Das ist nicht zum Spaßen! Ist dir nicht bewusst, Stefanie, in welcher Gefahr auch du warst? Bist du gar nicht beunruhigt?"

„Nein. Es war uns nicht bestimmt, von diesem Gerüst erschlagen zu werden, also ist es auch nicht geschehen. Hast du Angst, ein Baum könnte auf uns fallen, wenn du diesen Kuss nachholst? Du brauchst keine Angst zu haben. Es wird dir nichts auf den Kopf fallen."

Sie ließ das Leintuch von der Schulter gleiten, drängte ihn hinter ein Gebüsch und legte die Arme um seinen Hals.

„Versuchst du mich zu verführen?", fragte Amadeus und wusste nicht recht, ob er sich darauf einlassen sollte oder nicht.

„Dass du es nur endlich merkst", flüsterte sie und schmiegte sich an ihn. „Hier sieht uns niemand. Wir müssen uns nur beeilen."

„Amadeus", rief eine Stimme. Schritte kamen näher. Stefanie wickelte sich hastig wieder in ihr Tuch. Als Lisa um die Biegung kam, standen sie ganz unbefangen da. Amadeus rauchte eine Zigarette.

Lisa trug eine Schlosserhose und hatte einen Hammer im Gürtel stecken. Unter ihrem verschwitzten Leibchen zeichneten sich deutlich die Brustwarzen ab. Sonnenstrahlen, die durch die Blätter fielen, spielten auf ihren runden, muskulösen Schultern.

„Da bist du ja, Amadeus", sagte sie gelassen. „Du schaust verwahrlost aus. Vielleicht liegt es aber auch nur an deiner Gesellschaft."

„Ich bin nicht verwahrlost, sondern nur ein bisschen müde. Ich habe dich die ganze Zeit über gesucht."

„Und dabei hast du das da gefunden?" Sie musterte Stefanie von oben bis unten.

„Ich muss jetzt ganz schnell wieder zurück", erklärte Stefanie hastig.

„Das glaube ich auch." Lisa sah ihr nach, wie sie im Laufschritt zur Zeichenklasse zurückkehrte. „Müde und verwahrlost siehst du aus, Amadeus. Hattest du eine schwere Zeit?"

„Das kann man wohl sagen. Hagenberg denkt offenbar, ich bin dazu da, um seine Arbeit zu machen."

„Du Ärmster. Ich werde ein Wörtchen mit ihm reden. Was der dir so alles zumutet: Zum Beispiel mit nackten Schlampen im Wald herumlungern."

„Sie war nicht nackt."

„Angezogen war sie aber auch nicht." Lisa hatte nicht die Absicht einen Streit daraus zu machen, jedenfalls vorläufig nicht. „Komm mit, lass uns nach Hause gehen, es wird schon Mittag", schlug sie versöhnlich vor.

Sie nahm ihn fest bei der Hand. So gingen sie zum Herrenhaus zurück.

Wicher trat aus der Tür.

„Das auch noch", murmelte Amadeus.

Wicher registrierte Lisas besitzergreifende Haltung und war auf der Stelle milder gestimmt, offenbar weil seine Eifersucht wegen Stefanie besänftigt wurde, als er Amadeus in festen Händen – im wahrsten Sinn des Wortes – sah.

„Ich bin froh, Sie zu treffen, Herr Heinrich. Es tut mir leid, dass ich gestern so unwirsch war. Der Vorfall mit dem Gerüst hat mich aus der Fassung gebracht. Natürlich können Sie nichts dafür; es wäre unsinnig, so etwas zu glauben. Sie sind ja selbst beinahe zu Schaden gekommen. Ich darf Ihnen aber versichern, dass auch ich daran schuldlos bin. Dafür muss man allein die Gerüstfirma verantwortlich machen."

„Ich habe nicht die Absicht, irgendjemand zur Verantwortung zu ziehen. Das habe ich gestern nur so gesagt. Wie geht es da drinnen voran?" Amadeus deutete auf das Herrenhaus, aus dem Klirren und Scheppern zu hören war.

Wicher wirkte erleichtert und wurde für seine Verhältnisse geradezu gesprächig.

„Es wird aufgeräumt. Die Schäden sind geringer als ursprünglich angenommen. In den nächsten Tagen schon wird das Gerüst für den zweiten Teil des Deckengemäldes aufgestellt. Ich habe bloß aus Sicherheitsgründen verlangt, dass Weiwoda mit seiner Malklasse woanders untergebracht wird. Unvorstellbar, was es für ein Unglück gegeben hätte, wenn das Gerüst auf die Schüler gefallen wäre."

„Das ist sehr vernünftig. Solange das Wetter so schön bleibt, kann er sogar im Freien arbeiten."

„Frische Luft wird diesen Dilettanten nicht schaden. Ich habe Stefanie erlaubt, ihm heute Modell zu stehen, als Zeichen meines guten Willens, weil ich ihn ausquartiert habe. Werden Sie ihm auch wieder Modell stehen, Herr Heinrich?"

„Gott bewahre, nein! Das habe ich nur getan, weil ich eine Wette verloren hatte, aus keinem anderen Grund."

„Ist wohl auch besser so. Ohne Ihnen nahe treten zu wollen, Sie haben nicht die richtige Statur dafür. Obwohl ... Sie gestatten?"

Wicher fasste Amadeus behutsam unterm Kinn und hob seinen Kopf etwas an. „Sie haben ein interessantes Profil. Haben Sie schon einmal daran gedacht, sich portraitieren zu lassen? Ich würde gern einige Portraitskizzen von Ihnen anfertigen. Wirklich, ganz bemerkenswert! Daraus ließe sich etwas machen."

Lisa betrachtete Amadeus von der Seite und versuchte zu ergründen, was an dessen Profil so eindrucksvoll sein mochte.

Amadeus verfolgte eigene Ziele. „Das können wir gerne tun. Wo denn? In Ihrem Atelier? Wo haben Sie überhaupt Ihr Atelier, Herr Professor?"

„Etwas außerhalb von Krems. Wissen Sie, ich beschäftige mich auch viel mit religiöser Kunst. Ihr Gesicht eignet sich hervorragend für einen der zwölf Apostel. Am besten für den Judas. Sie haben so etwas Verschlagenes an sich."

Amadeus war unangenehm berührt und ließ sich das auch anmerken.

„Sie kämen natürlich auch für andere Motive in Frage", beeilte sich Wicher zu versichern. „Vielleicht für einen der beiden Alten in der Geschichte von ‚Susanna im Bade'."

„Bin ich dafür nicht zu jung?"

„Das ist Interpretationssache. Ich sehe die beiden nicht als Greise. Die zwei waren etwa in ihrem Alter: Gewissenlose Lüstlinge, denen es nichts ausmacht, sich an die Frauen anderer Männer heranzumachen. Genau das drückt ihre Physiognomie aus. Sie würden sehr gut in diese Rolle passen. Haben Sie übrigens heute schon Stefanie gesehen?"

„Flüchtig", murmelte Amadeus und wusste nicht, ob er besorgt, beleidigt sein oder lachen sollte.

Wicher nickte ihm freundlich zu und reichte ihm eine Visitenkarte. „Wenn es Ihre Zeit erlaubt, rufen Sie mich an. Wir können dann in den nächsten Tagen einen Termin vereinbaren, je eher desto besser."

„Der Mann ist ein Menschenkenner", bemerkte Lisa süffisant, als sie sich auf den Heimweg machten.

Amadeus würdigte sie keiner Antwort, sondern grübelte vor sich hin und versuchte die Begegnung mit Wicher zu analysieren.

Zu Hause angekommen, befahl Lisa: „Du wirst jetzt gründlich baden und dich umziehen. Du kommst mir vor, wie ein streunender Kater, der die ganze Nacht unterwegs war und dabei in eine Jauchegrube gefallen ist. Ich mache uns inzwischen ein paar Brote."

Amadeus roch verstohlen an seinem Hemd. „So schlimm ist es auch wieder nicht", protestierte er.

„Das war auch nur im übertragenen Sinn gemeint. Ich bin übrigens heute Abend nicht zu Hause. Habe ich dir das schon gesagt?"

„Hast du nicht. Wo gehst du hin? Ich habe mich schon auf einen gemütlichen Abend zu zweit gefreut. Willst du mich für irgendetwas bestrafen?"

„Hätte ich Grund dazu? Ich bin bei der Chorprobe unseres Gesangsvereins. Morgen findet doch das Gartenfest im Park des Herrenhauses statt. Sag bloß, das hast du auch verschwitzt."

„Ich habe es gar nicht gewusst", wunderte sich Amadeus. „Ich habe auch nicht gewusst, dass du in einem Gesangsverein bist."

„Das kommt daher, weil du ständig andere Dinge im Kopf hast und dich nicht richtig um mich kümmerst. Der Erlös aus dem Gartenfest kommt der Renovierung des Herrenhauses zugute. Der Gesangsverein wird Schnulzen zum Besten geben. Das gefällt den Leuten. Susi kommt auch als Verstärkung. Sie hat eine sehr schöne Stimme. Mach jetzt, dass du ins Bad kommst! Wenn ich nicht genau wüsste, was du für eine treue Seele bist, würde ich meinen, an dir haftet der Geruch fremder Weiber." Sie begann demonstrativ an ihm zu schnuppern. Amadeus eilte ins Bad.

Kapitel 26

Die Chorprobe fand im großen Saal des Gasthauses zum ‚Goldenen Ochsen' statt. Zuhörer waren nicht zugelassen. Amadeus, der es sich nicht nehmen hatte lassen, Lisa zu begleiten, saß in der Gaststube, trank Kaffee und langweilte sich. Er musste nicht lange allein bleiben. Isabella kam die Stiegen zu den Fremdenzimmern heruntergestöckelt und lächelte ihm zu.

„Bist du gar nicht überrascht, mich zu sehen?", fragte sie und setzte sich zu ihm.

„Nicht sehr. Ich habe mich inzwischen daran gewöhnt, dass du ständig unvermutet auftauchst, wo auch ich bin. Hat das etwas zu bedeuten? Darf ich hoffen?"

„Spiel nicht mit dem Feuer, du Angeber. Wenn es darauf ankommt, ziehst du ja doch den Schwanz ein. Was machst du hier?"

„Meine Freundin begleiten. Sie ist auf einer Chorprobe."

„Was du nicht sagst! So ein vielseitig begabtes Mädchen! Sie kann nicht nur hämmern, sondern auch trällern. Das verspricht abwechslungsreiche Abende. Du bist wirklich zu beneiden."

Amadeus revanchierte sich auf der Stelle für diese Bosheit. „Und wo ist dein Direktor? Vermisst er nicht seinen Traum aus den Zwanzigern?"

„Ich hoffe doch sehr, dass er mich vermisst, obwohl ich ihn auf Vorrat getröstet habe. Ich bin als Quartiermacherin hier. Er kommt morgen angereist."

Jetzt war Amadeus wirklich überrascht. „Hochkutzer kommt nach Grafenhotter? Was um Himmels Willen will er hier? Er kommt doch nicht meinetwegen?"

„Sicher nicht. Er ist im Moment nicht gut auf dich zu sprechen, weil du noch immer in dieser Sache herumstocherst, obwohl er sie schon abgepfiffen hat. Er kommt als Sponsor für die Renovierung des Herrenhauses und wird eine kleine Rede auf dem Gartenfest morgen halten. Die ‚Glabus' unterstützt die verschiedensten kulturellen Projekte. Das weißt du doch."

„Er sollte lieber seine Detektive ordentlich bezahlen", knurrte Amadeus.

„Er investiert lieber in dankbarere, werbewirksamere Projekte. Wenn du in Zukunft Aufträge von ihm haben willst, darfst du ihn nicht zu sehr ärgern."

Susi kam aus dem Saal. Man konnte einen Augenblick Lisa hören, die mit heller Stimme von Bäumen sang, die wieder im Prater blühten. Dann fiel die Tür zu.

„Hallo, Amadeus", sagte Susi. „Ich bin schon fertig, aber Lisa muss noch ihre Soloauftritte üben. Sie hat gesagt, ich soll mich um dich kümmern, damit du nicht mit fremden Weibern anbändelst. Bin ich schon zu spät gekommen?"

Sie und Isabella sahen sich an, länger und intensiver, als angemessen war. „So muss es sein, wenn sich zwei Tigerinnen auf freier Wildbahn treffen", dachte Amadeus. „Gleich gibt es eine tolle Beißerei."

„Hallo", sagte Susi. Ihre Stimme war ein wenig dunkler und samtiger geworden. Sie gab Isabella die Hand, länger und intensiver, als angemessen war.

„Hallo Susi, willst du dich nicht zu uns setzen?" Isabella klopfte einladend auf den Sessel neben sich. „Ich bin die Bella."

„Das wusste ich gar nicht", murmelte Amadeus. Er wurde ignoriert.

„Bist du auch von hier?", erkundigte sich Isabella.

„Früher einmal. Jetzt wohne ich in Krems. Ich habe dort ein Geschäft."

„Natürlich! Du hast es auf der Vernissage von Weiwoda erwähnt. Du hast doch auch die beiden Verbrecher gesehen, die das Klimtbild geraubt haben, nicht wahr? Ich arbeite für die Versicherung, die dafür zuständig ist. Daher kenne ich auch Amadeus, der für die gleiche Versicherung an diesem Fall gearbeitet hat."

„Es ist nämlich so ..."

Susi brachte Amadeus mit einer Handbewegung zum Schweigen. „Bist du so lieb, Amadeus, und besorgst uns zwei Gläser Sekt? Ich darf dich doch einladen, Bella?"

Amadeus begab sich gehorsam an die Bar. Als er mit den Gläsern zurückkam, waren die beiden Frauen in ein angeregtes Gespräch vertieft.

„Ich hatte gehofft, Amadeus wird mich an diesem einsamen Abend unterhalten", erklärte Isabella eben. „Aber damit ist wohl nicht zu rechnen."

„Ganz sicher nicht. Er ist in festen Händen und er neigt dazu, davonzurennen, wenn es richtig unterhaltsam wird."

„Bei dir auch?", fragte Isabella. Die beiden Frauen brachen in Gelächter aus und prosteten einander zu.

„Männer", meinte Susi verächtlich.

„Männer!", echote Isabella.

Amadeus war nach Bosheiten zumute. „Ist die Anna nicht da?", fragte er Susi.

„Weiß ich nicht." Es klang unwirsch, so als wolle sie sagen, er solle den Mund halten.

„Ich mache dir einen Vorschlag", wandte sich Susi an Isabella. „In diesem Nest herumzusitzen ist öde. Fahr mit mir nach Krems. Dort ist das Nachtleben zwar auch nicht berauschend, aber ich kenne ein paar nette Lokale."

„Das klingt interessant, ich kann nur leider nichts trinken, weil ich noch zurückfahren muss. Morgen Vormittag trifft mein Chef ein."

„Ach komm schon. Wenn du ein Gläschen zuviel hast, übernachtest du eben bei mir. Ich habe ein schönes Gästezimmer."

„Gästezimmer, dass ich nicht lache", ließ sich Amadeus leise vernehmen.

Susi stand auf und klopfte ihm auf die Schulter. „Dir reiß ich wegen deiner dummen Bemerkungen ein andermal den Kopf ab. Jetzt habe ich Besseres zu tun. Kommst du, Bella?"

Die beiden Frauen verließen lachend die Gaststube. Wenig später tauchte Lisa auf. Sie sah erhitzt aus und blies sich eine widerspenstige Haarsträhne aus dem Gesicht. „Uff! Das ist ganz schön anstrengend. Wo ist Susi geblieben?"

„Sie hat sich eine Freundin für die Nacht aufgerissen: Die Sekretärin vom Hochkutzer. Die beiden waren sich innerhalb weniger Minuten einig. Ich hätte nicht gedacht, dass das so rasch geht. Dabei ist die Krawovsky doch gar nicht ... Ich meine, sie hat doch etwas mit ihrem Chef. Ich begreife das nicht."

„Mit den Dingen, die du nicht begreifst, könnte man wahrscheinlich ganze Bibliotheken füllen", sagte Lisa gelassen. „Bring mir bitte ein Bier und nimm dir auch eines mit."

„Es ist nur so, dass mir die Anna leid tut", erklärte Amadeus, als er mit dem Bier zurückkam. „Sie hängt so an Susi und die betrügt sie regelmäßig."

„Nicht regelmäßig, aber doch hin und wieder. Du kennst doch Susi. So ist sie eben. Solange Anna nichts davon mitbekommt, ist sie glücklich."

„Gutes Prinzip."

„Das aber nicht für uns beide gilt!", sagte Lisa drohend. „Bist du etwa anderer Meinung?"

Amadeus wurde einer Antwort enthoben, weil ein neuer Gast eintraf. Es war Direktor Hochkutzer, der nach seiner Sekretärin und seinem Zimmer verlangte. Das Zimmer wäre gleich fertig, obwohl der Herr Direktor erst für den nächsten Tag avisiert war, die Sekretärin sei hingegen unauffindbar, teilte der Wirt bedauernd mit.

Amadeus hielt es für angezeigt, sich bemerkbar zu machen. „Guten Abend, Herr Direktor."

„Ah, Sie sind das Heinrich. Haben Sie Frau Krawovsky gesehen?"

„Sie ist mit einer Bekannten nach Krems gefahren. Ich glaube die beiden Damen wollen eine kulturelle Veranstaltung besuchen. Wenn ich recht verstanden habe, wird Frau Krawovsky möglicherweise in Krems übernachten. Sie hat erwähnt, sie erwarte Sie erst morgen Vormittag."

„Ich habe umdisponiert. Das ist ärgerlich. Ich hätte noch einiges mit ihr besprechen wollen." Amadeus hatte eine konkrete Vorstellung vom geplanten Inhalt der gescheiterten Besprechung. Er gab ein bedauerndes Grunzen von sich.

Hochkutzer setzte sich unaufgefordert zu Amadeus und Lisa an den Tisch. Immerhin war er der Chef. „Ich wundere mich, dass Sie noch hier sind, Heinrich. Ich habe Sie doch wissen lassen, dass die Angelegenheit für uns erledigt und ihr Auftrag abgeschlossen ist."

„Ich fürchte, hier obwaltet ein Missverständnis, Herr Direktor. Ich bin bloß noch ein paar Tage auf Urlaub hier: Bei meiner Freundin, meiner Verlobten, Frau Charlotte Schmied." Er deutete auf Lisa.

Hochkutzer geruhte Lisa zur Kenntnis zu nehmen. Was er sah, gefiel ihm offenbar. „Das ist natürlich etwas anderes. Ich freue mich, Sie kennenzulernen, Frau Schmied. Ich habe schon von Ihnen gehört. Hochkutzer, Direktor Hochkutzer von der ‚Glabus' ist mein Name. Ich freue mich auch deswegen, weil ich die Ehre haben werde, morgen auf dem Gartenfest einen Scheck in Höhe Ihres Kostenvoranschlages für die Renovierung des Brunnens im Park zu überreichen. Die ‚Glabus' übernimmt die Kosten."

„Wie schön", sagte Lisa zuckersüß. „Die Kostenfrage war nämlich bis zuletzt ungeklärt und ich bin nicht bereit, umsonst zu arbeiten."

Sie schlug demonstrativ ihre schönen langen Beine übereinander. Hochkutzer schielte angestrengt nach unten. „Er stellt sich vor, wie sie mit Nahtstrümpfen und hochhackigen Pumps aussehen würde", dachte Amadeus argwöhnisch.

„Ich bin davon überzeugt, dass Sie Ihr Geld wert sind, meine Liebe. Wir müssen uns gelegentlich über weitere Projekte unterhalten, die von der ‚Glabus' finanziert werden könnten."

„Sehr gerne. Ihre Frau Krawovsky wird mich gewiss informieren, wenn sich etwas ergibt. Ich glaube, sie ist für solche Termine zuständig, Herr Direktor."

Hochkutzer argwöhnte, Lisa spiele auf sein Verhältnis mit Isabella an, wahrscheinlich weil dieser Heinrich etwas ahnte und geplaudert hatte. „So ist es, meine Liebe. So machen wir es", sagte er unverbindlich und verabschiedete sich eilig.

„Was denn? Schau nicht so vorwurfsvoll", rechtfertigte sich Lisa und wippte mit dem Bein. „Eine Geschäftsfrau muss schauen, wo sie bleibt. Wenn du dein Bier ausgetrunken hast, können wir nach Hause gehen."

Daraus wurde vorläufig nichts, weil Hagenberg, der hier im Gasthof ein Zimmer hatte, zur Tür hereinkam. Er küsste Lisa zuerst die Hand und dann beide Wangen, die sie ihm bereitwillig hinhielt.

„Was gibt es Neues", erkundigte sich Amadeus.

„Wenn du keine Neuigkeiten hast, gar nichts. Ich bleibe nur noch morgen, dann reise ich ab. Man hat mich zurückgerufen. Was für ein Reinfall! Das ist der erste Fall, in dem ich absolut nichts erreicht habe. Daran ändert auch nichts, dass meine Vorgesetzten zufrieden sind und mich belobigt haben. Man hat aus den spärlichen Ergebnissen, die ich zusammengekratzt habe, eine hübsche Geschichte konstruiert: Ob das Klimtbild eine Fälschung war, weiß man nicht und kann es auch nicht mehr feststellen, weil es fort ist. Daher sind Diskussionen darüber zwecklos. Von Versicherungsbetrug ist nicht mehr die Rede. International agierende Kunstdiebe haben sich aber den Umstand zunutze gemacht, dass die Galerie in Krems nur unzureichend gesichert war, und das Bild geraubt. Dabei haben Sie den Galeriebesitzer, der sie überrascht hat, umgebracht. Inzwischen sind sie mit ihrer Beute lägst ins Ausland geflohen. Nach dem Bild wird international gefahndet. Es ist damit praktisch unverkäuflich, außer ein verrückter Sammler erwirbt es zum Schnäppchenpreis und versteckt es in seinem Tresor. Nach den Tätern wird ebenfalls international gefahndet, wobei wir eng mit ausländischen Dienststellen zusammenarbeiten. Das ist etwa der Inhalt der Pressekonferenz, die noch heute Abend abgehalten werden wird. Dann wird mein Vorgesetzter eine ernste Warnung aussprechen, wertvolle Kunstschätze besser zu sichern und zu verwahren. Er wird auf die Problematik der grenzüberschreitenden Kriminalität hinweisen und wie notwendig es ist, die bisherigen Anstrengungen zu verstärken, um die Bevölkerung vor diesem Übel zu schützen. Damit ist ihm der Beifall der Journaille gewiss."

„Wie schwindelt ihr euch über die weiteren Morde hinweg?", erkundigte sich Amadeus.

„Der Tod Mausers hat mit dem Kunstraub nichts zu tun. Die Polizei untersucht zwar – wie immer – in alle Richtungen, aber die Ermittlungen konzentrieren sich auf Kriminelle, die Grund hatten, einen Groll gegen ihn zu hegen: Das ist sozusagen das Berufsrisiko eines Privatschnüfflers."

Das Mädchen im Brunnen hat auch nichts mit dem Kunstraub zu tun. Es gibt nicht den geringsten Hinweis dafür. In beiden Fällen werden die Ermittlungen von lokalen Dienststellen weitergeführt. Die SOKO Klimt, die ich leite, ist ab übermorgen Früh aufgelöst."

„Das klingt doch ganz gut", bemerkte Lisa. „Wer sagt, dass es nicht so war? Sie können nach Hause zu ihrer Freundin fahren, die wird sich sicher freuen, Amadeus bekommt eine Prämie von der Versicherung und kann noch ein paar Tage bei mir bleiben, und alle sind zufrieden."

„Ich hätte Sie nicht für eine solche Opportunistin gehalten, liebe Charlotte", sagte Hagenberg tadelnd.

„Sie entwickelt sich in letzter Zeit dazu", erklärte Amadeus. „Sie hat Hochkutzer schöne Augen gemacht, weil er sie sponsern will. Ihre Beine haben dem Herrn Direktor sehr gefallen. Sie hat ihm Grund zum Glotzen gegeben."

„Idiot", war alles was Lisa dazu einfiel.

Hagenberg sah unauffällig nach ihren Beinen und nickte zustimmend. Lisa tat, als ob sie das nicht merkte. „Seien Sie nicht so deprimiert", versuchte sie den Chefinspektor zu trösten. „Morgen ist auch noch ein Tag. Wer weiß, vielleicht passiert etwas, dass es Ihnen ermöglicht, den Fall doch noch zu lösen. Auf alle Fälle sollten Sie am Abend zu dem Gartenfest ins Herrenhaus kommen."

„Mir ist nicht nach Gartenfesten."

„Ich werde dort mit dem Chor singen und habe auch einige Solonummern. Sie müssen unbedingt kommen und mir applaudieren, Sie sind doch mein Lieblingspolizist! Danach können wir zusammensitzen und bei einem Gläschen Wein Abschied nehmen. Ich will nicht, dass sie so sang und klanglos wieder aus unserem Leben verschwinden. Was meinen Sie?"

„Also gut. Ich werde kommen", versprach Hagenberg. „Ihr Optimismus ist wirklich erfrischend, bezaubernde Charlotte: Was sollte denn morgen noch passieren?"

Kapitel 27

Die Frau saß im Finstern, starrte auf den Bildschirm und las den Inhalt des Mails noch einmal sorgfältig durch. Danach nahm sie einige Einstellungen vor und wollte die Nachricht endgültig und unwiderruflich von der Festplatte löschen. Im letzten Moment überlegte sie es sich anders. Sie beließ die Nachricht dort, wo sie war: Gelöscht zwar, aber immer noch existent und zu finden, wenn man wusste, wo man suchen musste.

Sie fuhr den Computer herunter und wartete, bis der Bildschirm erlosch und das Summen des Gebläses verstummte. Dann stand sie auf und ging vorsichtig durch den dunklen Raum. Durch die Gazevorhänge fiel das Licht einer Straßenlaterne und von weit her waren leise Musik und Gelächter zu hören. Sie betrat das Schafzimmer, kroch unter die Decke, verschränkte die Arme hinter dem Kopf und dachte angestrengt nach.

Ihr Komplize wurde immer unberechenbarer und damit zu einer Gefahr. Von seiner überlegenen Haltung, die sie ursprünglich so beeindruckt hatte, war nicht mehr viel geblieben. Er begann den Bezug zur Realität zu verlieren. Sie hatte Angst, nicht nur vor dem, was er noch anstellen mochte, sondern auch vor dem, was er ihr persönlich antun könnte. Seine besitzergreifende Eifersucht, die er anfänglich verborgen hatte, trat immer mehr hervor, nahm krankhafte Züge an und war nicht mehr zu besänftigen. Sie dachte daran, wie er bei ihrem letzten Treffen mit versonnenem Lächeln gesagt hatte, er würde eher gemeinsam mit ihr sterben, als sich von ihr zu trennen. Sie wusste, dass er mit eigenen Händen töten konnte. Sie hatte es selbst zweimal gesehen. Zuerst war sie von der brutalen Selbstverständlichkeit, mit der er es getan hatte, fasziniert gewesen. Sie hatte versucht, sich so zu geben, als ob sie über den Dingen stünde und ihn durch eine gelassene, überlegene Haltung zu beeindrucken. Jetzt empfand sie nur noch Grauen. Vielleicht waren es ja gerade diese Morde gewesen, die ihn aus dem psychischen Gleichgewicht gebracht hatten.

Die Polizei würde die Suche nach dem Mörder vermutlich aufgeben. Nicht formell, aber praktisch, weil man an ausländische Täter glauben wollte. Das hatte sie aus den Abendnachrichten erfahren. Trotzdem bestand die Gefahr weiter, dass sich ihr Komplize doch noch verriet, in der labilen Verfassung, in der er sich zurzeit befand. Dann war auch ihr Schicksal besiegelt.

Einen weiteren Unsicherheitsfaktor stellte Amadeus Heinrich dar. Obwohl sein Auftrag beendet war, blieb er vor Ort. Das mochte daran liegen, dass er bei seiner Geliebten, dieser Schlossermeisterin bleiben wollte. Sie argwöhnte aber, dass ihn die Aussicht auf eine hohe Prämie dazu veranlasste, auch weiterhin zu schnüffeln und nach dem geraubten Bild zu suchen. Dazu passte auch, dass er und Helene Barkenstein sich offenbar miteinander arrangiert hatten. Sie lachte erbittert. Gerade Helene, diese kleinbrüstige Nutte hatte ihn in ihr Bett gelockt. Der Hotelportier war zwar sehr diskret gewesen, hatte aber nach einem reichlichen Trinkgeld doch zugestanden, dass Helene und Amadeus in derselben Nacht und in zwei benachbarten Einzelzimmern – auf die Einzelzimmer legte der Portier besonderen Wert – Quartier genommen hatten. Alles andere konnte sie sich zusammenreimen. Das war keine banale Bettgeschichte, kein flüchtiges Abenteuer. Helene hätte sich unter normalen Umständen niemals mit einem Mann wie Amadeus eingelassen. Da lief etwas anderes zwischen den beiden. Die Frau kam der Wahrheit ziemlich nahe. „Wahrscheinlich", so vermutete sie, „hat Helene einen schlauen und tatkräftigen Verbündeten gesucht, für den Fall, dass sie wegen der Affäre mit dem Klimtbild doch noch in Bedrängnis geriete und Amadeus hatte im Gegenzug versucht, ihr ein paar Informationen zu entlocken."

Die Frau verspürte ein so dringendes Verlangen nach einer Zigarette, dass sie nicht widerstehen konnte. Sie stand wieder auf, wanderte durch das dunkle Haus und setzte sich auf die gartenseitige Terrasse. Einen Augenblick beleuchtete die Flamme des Feuerzeuges ihr Gesicht, dann wurde es wieder dunkel, nur das Glimmen der Zigarette war zu sehen. Sie fröstelte unter ihrem dünnen Nachthemd. Die Nächte begannen empfindlich kühl zu werden. Der Herbst stand vor der Tür. Sie zog die Beine hoch und kauerte sich auf dem Korbsessel zusammen.

Sie hatte nur noch den Wunsch, aus der ganzen Sache auszusteigen. Was als lukratives Abenteuer begonnen hatte, entwickelte sich zu einem Albtraum. Die

Morde hatten alles verändert. Selbst wenn es ihr gelang, den Meister zumindest vorübergehend zur Aufgabe seiner Fälschertätigkeit zu überreden, bis Gras über die Angelegenheit gewachsen war, würde er nicht von ihr lassen. Sie würde an ihn gefesselt bleiben, gebunden durch das gemeinsame Geheimnis, gebunden durch die Verbrechen, die sie gemeinsam begangen hatten. Ihre Gedanken begannen sich im Kreis zu drehen und verwirrten sich. „Ich kann den Dingen nicht ihren Lauf lassen", dachte sie verzweifelt. „Ich muss handeln und zwar rasch, ehe ich tot oder im Gefängnis bin."

Sie dämpfte die Zigarette aus, atmete ein paar Mal tief die frische Nachtluft ein und kehrte ins Bett zurück.

Müdigkeit befiel sie. Sie versuchte sich vergeblich dagegen zu wehren und sank in einen unruhigen Dämmerschlaf.

Plötzlich fuhr sie hoch und saß aufrecht im Bett. „Das könnte die Lösung sein", dachte sie überrascht. Das Mail, das sie beinahe gelöscht hätte, war der Schlüssel. Amadeus war nicht das Problem, er war die Lösung! Ein Plan begann in ihrem Kopf Gestalt anzunehmen, zuerst undeutlich und vage, dann immer konkreter. Sie sank auf den Polster zurück und dachte ihn immer wieder durch. Es gab eine Menge Dinge, die dabei schief gehen konnten, aber sie wusste keine andere Lösung.

„Wenn es klappt", dachte sie, „kommt alles wieder ins Lot. Wenn nicht, bin ich unweigerlich aufgeflogen. Dann erschieße ich mich, ehe ich ins Gefängnis gehe. So oder so, ich bin aus der Sache raus. Morgen fällt die Entscheidung."

Sie dachte an die zweiläufige Pistole, die sie seit einiger Zeit immer bei sich trug. Das Kaliber war ziemlich groß für so eine kleine Waffe und die Durchschlagskraft beträchtlich. Sie hatte es ausprobiert.

„Wenn ich mich in die Schläfe schieße", kam ihr in den Sinn, „und die Mündung schräg nach hinten halte, sprengt es mir das Schädeldach weg und mein Gehirn klebt an der Wand. Es wird sofort vorbei sein. Ich werde nicht einmal merken, dass ich gestorben bin. Wenn das Hirn einmal zermanscht ist, ist alles erledigt, danach kommt nichts mehr und ich bin in Sicherheit; bloß dass es dann auch kein

‚ich' mehr geben wird." Sie unterdrückte gewaltsam das unkontrollierte Zittern, das sie zu befallen drohte.

Die Atemzüge neben ihr wurden unruhig. Sie schob die Hand beiseite, die sich unter ihr Nachthemd schieben wollte. Nach einem halbwachen intimen Gefummel war ihr jetzt absolut nicht zu Mute. Das enttäuschte Murmeln neben ihr ging in regelmäßiges Schnarchen über. Sie seufzte erleichtert.

Der Schlaf, der sie vorhin fast überwältigt hatte, wollte nicht wiederkommen. Sie faltete die Hände über der Brust und konzentrierte sich. Sie stellte sich vor, sie schwebe im Wasser, an der Oberfläche eines Teiches, über sich ein dichtes grünleuchtendes Blätterdach, durch das vereinzelte Sonnenstrahlen fielen und auf dem Wasser spielten. Die Wellen des Teiches wiegten sie hin und her, hin und her, hin und her. „Ich will nicht ins Gefängnis", war ihr letzter klarer Gedanke, ehe sie in einem traumlosen Schlaf versank. „Und ich will nicht sterben."

Kapitel 28

Das Gartenfest schien ein Erfolg zu werden. Der Abend war angenehm warm. Wahrscheinlich war es der letzte heiße Spätsommertag gewesen, ehe der Herbst endgültig Einzug hielt. Vereinzelte Blätter begannen bereits ihre grüne Farbe zu verändern, so als ob sie es gar nicht abwarten konnten, den farbenprächtigen Tod, der ihnen bestimmt war, zu sterben. An den Bäumen und entlang der Wege hatte man bunte Lichterketten gespannt, die dem Park ein märchenhaftes Aussehen verliehen. An strategisch günstigen Plätzen waren Kioske aufgestellt, an denen Getränke und die verschiedensten Näschereien und Speisen verkauft wurden. Die unverschämt hohen Preise waren durch den guten Zweck des Reinerlöses – worauf große Plakate hinwiesen – gerechtfertigt und wurden anstandslos akzeptiert. Es waren weit mehr Besucher gekommen, als sich die Veranstalter erhofft hatten. Sie saßen an Tischen, zwischen denen junge Mädchen, denen man diese Aufgabe zugeteilt hatte, als Kellnerinnen hin und her rannten. Sie standen an den Kiosken, konsumierten aus Leibeskräften und füllten so die Kassen und sie spazierten die Wege entlang.

Je weiter man sich vom Zentrum der Ereignisse entfernte, umso spärlicher wurden die Lichter, umso jünger wurden die Spaziergänger und umso heftiger wurde das Geschmuse. Ganz hinten an der Parkmauer waren überhaupt keine Lichterketten mehr. Die meisten der Bänke, die dort standen waren von Pärchen besetzt, die miteinander flüsterten und im Dunkeln schließlich von zwei Gestalten zu einer zusammenflossen.

Amadeus mied diesen Bereich. Er wollte nicht stören und folgte einer gelben Lichterkette, die ihn zu der provisorischen Bühne zurückführte, an welcher eine Kapelle, manchmal unterstützt vom Chor, die Gäste mit Musikdarbietungen unterhielt. Er kam gerade noch zurecht, um Lisas erstes Solo zu erleben. Sie sang das Vilja-Lied aus der lustigen Witwe und meisterte dieses gar nicht so einfache Stück bravourös. Sie wurde mit stehenden Ovationen bedacht. Daran war Hagenberg, der sich in der ersten Reihe niedergelassen hatte, nicht ganz unschuldig. Er sprang am Ende des Liedes auf, rief enthusiastisch „Bravo" und applaudierte heftig. Sein Vorbild riss andere Zuhörer mit. Dabei wurde er kräftig von Hochkutzer unterstützt, der die ganze Zeit über weniger Lisas Gesang, als ihre Beine bewundert hatte. Ein Übriges tat Lisas bezauberndes Aussehen. Amadeus wurde mit Stolz erfüllt, als er sie ansah, wie sie sich fast schüchtern verbeugte und ein Kusshändchen in die Menge warf, das Hagenberg auf sich bezog, noch lauter applaudierte und damit den Beifall neuerlich anfachte.

„Wenn man eine solche Frau zu Hause hat", dachte Amadeus, „ist es blanker Unfug, auch nur einen Gedanken an andere Weiber zu verschwenden."

In seiner Hose begann es zu rütteln und zu summen. Er zog sein Handy aus der Tasche uns starrte betreten auf den Bildschirm. ‚Ich warte auf dich im Festsaal. Bitte komm sofort und lass dir nichts anmerken. Helene.'

Er dachte ernstlich daran, diese Nachricht zu ignorieren, aber dann überwog seine Neugier. Nachdem er einen kräftigen Beitrag zu dem Beifall, der Lisa gezollt wurde, geleistet hatte, wich er unauffällig in die Dunkelheit zurück und ging zum Herrenhaus. Am Eingang war ein Schild angebracht, das Unbefugten den Eintritt verbot. Trotzdem stand das Haus offen, weil in Nebenräumen Speisen zubereitet und Getränke gelagert wurden.

Er begegnete keinem Menschen und betrat den dunklen Festsaal. Durch die Fenster, deren Schäden man mit Plastikfolien provisorisch geschlossen hatte, schimmerten bunte Lichterketten. Aus der Ferne war Lisas Stimme zu hören, die sich einem weiteren Triumph entgegensang. Das Gerüst war zur Hälfte wieder aufgestellt worden, der Rest der Rohre und Planken lagerte in sorgfältig geschichteten Stößen am Boden.

„Ich bin hier", sagte Amadeus halblaut in die Dunkelheit hinein.

„Gut, dass du so rasch gekommen bist. Ich hätte sonst nicht gewusst, was ich tun soll."

Helene trat aus dem Schatten des Gerüstes. Sie schlang die Arme um seinen Hals und küsste ihn mit einer Selbstverständlichkeit, als ob sie ein vertrautes Liebespaar wären.

„Bitte, Helene ..." Amadeus versuchte, es nicht wie einen Protest klingen zu lassen.

„Karin hat sich mit mir in Verbindung gesetzt", erklärte Helene. „Sie hat mich heute Nachmittag angerufen, und gesagt dass ihr Anteil von den Siebenhundertfünfzigtausend, die ich bekommen werde, vierhunderttausend Euro beträgt. Ich soll das Geld in kleinen Scheinen heute auf das Gartenfest mitbringen und niemandem etwas sagen, wenn mir mein Leben lieb ist. Sie hat gesagt: ‚Denk daran, was den anderen passiert ist, die mich betrügen wollten.' Ich habe Angst Amadeus."

Amadeus machte unter dem Gerüst eine Sporttasche aus. „Wie bist du so rasch an soviel Geld gekommen?"

„Ich habe in den paar Stunden, die mir zur Verfügung standen, alles an Bargeld zusammengekratzt, an das ich kommen konnte. Es ist sich gerade ausgegangen. Dank der Großzügigkeit meines Mannes verfüge ich über ein eigenes Vermögen."

„Nun gut, und was jetzt?"

„Sie hat vorher noch einmal angerufen. Sie verlangt, dass ich das Geld dir gebe. Du sollst den Geldboten machen. Weißt du, was sie gesagt hat? Sie hat gesagt: ‚Du hast ihm unsere Geheimnisse und deinen Körper anvertraut, liebe Helene, also vertrau ihm auch dein Geld an.' Dabei hat sie ganz hässlich gelacht. Sie weiß von uns!"

Amadeus schüttelte verwirrt den Kopf. „Hast du ihre Stimme erkannt?"

„Nein. Sie klingt immer ein wenig anders. So als ob sie ihre Stimme verstellt."

„Sie wird ein kleines Gerät zu Veränderung der Stimme verwenden. So etwas kannst du in jedem Elektronikshop kaufen, sogar als Kinderspielzeug. Was soll ich jetzt mit dem Geld machen?"

„Sie sagt, du sollst dich in dein Auto setzen und einfach Richtung Wien fahren. Du wirst unterwegs weitere Anweisungen bekommen. Sie sagt, du musst allein kommen. Wir werden beobachtet, dein Freund von der Polizei auch. Wenn sie den geringsten Verdacht hat, dass wir die Polizei einschalten oder dir jemand folgt, ist die Sache geplatzt und dann Gnade mir Gott. Was sollen wir jetzt machen, Amadeus?"

„Genau das, was sie sagt." Er zog seine Pistole und machte sie schussbereit. „Gib mir das Geld und geh zum Fest zurück. Ich melde mich sobald als möglich bei dir."

Helene schob ihm die Tasche zu. Amadeus überzeugte sich von ihrem Inhalt, wuchtete sie hoch und marschierte zu seinem Auto, gefolgt von Helenes sorgenvollen Blicken.

Amadeus fuhr durch die Nacht und wartete. Er versuchte sich darüber im Klaren zu werden, warum Karin darauf bestanden hatte, dass er als Geldbote fungierte. Es hätte einfachere Wege gegeben, mit der verängstigten Helene die Übergabe zu organisieren. Ob man ihm eine Falle stellte? Aber wozu? Es ergab keinen rechten Sinn! Man hatte zwar schon einmal versucht, ihn durch den Unfall mit dem Gerüst auszuschalten, davon war er überzeugt, sein nachfolgendes, eher ratloses Agieren musste dem Mörder jedoch den Eindruck vermittelt haben, dass er nichts wusste, das gefährlich werden konnte.

Er war jetzt schon eine halbe Stunde unterwegs. Obwohl er aufmerksam den Rückspiegel im Auge behielt, konnte er kein Fahrzeug ausmachen, das ihm folgte. Plötzlich meldete ein Pipston, dass er eine Nachricht erhalten hatte. Er fuhr an den Straßenrand und las das Display seines Handys. Ohne einleitende Worte wurde ihm eine Adresse beschrieben, die ganz in der Nähe sein musste. Dann folgte die Anweisung:

Die Haustür wird offen stehen. Halte dich nicht damit auf, das Haus zu durchsuchen. Dreh das Licht nicht auf. Geh die Treppe hoch in den ersten Stock. Öffne die zweite Tür von links. Geh durch die beiden kleinen Räume dahinter und dann in den großen Raum, der anschließt. Stelle die Tasche in dem Raum auf den Boden. Du hast zehn Minuten ab jetzt, sonst ist der Deal geplatzt. Danach gehst du sofort weg und fährst ohne anzuhalten zurück. Mach nicht den Fehler, die Polizei einzuschalten. Ich würde es sofort merken. Deine Freundin Helene hätte die Folgen zu tragen. Sie würde das Gartenfest nicht lebend verlassen. **K**.'

Amadeus zögerte keinen Augenblick. Er leitete die Nachricht an Hagenberg weiter und hoffte, der werde sein Handy nicht abgeschaltet haben. Danach drückte er probehalber die Ruftaste. Der Anschluss, von dem die Nachricht gekommen war, war nicht zu erreichen. Er hatte es nicht anders erwartet. Er fuhr langsam wieder los und beobachtete aufmerksam den Straßenrand.

Nach weniger als fünf Minuten hatte er das gesuchte Haus gefunden. Es stand an einer abgelegenen Stelle außerhalb einer Ortschaft und wirkte verwahrlost. Die Fenster waren dunkel, nur oben im ersten Stock war ein vager Lichtschimmer zu erkennen. Er stellte sein Auto ab und betrat das Haus. Die große Diele war mit Gerümpel angefüllt. Es handelte sich um Gegenstände, von denen manche gerade noch so als Antiquitäten durchgehen konnten, die meisten aber nur mehr für den Sperrmüll taugten. Es sah aus, wie das Zweitlager eines Altwarenhändlers. Ein Geruch nach altem Holz und Mief mischte sich mit dem intensiveren Geruch von Farben und Azeton.

Amadeus sah sich aufmerksam um und lockerte seine Pistole im Holster, ohne sie zu ziehen. Er hielt sich genau an die Anweisungen, machte kein Licht an und wand sich zwischen wurmstichigen Kästen, Kästchen, Bilderrahmen und Gemälden, die sich kein Mensch mehr an die Wand hängen würde, sowie anderem alten Hausrat zur Treppe durch. Sie war aus Holz und knarrte erbärmlich. Amadeus versuchte erst gar nicht, seine Anwesenheit zu verheimlichen. Mit festen Schritten ging er auf die beschriebene Tür zu, durchquerte die beiden Räume dahinter und riss eine große Flügeltür auf.

Der Raum dahinter war hell erleuchtet. Das erste was ihm in die Augen fiel, war ein hervorragend gemaltes Bild, das ‚Susanna im Bade' zeigte. Er blickte sich um und begann zu verstehen. Er befand sich im Atelier des Fälschers, des Mörders. Es handelte sich ohne Zweifel um jenes Atelier, das auf dem Foto zu sehen war, das Elisabeth besessen hatte. Karin hatte ihn direkt in die Höhle des Löwen geschickt. Es war eine Falle, aber niemand war anwesend, der ihn bedrohte. Amadeus verstand nicht, was das alles zu bedeuten hatte. Er stellte zögernd die Geldtasche auf den Boden und wandte sich zum Gehen.

„Da bist du ja endlich", sagte Kunststotter und trat gänzlich unbefangen aus einem Nebenraum. Er trocknete sich die Hände mit einem Tuchfetzen ab und erstarrte, als er den unerwarteten Besucher sah. Amadeus war sichtlich nicht die Person, die er erwartet hatte.

„Heinrich, was zum Teufel, machen Sie hier?"

„Ich bringe das Geld."

„Welches Geld? Wovon reden Sie?"

„Das Geld, das Ihnen Helene Barkenstein schuldet. Karin hat mich hergeschickt. Ich wusste nicht, dass ich Sie hier antreffen würde. Glauben Sie mir, ich bin genau so überrascht, wie Sie, Herr Professor."

„Karin? Was wissen Sie von Karin? Was haben Sie mit ihr zu tun?"

Kunststotter schien zu begreifen, dass hier etwas gründlich schief gelaufen war. Seine Augen verengten sich. Er nahm mit raschem Griff eine große dreieckige Spachtel und trat auf Amadeus zu. Der hatte mit etwas derartigem schon gerechnet. Er zog seine Pistole und schrie so laut er konnte: „Halt, oder ich schieße!"

Kunststotter starrte in die Mündung der Waffe und blieb stehen. „Was geht hier vor?", fragte er verwirrt.

„Ich weiß es auch nicht", antwortete Amadeus. „Ich weiß nur, dass ich den langgesuchten Fälschermeister und Mörder entdeckt habe. Ich habe keine Ahnung, warum Sie Karin ans Messer geliefert hat."

„Das wirst du gleich verstehen, Amadeus", sagte eine ruhige Stimme hinter ihm. „Nein, dreh dich nicht um. Ich habe eine Pistole auf dich gerichtet und ich schieße bedenkenlos."

„Susanna", rief Kunststotter erleichtert. „Du kommst im richtigen Moment. Was hat das alles zu bedeuten?"

„Leg deine Pistole auf diesen Tisch", befahl die Stimme hinter Amadeus. „Und jetzt geh weg. Stell dich neben Kunststotter, damit ich euch beide im Blickfeld habe."

Amadeus folgte schweigend ihren Anweisungen und drehte sich dann um.

„Ich habe Wicher und Stefanie im Verdacht gehabt, aber nicht dich", sagte er überrascht

Isabella zielte mit zwei Pistolen auf ihn. Mit einer kleinen zweiläufigen und mit seiner eigenen. „Weil du ein miserabler Detektiv bist. Und warum bist du ein miserabler Detektiv? Weil du dich ständig von Frauen verwirren lässt. Wenn du alle Hinweise, die du bisher hattest, berücksichtigst, konnte nur ich es sein. Ich bin überrascht, dass du nicht schon längst darauf gekommen bist."

„Was soll das?", fragte Kunststotter. „Warum hast du diesen Menschen hergebracht? Ich dachte, du willst nicht, dass wir ihn umbringen. Hast du es dir anders überlegt?"

„Vielleicht bringe ich ihn um, vielleicht auch nicht. Das kommt darauf an."

„Worauf soll das ankommen? Er kennt jetzt unser Geheimnis, er muss beseitigt werden."

„Es kommt darauf an, ob er bereit ist, mich laufen zu lassen, oder nicht."

Furchtbare Erkenntnis zeichnete sich auf Kunststotters Gesicht ab. „Du willst mich verraten, Susanna! Haben wir uns nicht geschworen ..."

„Sagen wir, ich habe umdisponiert. Das hier muss ein Ende haben."

Wut verzerrte Kunststotters Gesicht. „Du Hure, du gottverdammte!", schrie er. „Ich bring dich um!" Er achtete nicht auf die Waffen in ihren Händen, ergriff die mörderische Spachtel und machte einen raschen Schritt auf sie zu. Isabella schloss die Augen und drückte ab. Die Kugel traf Kunststotter direkt in die Brust. Er sank lautlos nieder und blieb bewegungslos, wie ein Bündel Kleider am Boden liegen.

Amadeus hielt den Atem an. In diesem Augenblick hätte er Isabella vielleicht überwältigen können. Er ließ den Augenblick ungenutzt verstreichen. Im Nachhinein, als er die Ereignisse analysierte, kam er zu der Erkenntnis, dass Kunststotter auf jeden Fall hatte sterben müssen. Entweder im Kampf mit ihm, oder durch sie, weil ihr Plan anders nicht funktionieren konnte. Kunststotter hatte es ihr durch den provozierten Angriff bloß leichter gemacht und ihr eine Art Rechtfertigung verschafft.

Sie gewann wieder an Fassung und richtete die Waffen auf Amadeus.

„Jetzt zu dir. Ich bin sicher, du hast deinen Freund von der Polizei informiert. Wie ich den einschätze, wird er nicht die nächste Polizeidienststelle verständigen, sondern persönlich anwetzen. Er kann frühestens in etwa zwanzig Minuten hier sein. Wir haben also noch ein wenig Zeit, aber nicht zuviel. Wenn du mich noch etwas fragen willst, Amadeus, mach rasch."

211

„Warum, Isabella?"
„Der Detektiv fragt immer zuerst nach dem ‚Warum', nicht wahr? Ganz einfach: Wie du weißt, war ich eine Zeitlang Kunststotters Geliebte, bis wir uns wegen eines Skandals, der auch zu seiner Scheidung geführt hat, getrennt haben. Alte Liebe rostet nicht, sagt man. Vor drei Jahren haben wir uns wieder getroffen und unsere Beziehung wieder aufgenommen, aber geheimgehalten. Ich habe das verlangt, weil ich damals schon mit Hochkutzer etwas hatte und meine Aussichten auf Beförderung und andere Vorteile nicht gefährden wollte. Kunststotter hat das widerwillig akzeptiert. Er hat mich dann bald ins Vertrauen gezogen und mir von seiner Fälschertätigkeit erzählt. Das hat mich fasziniert. Es ist mir romantisch und abenteuerlich vorgekommen. Ich habe begonnen ihn zu unterstützen und habe den Vertrieb seiner Fälschungen übernommen. Dafür habe ich mir die Identität als Karin zugelegt. Die Sache mit dem gefälschten Klimtbild sollte unser größter Coup werden. Ich habe meine Stellung bei der ‚Glabus' ausgenützt, damit eine hohe Versicherung abgeschlossen wurde. Wir mussten uns dazu allerdings zwei Komplizen suchen. Der eine war Liblich, die andere Helene Barkenstein. Sie wusste natürlich, dass es ein Versicherungsbetrug werden sollte. Wenn sie dir etwas anderes erzählt hat, war das eine Lüge. Es war geplant, dass das Bild gestohlen wird, ehe es von Sachverständigen untersucht werden konnte. Das wirst du ohnehin schon vermutet haben. Helene, die durch die blödsinnige Großzügigkeit ihres Mannes Anspruch auf die Versicherungssumme hatte, sollte davon ein Drittel an Liblich und eines an mich, also an Karin auszahlen. Alles wäre gut gegangen, wenn Liblich nicht gierig geworden wäre und die Hälfte verlangt hätte. Er hat gedroht, uns andernfalls auffliegen zu lassen. Wir, Kunststotter und ich, haben das Bild daraufhin zurückgeholt. Weil Liblich im Gegensatz zu Helene unsere Identität kannte, hat ihn Kunststotter mit bloßen Händen erwürgt, damit er uns nicht verraten kann. Du glaubst gar nicht, wie kräftig Kunststotter war. Bald darauf ist uns ein Detektiv auf die Schliche gekommen. Kunststotter hat ihm die Kehle durchschnitten und ihn in die Donau geworfen. Durch diese Morde ist aber alles außer Kontrolle geraten. Er ist immer wunderlicher geworden, ich habe begonnen, mich vor ihm zu fürchten und auch

davor, dass uns die Polizei erwischt. Ich musste dem ein Ende machen, um mich zu retten. Zuletzt hat er sogar gedroht, mich umzubringen, wenn ich mich von ihm trennen sollte. Es hat keinen anderen Ausweg für mich mehr gegeben, als diesen hier. Das ist die ganze Geschichte, Amadeus. Willst du noch etwas wissen?"

„Ja, warum bin ich hier? Willst du mich auch erschießen?"

„Nicht, wenn es sich vermeiden lässt. Ich habe ursprünglich geplant, nur Kunststotter zu erschießen und das ganze hier anzuzünden. Das war Plan ‚C'. Dadurch wären aber Fragen aufgeworfen worden, die niemand beantworten konnte und die daher weitere Erhebungen zur Folge gehabt hätten. Wer weiß, ob man mir dabei nicht doch auf die Spur gekommen wäre. Also bin ich auf dich verfallen. Du bist der geeignete Mann, um alle Fragen zufriedenstellend zu beantworten. Du kriegst das so hin, dass alle überzeugt sind und ich endlich sicher sein kann."

„Wenn ich nicht will erschießt du mich auch?"

„Daran habe ich natürlich auch gedacht. Das wäre Plan ‚B'. Wenn ich dich auch erschieße, wird man annehmen, du hättest Kunststotter enttarnt und ihr hättet euch gegenseitig erschossen. Das wäre sehr plausibel. Ich bin aber davon abgekommen. Ich ziehe lieber Plan ‚A' durch und vertraue auf deine Vernunft, obwohl das ein gewisses Risiko ist."

Sie steckte ihre kleine Pistole weg und hielt Amadeus seine eigene mit dem Griff voran entgegen.

Amadeus war so verwirrt, dass er sie annahm.

„Sehr gut. Jetzt sind nur deine Fingerabdrücke am Griff. Klar, es ist ja auch deine Pistole und du hast ihn erschossen. Es ist kein Zufall, Amadeus, dass ich Handschuhe trage."

Sie zog einen der Handschuhe aus und legte ihren Finger an den Hals des Mannes vor ihr am Boden. „Tod, Mausetod! Es ist ein Jammer, dass so ein talentierter Mann sterben musste." Ein leichtes Beben in ihrer Stimme verriet sie: Die kaltblütige Überlegenheit, die sie an den Tag legte, war zum größten Teil nur Fassade, die sie mit eiserner Willenskraft aufrecht erhielt.

Amadeus versuchte seiner Verwirrung Herr zu werden. „Warum zum Teufel bist du so davon überzeugt, dass ich dich entkommen lasse?"

„Weil ich keine Mörderin bin. Ich habe Kunststotter in Notwehr erschossen, das hast du selbst gesehen. Für die anderen Morde kann ich nichts."

„Du hast genug andere Verbrechen am Kerbholz, meine Liebe." Amadeus betrachtete ratlos die Pistole in seiner Hand. „Was führst du im Schild, Isabella?"

„Du hast kein Problem damit, eine Betrügerin wie Helene laufen zu lassen, bloß weil du mit ihr geschlafen hast. Du hast nicht einmal ein Problem damit, eine richtige Mörderin zu decken, weil du sie gut leiden kannst und sie dir leid tut. Warum willst du gerade mich ans Messer liefern?"

„Wovon redest du da?"

„Von Anna Moser. Ich habe die Dame nie persönlich kennengelernt, aber ich weiß, dass du sie magst und dass sie Elisabeth erschlagen hat. Du weißt es auch, oder vermutest es jedenfalls und sagst nichts."

„Wie kommst du auf eine so absurde Idee?"

„Mein nächtliches Abenteuer mit deiner Freundin Susi hat sich gelohnt. Ich habe keine besonderen Vorlieben für Frauen, aber ich dachte, es könne interessant sein, ihr auf den Zahn zu fühlen. Sie war immerhin die einzige Zeugin, die Kunststotter und mich nach dem Raub des Bildes gesehen hat und sie war mit Elisabeth, der Angestellten Liblichs befreundet – mehr als befreundet, wie wir wissen. Meine Neugier hat sich ausgezahlt. Nachdem ich Susis Absichten auf mich zufriedengestellt hatte, habe ich noch ein Gläschen Wein mit ihr getrunken und ihr dabei zwei kleine Tropfen ins Glas getan. Nichts gefährliches, nur soviel, dass sie tief und fest geschlafen hat. Dann habe ich mich in ihrem Haus umgeschaut. Auf ihrem Computer bin ich fündig geworden. Ich habe mir auch die gelöschten Mails angeschaut. Das geht ganz einfach, wenn man weiß, wie man es anstellen muss. Was finde ich? Eine Nachricht von Elisabeth an Susi. Es war ein ziemlich deftiger Liebesbrief. Dann hat Elisabeth noch geschrieben, Susi solle sie im Park des Herrenhauses beim Brunnen abholen, sie habe etwas für sie. Einen hübschen Notenständer für ihr Geschäft, oder etwas Ähnliches. Sie hat sogar ein Bild angehängt. Ich habe diesen Notenständer gekannt. Er stammte aus dem Geschäft Liblichs. Helene hatte ihn Liblich überlassen. Elisabeth hat sich offenbar ein bisschen aus der Verlassenschaft Liblichs bedient. Und wo sehe ich diesen Notenständer wieder? In Charlottes Haus, damals wie ich dich abgeholt habe. Susi hat das besagte Mail übrigens nie gelesen. Eine andere Person hat das getan, wahrscheinlich sogar unbeabsichtigt, weil Susis Computer immer Alarm schlägt und eine neue Nachricht sofort anzeigt, wenn sie einlangt. Es war nicht schwer zu erraten, dass Anna dadurch von Susis Affäre mit Elisabeth erfahren hat. Ich habe herausbekommen, dass sie damals bei Susi zu Besuch war und plötzlich überraschend weg musste. Susi ist recht mitteilsam, wenn sie in sentimentale Stimmung gerät. Anna hat nicht Susi zur Rede gestellt, sondern das Mail gelöscht und ist zum Herrenhaus gefahren, um sich Elisabeth persönlich vorzunehmen. Diese Unterredung ist tödlich ausgegangen, wie wir wissen. Anna hat Elisabeth in den Brunnen geschmissen und den Notenständer, mit dem sie auf einmal dagestanden ist, ihrer guten Freundin Charlotte geschenkt, da bin ich mir sicher. Ich bin mir auch recht sicher, dass du ähnliche Überlegungen angestellt hast."

„Vermutungen", wiegelte Amadeus halbherzig ab. „Wenn überhaupt, war es ein Unfall."

Isabella seufzte und warf einen Blick auf ihre Uhr. „Ein Unfall mit dem erschlagenen Unfallopfer im Brunnen? Komm schon! Die Uhr läuft, Amadeus. Hör mir jetzt gut zu, wir haben für Diskussionen keine Zeit mehr. Geh bitte davon aus, dass ich wie ein Wasserfall plaudern werde, wenn du mich der Polizei übergibst. Andererseits, wenn du auf meinen Vorschlag eingehst, machst du eine Menge Leute glücklich: Anna ist glücklich, weil sie ungeschoren davonkommt, Susi ist glücklich, weil sie ihre Geliebte behält, Helene ist glücklich, weil sie mit reiner Weste dasteht, ihr Mann ist glücklich, weil seine hübsche Frau nicht ins Gefängnis muss und weil er nicht erfährt, dass sie ihn betrogen hat. Hochkutzer ist glücklich, weil er mich behält, alle die Sammler, Museen und Galerien, die Kunststotters Bilder gekauft haben, sind glücklich, weil sie glauben im Besitz wertvoller Originale zu sein, deine Freundin ist glücklich, weil sie nichts von deinem Seitensprung mit Helene erfährt, du kannst aus demselben Grund glücklich sein, und die Polizei ist auch glücklich, weil der Fall doch noch gelöst wurde. Du musst es nur geschickt darstellen. Es kommt zwar nicht darauf an, aber auch ich werde sehr glücklich sein. So viele glückliche Menschen, Amadeus! Rührt das nicht dein Herz? Überlege dir, wie viel Unglück du hingegen verursachst, wenn du mich auslieferst. Und wofür? Wegen irgendeines Prinzips, das ich nicht verstehe? Da sollte ein Mann wie du doch drüber stehen. Schau mich nicht so an, als ob ich der Teufel wäre, der mit dir um deine Seele wetten will. Ich bin nur ein einfaches Mädchen, das vernünftig denken kann. Mir fällt ein, ich kann dich noch ein weniger glücklicher machen. Ich gebe dir das geraubte Klimtbild. Damit kannst du Hochkutzer ordentlich zur Kasse bitten. Ich habe keine Zeit mehr, Amadeus. Wie entscheidest du dich? Haben wir einen Deal?"

„Du bist wirklich der Teufel, der mit mir um meine Seele wetten will!", rief Amadeus. Er wog die Pistole in seiner Hand.

Sie lachte. „Mich zu erschießen, wäre die eleganteste Lösung. Damit kämst du sicher durch. Du hast zwei gefährliche Verbrecher, die dir nach dem Leben trachteten, in Notwehr erschossen. Das müsste ganz einfach hinzudrehen sein. Ich wäre mit Sicherheit zum Schweigen gebracht und dein Gerechtigkeitssinn ist befriedigt. Du könntest dich mit den Unterlagen dort im Aktenschrank drüben rühmen, einen der größten Kunstskandale des Jahrhunderts aufgeklärt zu haben. Ehrlich, Amadeus, ich an deiner Stelle würde es so machen."

„Du bist der leibhaftige Teufel", wiederholte Amadeus mit Überzeugung. „Führe mich nicht in Versuchung, es wirklich so zu tun." Er machte eine kurze Pause. „Wir haben einen Deal!"

„Das wurde auch Zeit!" Isabella begann eine zielstrebige Betriebsamkeit zu entwickeln. Sie nahm einen schmalen Ordner aus dem Aktenschrank und drückte ihn Amadeus in die Hand. „Das habe ich für dich zusammengestellt, als ich heute Vormittag in seiner Abwesenheit hier war. Darin findest du Unterlagen, die beweisen, dass er die Brüder Mittler, die ohnehin aufgeflogen sind, beliefert hat. Es sind keine Fingerabdrücke von mir darauf. Die anderen Unterlagen bleiben hier. Wir wollen doch keine Sammler und Museumsdirektoren unglücklich machen." Sie öffnete einen Schrank und nahm ein in Packpapier eingeschlagenes Bild heraus. „Das ist deine Sonderprämie, das begehrte Klimtbild. Er hat es für ziemlich schlecht gehalten und wollte es schon verbrennen. Gut, dass er es nicht getan hat. Jetzt hilf mir!"

Sie holte aus dem Nebenzimmer eine Tasche und begann die Geldbündel hineinzuwerfen. „Das Geld nehme ich mit. Es steht mir zu. Du wirst sagen, du hättest es nicht mehr retten können, es sei verbrannt. Ich lasse die Tasche, die du gebracht hast, mit einem der Geldbündel zurück; die Überreste sollten einen glaubhaften Beweis abgeben."

„Wieso verbrannt?"

„Weil das alles gleich in Flammen aufgehen wird. Hier sind von mir jede Menge Fingerabdrücke, ganz zu schweigen, von DNA-Spuren. Ich war zu oft hier. Ich kann sie nicht alle mit Sicherheit wegwischen. Wenn ich sie nicht restlos vernichte, haben sie mich, ehe du ‚Brandstiftung' sagen kannst."

Sie entzündete eine Kerze unter dem Bild der ‚Susanna im Bade'.

„Schade darum", murmelte sie, „es ist recht gut geworden. Geh zur Tür, Amadeus. Wenn es zu brennen anfängt, ist die Hölle los. Er hat mich immer ermahnt, hier herinnen besonders vorsichtig mit Feuer zu sein." Sie blickte auf den Toten zu ihren Füßen und ihre Unterlippe begann zu zittern. Dann stieß sie entschlossen die Kerze um. Die Flammen leckten über die Arbeitsbank, wurden bläulich, fauchten auf und gewannen rasch an Größe.

„Raus hier!", schrie Isabella und schnappte sich ihre Geldtasche. Sie rannten die Stiegen hinunter und drängten sich durch den Sperrmüll im Erdgeschoss. Ein heißer Atem saß ihnen im Nacken. Hinter ihnen war ein Murmeln zu hören, dass zu einem Brausen anschwoll. Einen Augenblick war Amadeus, als ob es nach gebratenem Speck röche. Isabella zerrte ihn ein Stück weiter.

„Dein Polizistenfreund wird wahrscheinlich gleich eintreffen. Wir müssen uns jetzt trennen. Ich fahre wieder zu dem Gartenfest zurück, du aber musst hier bleiben. Hochkutzer hat darauf bestanden, deiner Freundin persönlich den Scheck zu überreichen. Er wird sie danach gründlich anbaggern, nehme ich an. Das lenkt ihn von mir ab und er wird mich nicht sehr vermissen. So bekomme ich zwar kein absolut wasserdichtes Alibi, aber ich denke, es wird reichen und mehr werde ich auch nicht brauchen, wenn du deine Sache gut machst." Sie küsste ihn überraschend auf den Mund. „Wir sind jetzt Komplizen, Amadeus. „Denk darüber nach, welche Straftaten wir gemeinsam begangen haben. Ein geübter Staatsanwalt könnte eine ganze Menge Delikte daraus machen. Wenn du mit mir gelegentlich doch noch schlafen willst, brauchst du es nur zu sagen. Ich schlafe immer mit meinen Komplizen. Das stärkt den Zusammenhalt."

„Bis du sie dann erschießt", flüsterte Amadeus verstört.

„Nur wenn sie untragbar werden, Amadeus. Solange du dich an unseren Deal hältst, sind wir beide in Sicherheit und du brauchst keine Angst zu haben." Sie küsste ihn noch einmal und rannte davon.

„Pass auf, dass du Hagenberg nicht unterwegs begegnest", rief ihr Amadeus nach. Sie wedelte bestätigend mit der Hand und verschwand in der Dunkelheit, die sich rötlich zu färben begann. Wenig später dröhnte der Motor ihres Sportwagens auf und wurde in der Ferne immer leiser.

Kaum fünf Minuten später traf Hagenberg ein. Er bremste sein Auto so heftig, dass es sich querstellte. Gleichzeitig rasten mehrere Polizeiwagen mit Blaulicht heran. Hagenberg musste unterwegs Verstärkung angefordert haben. Weit weg war eine Feuersirene zu hören.

Hagenberg rannte auf Amadeus zu. „Was hast du angestellt", schrie er und starrte auf das brennende Haus, aus dessen Türen und Fenster fast rauchlose Flammen zischten. Die Hitze war bis zu ihrem Standort zu spüren. Hagenberg starrte auf das Bild zu Amadeus' Füßen. Die Verpackung hatte sich gelöst. „Ist es das, wofür ich es halte?", flüsterte er ergriffen.

„Das ist es. Ich konnte es im letzten Moment retten. Kunststotter war der gesuchte Fälscher und Mörder. Er hatte da drinnen sein geheimes Atelier. Er hat versucht, mich umzubringen, da habe ich ihn erschossen. Dabei ist eine Kerze umgefallen und plötzlich hat alles gebrannt. Ich bin raus, so schnell ich konnte. Ich habe nur noch diesen Ordner und das Bild mitnehmen können. Da drinnen ist aber noch viel mehr: Bilder und Unterlagen über seine Geschäfte. Man muss sie sicherstellen!"

„Bist du verrückt? Da kommt kein Mensch mehr hinein, geschweige denn wieder heraus."

Die Chemikalien im Atelier und das trockene Holz im Erdgeschoss nährten ein wahres Höllenfeuer. In dem Haus raste ein glühendes Inferno. Hagenberg schüttelte den Kopf. „Ich habe noch kurz mit Helene Barkenstein gesprochen, ehe ich losgefahren bin. Wir haben sie vorläufig unter Polizeischutz gestellt. Wo ist das Geld geblieben, das sie dir gegeben hat?"

Amadeus deutete auf den Flammenofen. „Ich konnte es nicht mehr mitnehmen."

„Was ist mit Karin?"

„Ich weiß nicht. Es muss etwas schief gegangen sein. Ich bin Kunststotter direkt in die Hände gelaufen. Von Karin habe ich nach dem Mail, das ich dir geschickt habe, nichts mehr gehört oder gesehen."

„Wir werden ein langes, ein sehr langes Protokoll miteinander aufnehmen müssen, Amadeus", verkündete Hagenberg. Es klang beinahe wie eine Drohung.

Kapitel 29

Einige Tage später saßen Lisa, Amadeus und Hagenberg auf Lisas Terrasse und tranken Bier. Die jüngsten Ereignisse hatten Hagenberg veranlasst, länger in Grafenhotter zu bleiben. Die Aufregung der letzten Tage hatte sich gelegt und Hagenberg machte seinen Abschiedsbesuch, weniger bei Amadeus, sondern eher bei Lisa, mit der er seit neustem per ‚Du' war. Sie bestand darauf, dass er sie Lotte nannte. Die Lisa blieb Amadeus vorbehalten.

„Das Schrecklichste an so einem Fall ist die Schreibarbeit", klagte Hagenberg Lisa sein Leid. „Endlose Protokolle und Berichte, mir tun schon die Finger davon weh. Aber jetzt ist es geschafft. Mein Vorgesetzter war sehr zufrieden. Es stört ihn bloß, dass ich keinen lebenden Täter angeschleppt habe. Er sagt, seine Statistik zeige, dass ich eine auffallend hohe Zahl von toten Tatverdächtigen aufzuweisen habe. Er meint, das sei schlecht, einerseits, weil es keinen guten Eindruck macht, andererseits, weil dadurch so manches Detail unaufgeklärt bleibt. Natürlich ist das die Schuld von Amadeus, weil er einen Alleingang versucht hat, anstatt mich sofort zu informieren."

„Ich habe getan, was ich konnte", warf Amadeus ein.

„Du hast zumindest eine sehr überzeugende Version der Geschichte geliefert. Der Ordner, den du mir gegeben hast und das Bild scheinen deine Aussage zu bestätigen, ebenso die Spuren in der Brandruine, soweit überhaupt noch etwas vorhanden war und auch die Obduktion des verkohlten Kunststotter."

„Was heißt ‚scheinen'? Sei nicht undankbar! Du hast mich praktisch gezwungen, dir in diesem Fall zuzuarbeiten! Hast du das auch in deinen Bericht geschrieben?"

„Wo denkst du hin! Wir haben es so dargestellt, dass ein übereifriger Privatschnüffler den ganzen, lange geplanten Zugriff verdorben hat, indem er den Tatverdächtigen in Notwehr erschossen hat, bevor der festgenommen werden konnte, und zu allem Überfluss sein Haus mit den meisten Beweisen in Flammen aufgehen hat lassen."

„Ich weiß. Ich habe es in der Zeitung gelesen: Lange geplanter Zugriff! Dass ich nicht lache! Sag, schämst du dich nicht?"

„Nein. Ich schäme mich nur selten, eigentlich fast nie."

„Streitet euch nicht", besänftigte Lisa. „Es wurde schließlich doch noch alles aufgeklärt. Nur darauf kommt es an. Schade dass man nicht auch diese Karin erwischt hat. Was wohl aus ihr geworden ist?"

„Sie wird längst über alle Berge sein", vermutete Amadeus, „und wir werden nie mehr von ihr hören."

Hagenberg betrachtete ihn nachdenklich. „Meinst du? Karin ist der einzige Punkt, der mich stört. Warum hat sie dafür gesorgt, dass du in das Atelier Kunststotters platzt und ihn praktisch auf frischer Tat erwischst? Das ergibt keinen Sinn! Ich glaube nicht, dass das nur eine Panne war. Dazu war sie viel zu geschickt und umsichtig. Sie tritt plötzlich in Erscheinung, erpresst von der Barkenstein Geld, schickt dich damit zu Kunststotter und verschwindet daraufhin spurlos von der Bildfläche, während du einen Mann tötest und eine Feuersbrunst verursachst. Willst du mir nicht sagen, was das zu bedeuten hat, Amadeus? Wer ist Karin?"

„Das hast du mich schon so oft gefragt und ich kann dir nur immer die gleiche Antwort geben. Wir werden es nie erfahren. Es gibt keinen Beweis für ihre wahre Identität. Das Feuer hat alles zerstört und ihr Komplize ist tot."

„Das stimmt leider, sonst hätte ich sie mir schon längst geholt. Sollte sie dir trotzdem zufällig einmal über den Weg laufen, bestell ihr Grüße von mir. Ich behalte sie im Augenwinkel. Wie sagt das Sprichwort? Die Katze lässt das Mausen nicht. Sie wird bald wieder auf gefährlichen Wegen wandeln. Ich warte nur darauf, dass sie dabei einen Fehler macht und dann habe ich sie!"

Lisa blickte zwischen den beiden Männern hin und her. „Wovon redet ihr? Habe ich etwas nicht mitbekommen?"

Hagenberg lenkte sie sofort ab, indem er sie nicht zum ersten Mal an diesem Tag mit Komplimenten über ihre gesanglichen Leistungen am Gartenfest und ihr blendendes Aussehen bedachte. Lisa war gerührt. Sie küsste ihn auf die Wange, streichelte ihn und meinte, er solle sich besser rasieren.

„Es wird Zeit, dass der Kerl nach Hause zu seiner eigenen Freundin kommt", murrte Amadeus.

„Bist du eifersüchtig?", fragte Lisa scheinheilig. „Auf deinen Freund und meinen Lieblingspolizisten?"

„Du hast mir in letzter Zeit zu viele Verehrer. Dieser Hochkutzer ist mir auch suspekt. Wie der dich angeschaut hat!"

„O je, der ist wirklich ziemlich zudringlich. Das hast du gar nicht mitbekommen, weil du unterwegs warst, um Leute zu erschießen und Häuser anzuzünden. Nachdem er mir den Scheck überreicht hatte, musste ich mich zu ihm an den Tisch setzen und ihn unterhalten. Der Mensch hat ununterbrochen geredet und ständig gegrabscht. Ich bin gar nicht damit nachgekommen, seine Hände im Zaum zu halten. Normalerweise hätte ich ihm eine geknallt, dass er Kopf steht, aber das wollte ich nicht, weil er doch Ehrengast und Sponsor war. Zum Glück ist dann seine Sekretärin aufgetaucht. Ihr wisst schon: Diese langbeinige Schöne, die ausschaut, wie ein Vamp aus einem Stummfilm. Stumm war sie aber gar nicht. Sie hat die Situation sofort durchschaut und ihm eine Szene gemacht, die sich gewaschen hat. Hochkutzer war das schrecklich peinlich und ich konnte mich unauffällig verdrücken."

„Die schöne Isabella", murmelte Hagenberg und beobachtete Amadeus durch den Rauch seiner Zigarette. „Warum hat sie ihren Chef auch so lange allein gelassen, dass er auf Abwege geraten konnte? Wo sie wohl die ganze Zeit über gewesen sein mag?"

Amadeus fand, dass es endgültig an der Zeit war, das Thema zu wechseln. „Habt ihr noch etwas über den Tod der armen Elisabeth herausbekommen?"

„Das weißt du ja noch gar nicht! Jetzt liegt das endgültige Obduktionsergebnis vor. Du wirst es nicht glauben, aber sie ist eines natürlichen Todes gestorben. Sie hat einen Herzinfarkt erlitten. Die Kopfverletzung hat sie sich zugezogen, wie sie zusammengebrochen ist."

„Ein Herzinfarkt?", wunderte sich Lisa. „So ein junger Mensch?"

„Das ist selten, aber es kommt vor, sagt der Gerichtsmediziner."

„Wie ist sie dann in den Brunnen gekommen?"

„Das wissen wir nicht. Ich vermute, sie hat sich mit jemandem gestritten, der dann die Nerven verloren hat, wie sie auf einmal tot umgefallen ist. Wahrscheinlich weil er oder sie ein schlechtes Gewissen hatte. Es dürfte eine Kurzschlussreaktion gewesen sein. Am Ende bleibt nur eine unterlassene Hilfeleistung als Straftat übrig, wenn überhaupt."

„Dann nehme ich an, ihr werdet die Sache auf sich beruhen lassen", meinte Amadeus und versuchte sich seine Erleichterung nicht anmerken zu lassen.

„Zumindest ich werde sie auf sich beruhen lassen", bestätigte Hagenberg. „Es sind eine Menge Dinge, die ich diesmal auf sich beruhen lassen muss. Unter anderem auch die Sache mit Helene Barkenstein. Es steht jetzt fest, dass das angebliche Klimtbild eine Fälschung war. Damit ist der Verdacht des Versicherungsbetruges evident. Bloß was soll man machen, wenn sich niemand für geschädigt erachtet? Die ‚Glabus' lehnt es strikt ab, Anzeige zu erstatten und meine Vorgesetzten halten auch nichts davon, den Barkensteins Schwierigkeiten zu machen. Außerdem habe ich ja auch dir versprochen, sie in Ruhe zu lassen."

„Helene Barkenstein?", staunte Lisa. „Ich habe gehört, sie kann dich absolut nicht leiden, Amadeus. Weshalb hast du dich für sie verwendet?"

„Sie war die einzige Spur, die uns noch geblieben ist, um an Karin heranzukommen. Ich habe sie dazu überredet, mich zu verständigen, sobald Karin mit ihr Kontakt aufnimmt. Dafür habe ich mich davon überzeugen lassen, dass sie keine Betrügerin ist. Sie hat sich an die Abmachung gehalten. Was dabei herausgekommen ist, weißt du ja: Wir haben den Mörder erwischt."

„Ihr Mann war ein wenig indigniert, als wir ihm gesagt haben, dass das Bild eindeutig eine Fälschung ist", berichtete Hagenberg weiter. „Helene hat ihn dann dazu gebracht, sie zu trösten, weil sie so arg betrogen und von Spitzbuben ausgenutzt worden ist. Jetzt feiern die beiden zweite Flitterwochen, habe ich mir erzählen lassen."

„Vielleicht liegt es am Wetter", lachte Lisa. „Susi und Anna haben sich auch wieder versöhnt. Kein Mensch weiß, warum sie sich überhaupt zerkriegt haben, die beiden selber am allerwenigsten. Sobald die Herbstarbeiten in der

Landwirtschaft erledigt sind, zieht Anna für ein paar Wochen zu Susi. Sie freut sich schon richtig darauf."

„Da wird Meisenbichler aber traurig sein", bemerkte Amadeus.

„Der hat keine Zeit, traurig zu sein", warf Hagenberg ein. „Er schreibt wie verrückt an einer Artikelserie über Kunststotter, den Meisterfälscher und Mörder. Ich bin gestern drei Stunden mit ihm zusammengesessen und habe ihn mit sorgsam gefilterten Informationen gefüttert. Mein Vorgesetzter sagt, ich muss mich in Pressefreundlichkeit üben, wenn ich befördert werden will. Ich darf nicht mehr jeden Reporter gleich hinausschmeißen, bloß weil er Reporter ist. Also habe ich für eine gute Presse gesorgt. Dieser Meisenbichler ist kein Dummkopf. Es sind ihm einige Ungereimtheiten aufgefallen und er hat ein paar quälende Fragen gestellt. Er hat gemeint, er müsse auch noch mit dir darüber reden, du hättest ihm eine Exklusivstory versprochen."

„Es hat mich ohnehin gewundert, dass er noch nicht bei mir aufgetaucht ist."

„Das habe ich ihm ausgeredet. Er wollte zuerst nicht auf mich hören, bis ich erwähnt habe, dass ich ein paar tolle Fotos aus der Brandruine habe, die ich freigeben könnte, wenn ich nur einen vertrauenswürdigen, seriösen Journalisten wüsste. Da hat er zu sabbern begonnen und ständig gesagt ‚ich, ich, ich, mir, mir, mir'. Danach waren wir uns bald einig. Ich möchte nämlich, dass die Geschichte schön rund und aus einem Stück ist. Wer weiß, was du wieder erzählt hättest. Aber keine Angst. Er wird dich und deine Detektei in den höchsten Tönen loben. Das ist das mindeste, was ich für dich tun konnte."

Amadeus nickte zufrieden. „Hast du noch einmal mit Stefanie Stuchlik geredet?", erkundigte er sich.

„Ich habe sie gründlich befragt. Sie hatte mit dem ganzen Fall nichts zu tun. Aber es war kein Zufall, dass ihr Gesicht als Vorlage für das Bild verwendet wurde. Sie hat mir erzählt, dass Kunststotter in der Zeit, als sie seine Geliebte war, unzählige Portraitskizzen von ihr angefertigt hat. Darauf hat er zurückgegriffen, als er ein Gesicht für die angebliche Baronin Barkenstein gesucht hat. Er hat nicht gerne nach der Phantasie und nach der Erinnerung gearbeitet. Er hat es immer vorgezogen, eine Vorlage oder ein Modell zu haben.

Wahrscheinlich war er der Meinung, dass sich ihre Physiognomie hervorragend für eine leicht dekadente Dame des Fin de siecle eignet."

„Nicht nur ihr Gesicht", warf Lisa missgünstig ein. „Die Kleine ist schlicht und einfach ein männergeiles Luder. Ist euch aufgefallen, wie sie hinter Amadeus her war?"

Weder Hagenberg noch Amadeus wollten das bestätigen und Hagenberg fuhr eilig fort: „Genau so wenig war es ein Zufall, dass ihr Kunststotters neues Atelier, das in dem er seine Fälschungen produzierte, so bekannt vorkam. Er hatte es ganz ähnlich eingerichtet, wie jenes, das er früher besaß und das Stefanie kannte. Es scheint, er war in gewisser Weise ein Gewohnheitstier. Wenn wir diese Hinweise richtig interpretiert hätten, wären wir ihm schon früher auf die Spur gekommen. Es ist bloß niemand auf die Idee verfallen, dass dieser schrullige Professor der gesuchte Fälscher sein könne, zumal er immer sehr überzeugend gewettert hat, das Klimtbild sei eine miserable Fälschung. In der Hinsicht war seine Tarnung nahezu perfekt."

Lisas Gedanken bewegten sich auf einer Parallelebene, die mit dem Kriminalfall nicht viel zu tun hatte. „Die Geschichte mit Wicher ist nicht das Richtige für sie. Es wäre an der Zeit, dass sie in ordentliche Hände kommt", verkündete sie, „dann würde sie aufhören, den Männern anderer Frauen schöne Augen zu machen."

„Von wem redest du jetzt wieder?", wollte Amadeus irritiert wissen.

„Sie redet natürlich von Stefanie", belehrte ihn Hagenberg. „Ich glaube in der Hinsicht tut sich jetzt schon was." Er beugte sich verschwörerisch vor. „Ihr wisst, dass mir Klatsch und Tratsch in der Seele zuwider sind."

„Genauso wie mir", pflichtete ihm Lisa bei und lehnte sich erwartungsvoll über den Tisch. „Erzähl schon!"

„Sie hat mit Weiwoda etwas angefangen", flüsterte Hagenberg. „Da bin ich mir ganz sicher. Die Sache scheint ziemlich heftig zu sein."

„Dann wird es nicht lange dauern, bis Wicher dahinterkommt", schätzte Amadeus die Situation ein. „Er ist furchtbar eifersüchtig. Er wird sie umbringen, oder ihn, oder beide. Vielleicht lässt er das Gerüst auf das Pärchen fallen. Jetzt weiß er ja, wie es geht."

„Wenn das passiert, sollte ich nicht mehr hier sein", befand Hagenberg. „Mein Vorgesetzter würde sagen: ‚Sie sind ohnehin schon vor Ort, Hagenberg. Übernehmen sie den Fall.' Ich mache, dass ich fortkomme. Ich reise noch heute ab!" Er stand auf. „Es ist höchste Zeit für mich, wieder nach Hause zu fahren."

Nach einem küsschenreichen Abschied von Lisa, ließ er sich von Amadeus zur Tür bringen.

„Ich hätte so gern Karin erwischt", bemerkte Hagenberg plötzlich und ohne unmittelbaren Anlass. Dieses Problem ließ ihm sichtlich keine Ruhe. „Dann hätte ich das letzte lose Ende verknüpft und wäre wirklich zufrieden."

„Lass gut sein. Sie ist keine Mörderin. Das war ganz allein Kunststotter."

Hagenberg blickte versonnen in den blauen Himmel. „Und das hast du ihr geglaubt?"

„Netter Versuch", meinte Amadeus. „Hast du wirklich gedacht, ich falle darauf herein und sage ‚Ja'?"

„Nicht wirklich." Hagenberg klopfte Amadeus auf die Schulter. „Leb wohl, Amadeus. Ich bin mir fast sicher, dass wir uns bald wiedersehen werden!"

Kapitel 30

Amadeus saß zwischen grünen Blattpflanzen auf einer noblen Ledergarnitur und beobachtete die Uhrzeiger. Er hatte einen Termin um 14 Uhr, jetzt war es schon 14.30 Uhr vorüber. Er hielt Ausschau nach Isabella, konnte sie aber nirgends entdecken.

Wenn man Hochkutzers Schema über die Wichtigkeit eines Besuchers, die sich in der Wartezeit des Betreffenden widerspiegelte, zugrundelegte, rangierte er inzwischen in der Kategorie ‚bedeutungsloser Bittsteller', hart an der Grenze zu jenen, die gleich fortgeschickt wurden, weil der Herr Direktor heute keine Zeit mehr hatte.

Dieses Schicksal blieb ihm erspart. Eine ältliche Dame mit einem grauen Haarknoten kam zu ihm und befahl ihm, er solle jetzt zum Herrn Direktor kommen – nicht etwa, der Herr Direktor lasse bitten oder etwas in der Art. Das bestätigte Amadeus eindrucksvoll seine Einordnung in die Gruppe der lästigen, bedeutungslosen Bittsteller.

Hochkutzer war schwer beschäftigt. Er saß hinter seinem Schreibtisch, las angestrengt in einem Akt und nahm Amadeus nur mit einem Stirnrunzeln und einer flüchtigen Handbewegung zur Kenntnis.

Amadeus interpretierte das dahingehend, dass er Platz nehmen durfte. Er setzte sich in den niedrigen Besucherstuhl vor Hochkutzers Schreibtisch, faltete die Hände und blickte schweigend und ergeben zu Boden. Nach zwei Minuten schlug Hochkutzer den Akt zu und schaute Amadeus an, so als ob er über dessen Anwesenheit verwundert sei.

„Ach ja, Heinrich, da sind sie ja. Sie haben um einen Termin gebeten? Was kann ich für Sie tun?"

Es klang nicht so, als ob er die Absicht habe, irgendetwas für Amadeus zu tun.

„Ich bin nur gekommen, Herr Direktor, um den letzten Fall, den sie mir übertragen haben, zum Abschluss zu bringen. Ich darf mir erlauben, meine Abrechnung vorzulegen."

Hochkutzer rührte das Papier nicht an, das ihm Amadeus über den Tisch schob. „Ich nehme an, Sie wollen einen Teil des Spesenpauschales zurückzahlen. Das können Sie in der kurzen Zeit natürlich nicht alles verbraucht haben. Aber da wollen wir nicht kleinlich sein. Behalten Sie es. Im Übrigen sind Sie ja schon im Voraus bezahlt worden. Noch etwas?"

„Meine Prämie dafür, dass meine Ermittlungen zu einem günstigen Vergleich mit den Barkensteins geführt haben", flüsterte Amadeus demütig.

„Das schlägt doch dem Fass den Boden aus", empörte sich Hochkutzer. „Dafür wollen Sie Geld? Der Vergleich war höchstens für die Barkensteins günstig, nicht für uns und Ihr Beitrag dazu war bestenfalls geringfügig."

„Das ‚Spekulum', das über die Affäre ausführlich berichtet hat, ist da anderer Ansicht", remonstrierte Amadeus verzagt und duckte sich in seinem unbequemen Sessel. „Haben Herr Direktor die Artikelserie von Meisenbichler gelesen?"

Hochkutzer blickte hoheitsvoll auf ihn hinunter. „Was dieses bedeutungslose Blättchen schreibt, ist mir höchst gleichgültig." Er schien einen Augenblick nachzudenken und seufzte dann tief. „Sie wissen, Heinrich, dass die ‚Glabus' überaus, ja geradezu verschwenderisch großzügig ist, sowohl ihren Kunden, als auch ihren Mitarbeitern gegenüber. Ich lasse ihnen aus einem Sonderfond für besondere Härtefälle noch ein Monatshonorar überweisen. Betrachten Sie das als freiwillige Sozialleistung. Sie dürfen gehen."

„Ich bin Herrn Direktor sehr dankbar."

„Dazu haben Sie auch allen Grund. Was ist denn, Heinrich? Warum gehen Sie nicht? Haben Sie noch etwas auf dem Herzen?"

„Nur eine Kleinigkeit, Herr Direktor. Das Honorar für die Sicherstellung des Bildes. 5% von der Versicherungssumme, das sind 250.000 Euro, um genau zu sein. Ich habe hier eine Bestätigung der Polizei, dass ich das Bild sichergestellt und den Behörden übergeben habe. Es ist mir sehr unangenehm, damit anzufangen, aber meine Buchhalterin besteht darauf."

Hochkutzer war fassungslos. „So eine Unverschämtheit ist mir mein ganzes Leben noch nicht untergekommen!", schrie er. „250.000 Euro wollen Sie? Sind

Sie von Sinnen, Heinrich? Ist das der Dank für all die Wohltaten, die ich Ihnen erwiesen habe? Machen Sie, dass Sie fortkommen, Sie maßloser Mensch. Was bringt Sie auf den absurden Gedanken, dass Sie auch nur einen weiteren Cent aus mir herauspressen können?"

„Der Vertrag, den wir geschlossen haben, Herr Direktor." Amadeus erweckte erfolgreich den Eindruck, als ob ihm das alles furchtbar peinlich wäre.

„Vertrag! Vertrag! Was soll das für ein Vertrag sein? Wegerich!!"

Die Dame mit dem grauen Haarknoten eilte herein. „Herr Direktor?"

„Angeblich haben wir einen Vertrag mit diesem Menschen da. Wo soll der sein? Warum lässt man mich in eine Besprechung gehen, ohne mir alle Unterlagen zur Hand zu geben, Frau Wegerich?"

Die Dame schlug den Akt auf, den Hochkutzer studiert hatte, als Amadeus eingetreten war. „Hier ist er, Herr Direktor."

„Ach das meinen Sie", sagte Hochkutzer verächtlich. „Das hat keine Bedeutung, weil das Bild eine Fälschung und damit wertlos ist. Die Barkensteins haben es gar nicht zurückhaben wollen, sondern es einem Museum geschenkt, das Fälschungen und solche Kuriositäten ausstellt. Dafür bezahlen wir natürlich nichts. Außerdem wurde das Bild erst gefunden, nachdem ich den Auftrag an diesen Menschen hier widerrufen hatte. Das geht uns daher nichts an."

„Ich fürchte schon, Herr Direktor." Die Dame Wegerich schlug den Akt wieder auf und deutete auf eine Stelle. „Frau Krawovsky hat diese Stelle im Vertrag ausdrücklich markiert, ehe sie uns verlassen hat."

„Sie sind nicht sehr hilfreich, Wegerich", rügte Hochkutzer. „Ich bin davon überzeugt, dass man diese Vertragspassagen ganz verschieden interpretieren kann. Unsere Rechtsabteilung soll sich damit beschäftigen."

„Das ist bereits geschehen, Herr Direktor. Unsere Rechtsabteilung sagt, der Vertrag ist wasserdicht." Wegerich blätterte in dem Akt und deutete auf ein anderes Blatt. „Diese Expertise hat auch noch Frau Krawovsky veranlasst, ehe sie abgereist ist."

Hochkutzer wedelte ungnädig mit der Hand. Wegerich entwich rückwärtsgehend aus dem Raum.

„Darf ich fragen, Herr Direktor, was aus Ihrer kompetenten und bezaubernden Frau Krawovsky geworden ist?", erkundigte sich Amadeus devot.

„Das ist ein weiterer Schicksalsschlag von vielen, die mich in letzter Zeit ereilt haben. Isabella, ich meine Frau Krawovsky, hat erklärt, sie leide unter Burnout, was immer das auch sein mag. Sie hat gesagt, sie müsse von allem Abstand gewinnen, um wieder zu sich selbst zu finden. Dann hat sie sich Sonderurlaub genommen und ist auf Weltreise gegangen. Ich habe keine Ahnung, wann sie wieder zurückkommen wird, falls sie überhaupt jemals zurückkommt und sich nicht unterwegs einen Millionär angelt. Man weiß ja, wie es auf Kreuzfahrten so zugeht. Das sind die reinsten Partnerbörsen! Ist das nicht skandalös, ja geradezu undankbar mir gegenüber, der ich sie immer so gefördert habe?"

Amadeus gab Geräusche der Zustimmung und des Bedauerns von sich.

Hochkutzer beugte sich vor. „Hören Sie zu, lieber Amadeus!"

Amadeus war überraschend und vorübergehend wieder in den Kreis jener Menschen aufgerückt, die von Hochkutzer als lieb bezeichnet und mit ihrem Vornamen angeredet wurden.

„Es hat doch keinen Sinn, wenn wir die guten Geschäftsbeziehungen zwischen Ihnen und unserer Anstalt durch einen sinnlosen Rechtsstreit gefährden. Ich mache Ihnen einen Vorschlag, zu dem Sie nicht ‚Nein' sagen können. Wir schließen einen Vergleich: Die ‚Glabus' zahlt ihnen eine einmalige Abschlagssumme von 75.000, ach was sage ich, wir wollen doch nicht kleinlich sein, von 100.000 Euro und damit sind alle Ihre Ansprüche uns gegenüber befriedigt. Ist das nicht ein tolles Angebot?"

„Das ist wirklich toll, lieber Anton, und ich persönlich würde sofort zustimmen, aber meine Buchhalterin sagt, das geht nicht. Es ist wegen unserer Firmenbilanz, sagt sie."

Die Buchhalterin war niemand anderes als Amadeus' Sekretärin Doris, die ihm nachdrücklich eingeschärft hatte, er solle sich ja nicht wieder von Hochkutzer, diesem alten Rosstäuscher, über den Tisch ziehen lassen.

Tiefes Leid und Enttäuschung zeichneten sich auf Hochkutzers Gesicht ab. „Und wer fragt nach meiner Firmenbilanz? Undank ist der Welten Lohn! Ich bin zu gut, einfach viel zu gut für diese Welt, wo nur das Geld zu regieren scheint. Ich bin menschlich sehr von Ihnen enttäuscht, Heinrich. Aber wie Sie wollen: Es wird allerdings noch eine Weile dauernd, bis das Geld überwiesen werden kann. Eine solche Zahlung muss verschiedene Prüfungsinstanzen durchlaufen. Das kann dauern, lange dauernd, aber darauf habe ich keinen Einfluss."

„Zahlungsziel ist strikt dreißig Tage nach Vorlage der Honorarnote, Herr Direktor", ließ sich Wegerichs zitternde Stimme aus dem Nebenraum vernehmen. „Frau Krawovsky hat diesen Passus in den Vertrag eingefügt, Sie haben ihn so unterschrieben, Herr Direktor."

„Sie konnte ja nicht wissen, dass wir so abgezockt werden", stöhnte Hochkutzer und verbarg das Gesicht in den Händen. Er gab auf. „Sie werden das Geld innerhalb der nächsten dreißig Tage auf Ihrem Konto haben, Heinrich. Erwarten Sie wirklich, dass Sie von uns künftig noch Aufträge erhalten?"

„Eigentlich schon, Herr Direktor. Sie wissen gute, erfolgreiche Arbeit zu schätzen. Stellen Sie sich nur vor, Sie hätten mich nicht gehabt und müssten fünf Millionen zahlen."

„Das stelle ich mir nicht vor, das ist unvorstellbar", jammerte Hochkutzer entsetzt. „Ach ich wollte Isabella, ich meine Frau Krawovsky wäre hier, um mich zu trösten, ich meine um mich zu beraten. Gehen Sie mir jetzt aus den Augen, Heinrich. Ich habe Kopfschmerzen."

Amadeus ging zur Tür, verbeugte sich höflich und verließ das Gebäude der ‚Glabus', der Versicherung für alle Wechselfälle des Lebens.

Epilog

Amadeus kauerte an seinem Schreibtisch und hatte Kopfschmerzen. Das waren die Nachwirkungen der Bürofeier, die seine Mitarbeiter gestern aus Anlass seines Geburtstages veranstaltet hatten. Er war achtunddreißig Jahre alt und fühlte sich heute Morgen um Jahre älter.

Er schaute deprimiert aus dem Fenster. Es war Herbst geworden. Draußen war ein grauer, kalter Oktobertag, der sich an den rasch vergangenen Sommer nicht mehr erinnern konnte und bereits mit dem Winter, der heranschlich, liebäugelte.

Um ihn aufzuheitern hatte ihm Doris einen Auszug aus der Firmenbuchhaltung auf den Tisch gelegt. Hochkutzer hatte nämlich die Honorarnote beglichen.

Das war auch der einzige Lichtblick. Amadeus fühlte sich nicht nur deprimiert, er hatte auch Sehnsucht nach Lisa, die ihm regelmäßig schrieb und dabei immer betonte, wie beschäftigt sie sei, dass sie aber hoffe, in ein paar Wochen wieder mehr Zeit für ihn zu haben. Sie dachte im Moment offensichtlich nicht daran, ihn zu sich einzuladen, oder zu ihm zu kommen. Auf seine Heiratsanträge, die schriftlichen und auch die telefonischen, reagierte sie nur mit der Mahnung, er solle nicht so ungeduldig sein, sie müsse sich so einen Schritt erst gründlich überlegen. Er hatte allen Grund, deprimiert zu sein, fand Amadeus.

Doris kam in sein Büro, dicht gefolgt von Lizzy. Seit Lizzy bei ihnen angestellt war und Doris eine Art Untergebene hatte, entwickelte sie Allüren, die gut in Hochkutzers Büro gepasst hätten. Lizzy ging einen Schritt hinter ihr und hatte ein Bündel Briefe in den Händen.

„Die Post für den Chef", meldete Doris feierlich.

„Geben Sie her!" Amadeus streckte die Hand aus.

Doris ignorierte das. Sie ließ sich von Lizzy den ersten Brief reichen. „Da haben wir zuerst einen Brief aus Grafenhotter: Von Lisa und Lotte." Sie raunte Lizzy zu: „Das sind seine zwei Freundinnen, er hat aber noch mehr, das kannst du mir glauben."

„Meine Post", verlangte Amadeus ungeduldig.

„Sofort Chef." Doris nahm den zweiten Brief von Lizzy entgegen. „Von einer gewissen Helene aus Krems. Die ist neu."

Sie schnupperte an dem Brief. „Der riecht nach Rosen, ein ganz feiner Duft und eine Spur von Moschus, sehr vornehm und exquisit. Ich würde meinen, das ist ein Liebesbrief."

Amadeus riss ihr den Brief aus der Hand. „Hören Sie auf, an meiner Post zu schnüffeln, Doris. Sie sind kein Drogenspürhund!"

„Das gehört zu meinen Pflichten als Kanzleileiterin", behauptet Doris unverfroren. „Es könnte ja auch eine Briefbombe sein. Was haben wir noch? Ah ja, noch ein Brief aus Krems. Von einer Stefanie. Der riecht nach Chemikalien, so wie frische Farbe. Das kommt mir verdächtig vor! Sie sollten vorsichtig sein Chef, wer weiß, was da drinnen ist. Vielleicht ist es wirklich eine Briefbombe. Manche Frauen, die man verführt und dann sitzen lässt, kommen auf eigenartige Einfälle."

„Kein Grund zur Aufregung. Sie ist Malerin und Modell, darum riecht der Brief nach Farbe. Geben Sie schon her!"

„Ein Modell?", erkundigte sich Doris fasziniert. „So eine, die nackt vor Malern steht? Woher kennen Sie denn so eine?"

Amadeus konnte nicht widerstehen, Doris zu schockieren. „Wir sind gemeinsam Modell gestanden", bekannte er. „Splitternackt, vor einer ganzen Zeichenklasse; das waren fast nur Damen."

Doris wich einen Schritt zurück. „Es wird immer schlimmer mit ihm", flüsterte sie Lizzy zu. „Das nimmt sicher kein gutes Ende."

Lizzy war nicht sehr beeindruckt. Sie grinste nur und gab Doris den letzten Brief. „Was sagt man dazu: Luftpost von den Seychellen, von einer Isabella. Noch eine Freundin von Ihnen?"

Amadeus nahm Doris den Brief aus der Hand. „Sie können jetzt gehen. Haben Sie nichts zu tun?"

„Im Moment nicht", sagte Doris ungerührt. „Es könnte etwas Wichtiges sein, wenn Ihnen jemand aus dem Indischen Ozean schreibt. Vielleicht haben Sie ja gleich Anweisungen für uns."

Amadeus verzichtete auf Diskussionen. Er hatte sich inzwischen mit Doris' geradezu schamloser Neugier abgefunden. Er schnitt das Kuvert auf und entfaltete den Brief. Doris beobachtete ihn aufmerksam. Lizzy hatte sich hinter Doris versteckt und wich auch keinen Schritt aus dem Zimmer.

Isabella schrieb: *„Lieber Amadeus, wie Du inzwischen erfahren haben wirst, habe ich mich auf Weltreise begeben, um den Schatten der Vergangenheit zu entfliehen. Keine Angst! So schlimm ist das nicht mit den Schatten der Vergangenheit. In der Hinsicht bin ich recht robust. Ich schreibe das nur so, weil es gut klingt und mich interessant macht. Im Ernst: Ich habe mich dazu entschlossen, seriös zu werden und eine bürgerliche Existenz zu gründen. Bürgerlich ist untertrieben, ich denke dabei schon an großbürgerlich oder mehr. Zum Glück habe ich – wie du weißt – vor kurzem eine Art Erbschaft gemacht, die es mir erlaubt, anspruchsvolle Reisen zu unternehmen und nach einem geeigneten Ehemann Ausschau zu halten. Einen sehr wohlhabenden Ehemann brauche ich nämlich, um anständig zu werden und auch zu bleiben, weil meine eigenen Mittel dazu auf längere Sicht nicht reichen.*

Ich habe eine Liste mit fünf Namen und allem, was ich über die Herren in Erfahrung bringen konnte, beigelegt. Das ist eine Vorauswahl, der aussichtsreichsten Kandidaten, die ich schon einmal getroffen habe. Bitte überprüfe sie. Zuallererst will ich wissen, ob die Betreffenden wirklich noch zu haben sind, wie sie behaupten. Wenn einer verheiratet, oder sonst in festen Händen ist, scheidet er sofort aus. Ich habe keinen Bock mehr auf ein schlampiges Verhältnis. Von den übrigen will ich alles über ihre Vermögensverhältnisse wissen. Sie tun zwar so, als ob sie stinkreich wären, aber darauf verlasse ich mich nicht. Bankauskünfte sind mir lieber. Diese Burschen lügen das Blaue vom Himmel, wenn es darum geht, ein einsames, unerfahrenes Mädchen, wie ich eines bin, ins Bett zu kriegen und dann brechen sie ihm mit ihrem mageren Bankkonto das Herz. Zehn Millionen sind die absolute Untergrenze, mehr, viel mehr, wäre besser. Das Geld soll solide angelegt und seriös erworben sein. Ich will keinen windigen Geschäftsmann, der auf einmal mittellos dasteht und vielleicht im Gefängnis landet. Von denen, die dann noch übrig sind, sollte ich so viel als möglich erfahren. Du weißt schon: Familie, Freundeskreis, Vorleben, eventuell frühere Ehen und Höhe der Unterhaltszahlungen, besondere Vorlieben, Hobbys usw. Kurzum, alles was notwendig ist, um den Auserwählten glücklich zu machen, weil er endlich einen Menschen gefunden hat, der perfekt zu ihm passt.

Bitte schreib mir ehestens zurück. Wenn keiner von den Fünfen passt, muss ich mich weiter umsehen, wenn einer passt, will ich auch keine Zeit verlieren.

Glaube mir, Amadeus, unter normalen Umständen wärst Du meine erste Wahl. Nur leider, leider, bist Du kein Millionär und auch nicht mehr zu haben, wie ich befürchte. Ich schreibe also auch nicht: In Liebe Deine Isabella – das würde sich für eine (fast schon) verheiratete Frau ohnehin nicht schicken – sondern bloß: Liebe Grüße, alter Freund und Komplize.

PS. Ich habe fünftausend Euro auf Dein Firmenkonto überwiesen. Dafür erwarte ich rasche und gute Arbeit. I."

Amadeus lächelte grimmig und gab Lizzy den Brief. „Erledigen Sie das, Lizzy. Wenn Sie nicht wissen, wie Sie es anfangen sollen, fragen Sie Doris oder Herrn Wizzig."

Lizzy überflog den Brief. „Eine leichte Übung", befand sie. „Das ist bloß ein Stresstest für potentielle Ehemänner. So etwas habe ich bei Mauser öfter gemacht. In zwei, spätestens drei Tagen habe ich alles beisammen, was Ihre Freundin braucht. Sie werden mit mir zufrieden sein, Chef."

„Wir können alle zufrieden sein", verkündete Wizzig und schwenkte ein Hochglanzmagazin. „Darf ich hereinkommen? Störe ich?"

„Ja", grollte Amadeus. Du störst. Ihr alle stört mich. Ich habe arge Kopfschmerzen. Lasst mich bitte in Ruhe. Richard, schlepp die beiden Damen mit hinaus, wenn sie nicht freiwillig gehen. Doris, machen Sie mir Kaffee, aber rasch! Vielleicht hilft das etwas."

Manchmal fragte sich Amadeus, wie es um seine Autorität in der Firma stand. Gewiss, in dienstlicher Hinsicht wurden seine Anweisungen prompt und genau befolgt. Da gab es keinen Grund zur Klage. Sobald es aber persönlich wurde, ließen seine Mitarbeiter meist die nötige Ehrfurcht – von ‚Furcht' konnte überhaupt keine Rede sein – vor ihrem Chef vermissen. Sie blieben auch jetzt im

Zimmer stehen, als ob sie seine Befehle nicht gehört hätten und sahen ihn an: Lizzy ein wenig mitleidig, Doris wie immer vorwurfsvoll und Wizzig ungerührt.

„Du solltest dir das ansehen", sagte Wizzig. „Das ist die jüngste Ausgabe des ‚Spekulum' mit dem letzten Teil der Artikelserie von Meisenbichler. Er hat ihr den Titel ‚Mordskünstler' gegeben."

„Ein blöderer Titel ist ihm für seine Geschichte nicht eingefallen?", nörgelte Amadeus.

Wahrscheinlich nicht. Du kommst darin ganz gut weg. Besonders die Szene, wo du nackt durch den Park gerannt bist und ältere Damen um Zigaretten angeschnorrt hast, hat er sehr liebevoll und detailreich geschildert."

Doris schlug die Hand vor den Mund. „Mein Gott, hoffentlich lesen das meine Eltern nicht. Sie glauben, ich arbeite in einer seriösen Firma mit anständigen Menschen. Ich sage euch, es dauert nicht mehr lange, bis die Sittenpolizei, oder wer sonst dafür zuständig ist, an die Tür klopft und ihn einfach mitnimmt."

„Raus jetzt, sonst werde ich ungemütlich. Was willst du denn noch Richard?"

„Nur noch eine Frage, dann sind wir schon weg. Weißt du, was Rollenspiele sind?"

„Wenn ich am Morgen ins Büro komme und ihr alle tut so, als ob ihr arbeitet?", fragte Amadeus hinterhältig.

„Ich weiß es", meldete sich Lizzy, wie ein eifriges Schulmädchen zu Wort. „Mein Bruder ist ganz versessen darauf. Dabei verkleiden sich ausgewachsene Männer als Könige, Ritter, Zauberer, manche auch als Zwerge und Trolle und spielen wie die kleinen Buben eine blödsinnige Fantasiegeschichte. Wenn mein Bruder nicht Universitätsassistent wäre, würde ich meinen, er ist schwachsinnig. Na ja, vielleicht ist er es wirklich. Ich habe gehört, es gibt so etwas, wie partiellen Schwachsinn."

„Bringt mir meinen Kaffee", röchelte Amadeus.

„Gleich bekommst du Kaffee", versprach Wizzig und zog ein Blatt Papier hervor. „Es ist nur so, dass Ritter Jaromir der Ruchlose ..."

„Ich glaube, das heißt der Furchtlose", meinte Doris, die ihm über die Schulter sah. „Das ist nur ein Tippfehler."

„Für mich liest es sich eher wie Jaromir, der Zahnlose", befand Lizzy.

„Ist ja auch egal", fuhr Wizzig fort. „Dieser Jaromir wurde jedenfalls vom schwarzen Elb des Todes ergriffen und ins dunkle Land Mordor, von wo es keine Rückkehr mehr gibt, verschleppt."

Amadeus massierte sich die Schläfen. Die Kopfschmerzen waren schlimmer geworden. Seine Mitarbeiter kamen ihm vor, als ob sie ein Stück mit verteilten Rollen aufführten, eine Art Rollenspiel.

„Wir müssen mit diesen Bürofeiern vorsichtiger sein", sagte er mit schwacher Stimme. „Ich hätte nicht gedacht, dass euch ein bisschen Alkohol um den letzten Rest eures Verstandes bringt. Was geht mich Jaromir der Hirnlose an?"

„König Hochkutzer der Sparsame wünscht dringend, dass sein geliebter Hofzauberer Amadeus Licht in dieses dunkle Geheimnis bringen möge, um Unheil vom Reiche ‚Glabus' abzuwenden", verkündete Doris mit dramatischer Stimme. „Ritter Jaromir ist von den höchsten Zinnen seiner Burg in den Tod gestürzt, als er Ausschau nach dem Heer der Lichtelfen hielt, das ihm Rettung bringen sollte. Er hat sich das Genick gebrochen und er war bei der ‚Glabus' versichert: Auf drei Millionen Euro."

Erkenntnis dämmerte in Amadeus' Gesicht. „O nein", sagte er entschieden. „Nicht mit mir. Ich habe doch ausdrücklich angeordnet, dass wir in nächster Zeit keine größeren Aufträge annehmen, schon gar keine ungeklärten Todesfälle. Ich habe mir nach meinem letzten Einsatz etwas Ruhe und Erholung verdient."

„Genau das habe ich Frau Wegerich von der ‚Glabus' auch erklärt", bestätigte Doris. „Ich habe ihr gesagt, Ihr Terminkalender sei randvoll, bloß morgen um 14 Uhr hätten Sie zufällig noch ein Stündchen frei, um Herrn Direktor Hochkutzer kurz Ihre Aufwartung zu machen."

„Nein", entschied Amadeus. „Wenn Sie voreilig eine Terminvereinbarung getroffen haben, sagen Sie sie ab. Und jetzt bringen Sie mir Kaffee."

Die drei Verschwörer nahmen ihr Rollenspiel wieder auf. „Wo hat sich dieser schreckliche Vorfall überhaupt ereignet?", wollte Lizzy wissen.

„Auf Burg Krähenstein", berichtete Wizzig. „Die Burg wurde vor kurzem aufwändig renoviert und wird jetzt für verschiedene Events genutzt. Der Besitzer veranstaltet Ritter- und Rollenspiele, die sehr gut frequentiert werden. Es ist auch ein Hotelbetrieb angeschlossen, wo die Teilnehmer komfortabel wohnen können."

„Was soll das? Warum erzählst du mir das? Wollt ihr mich überreden? Wollt ihr mich, mich euren Chef, etwa gar zur Arbeit zwingen?", wütete Amadeus.

„Das geht nicht so einfach, eben weil Sie der Chef sind", bekannte Doris. „Andererseits müssen Sie sich fragen, wovon wir leben sollen. Sie haben Verpflichtungen Ihren Mitarbeiterinnen gegenüber! Vergessen Sie das nicht! Gut, wir haben einen Polster auf dem Firmenkonto, aber der wird nicht ewig reichen. Sie können sich nicht einfach zur Ruhe setzen, bloß weil Sie einen Fall erfolgreich abgeschlossen haben. Eine Schwalbe macht noch keinen Sommer, sagt man."

„Nein und nochmals nein!" Amadeus blieb unerbittlich.

Lizzy lieferte ihr nächstes Stichwort. „Wo ist eigentlich Krähenstein?"

„Ich glaube auf halbem Weg zwischen Krems und Grafenhotter", antwortete Wizzig gleichgültig, so als ob es bedeutungslos sei, wo diese Burg lag.

Amadeus hob langsam den Kopf.

„Na also", hakte Doris nach. „In der Gegend macht der Chef ohnehin gern Urlaub. Er könnte in Krems Quartier nehmen, bei einer seiner neuen Geliebten, bei Helene oder Stefanie."

„Das geht nicht", rutschte es Amadeus heraus. „Helene ist verheiratet und Stefanie hat eine, möglicherweise auch zwei feste Beziehungen."

„Sie sollten sich wirklich schämen", rügte Doris. „Dann wohnen Sie eben in Grafenhotter. Bei der Lisa oder der Lotte. Eine der beiden wird Sie schon nehmen. Es ist doch nichts dabei, wenn Sie im Urlaub, den Sie sich redlich verdient haben, ein bisschen ermitteln. Gerade so viel, dass Sie nicht aus der Übung kommen."

Amadeus gab undeutbare Geräusche von sich.

„Was sagt er?", fragte Lizzy.

„Er sagt, wir haben einen neuen Fall", verkündete Doris. „Ich habe es ganz deutlich gehört. Lasst ihn jetzt allein, damit er sich erholen kann. Morgen muss er wieder fit sein. Halten Sie durch, Chef, in Nullkommanix kommt Ihr Kaffee!"

Ende

Vom selben Autor sind bisher erschienen:

Aschenspuren

Im Jahre 1908 verschwindet eine Dame der Gesellschaft, die Baronin Barkenstein, auf rätselhafte Weise. Mehr als 100 Jahre später wird diese längst vergessene Affäre wieder aktuell ...
Weil Flaute im Morddezernat herrscht, bekommen Chefinspektor Hagenberg und seine neue Partnerin den Auftrag, einen alten Fall aufzuarbeiten. Sie sollen klären, was mit einem Mädchen geschehen ist, das vor fast dreißig Jahren bei der Besetzung der Hainburger Au durch Umweltaktivisten spurlos verschwunden ist. Ihre Ermittlungen führen sie in die Pornoszene und ins Rotlichtmilieu und kreuzen sich schließlich mit den Spuren eines alten, längst vergessenen Mordfalles, der sich im Jahre 1908 in Hainburg ereignet hat, und der im Zusammenhang mit dem Brand des Ringtheaters in Wien steht.

Verlag: Books on Demand
ISBN: 978-3842335059

Mordsmädchen

In der Nacht hatte er von ihr geträumt. Das hatte er schon lange nicht mehr getan, seit Jahren nicht mehr. Er konnte sich kaum mehr an ihr Gesicht erinnern. Im Traum war es überdeutlich gewesen, aber auch der Traum wurde rasch zu einem Schemen und drohte aus seiner Erinnerung zu verschwinden. Lediglich das Ende, das ihn aus dem Schlaf gerissen hatte, stand ihm noch deutlich vor Augen: Ein dunkler Keller, ein Geruch nach Moder und Verwesung und Schreie, Schreie, die nicht aufhören wollten.
Ein Brief aus der Vergangenheit erreicht den Versicherungsdetektiv Amadeus Heinrich. Lisa, seine Jugendliebe, hat nach vielen Jahren ihr Schweigen gebrochen. Er folgt ihrem Ruf und ist bald in einen alten und in einen neuen Mordfall verwickelt. Die Wurzeln für diese turbulenten Ereignisse liegen weit

zurück, in jener Zeit, in der er selber als zwölfjähriger Junge mit Lisa unvergessliche Ferien in dem kleinen Dorf Grafenhotter verlebt hat.

Verlag: Books on Demand
ISBN: 978-3-7386-3926-1

Zu Hainburg verblieb man über Nacht

Chefinspektor Hagenberg vom Landeskriminalamt wird an den Ort eines bedenklichen Leichenfundes im Stadtgebiet von Hainburg beordert. Schatzgräber haben ein Skelett aus der Völkerwanderungszeit freigelegt, aber einer von ihnen ist mit eingeschlagenem Schädel zurückgeblieben.
Was Hagenberg zunächst für eine simple Auseinandersetzung im Raubgräbermilieu hält, entpuppt sich als historisches Rätsel, das auf die Spur einer verschollenen Delegation des Burgunderkönigs Gundahar führt, die im Jahre 436 n. Chr. versucht hat, den Hof des Hunnenkönigs Attila zu erreichen.
Hagenberg gerät bei seinen Ermittlungen in das Visier einer international agierenden Bande, die sich auf Kunstdiebstahl spezialisiert hat und vor keinem Mittel zurückschreckt, auch nicht vor Mord.

Verlag: Books on Demand
ISBN: 978-3734769641

Teufelsliebchen

Zu Beginn des Dreißigjährigen Krieges verhilft ein kaiserlicher Offizier einem wegen Hexerei angeklagten Mädchen zur Flucht aus der von den aufständischen Ungarn bedrohten Grenzfestung Hainburg.
Sobald es ihm möglich ist, folgt er ihr nach Paris. Im Gepäck hat er ein Zauberbuch, dessen bloßer Besitz ausreichen würde, ihn auf den Scheiterhaufen zu bringen.

Fast vier Jahrhunderte später taucht dieses Buch wieder in Hainburg auf. Es hat sich im Besitz einer jungen Französin befunden, die gemeinsam mit ihrem Begleiter am Schlossberg ermordet aufgefunden wird.

Chefinspektor Hagenberg vom Landeskriminalamt wird mit den Ermittlungen beauftragt und sieht sich bald mit weiteren rätselhaften Mordanschlägen konfrontiert, denen auch einer seiner Mitarbeiter zum Opfer fällt.

Als Hagenberg schließlich die Wahrheit hinter diesen Ereignissen erkennt, kommt er zu der Auffassung, dass so manche Fakten des Falles in der Öffentlichkeit besser nicht bekannt werden sollten.

Verlag: Books on Demand
ISBN: 978-3734770432

Der Spion von Hainburg

Im Jahre des Herrn 1697, vierzehn Jahre nach dem Türkensturm, wird im allerhöchsten Auftrag ein Kundschafter von Wien nach Hainburg entsandt, um den Verbleib eines seither verschollenen Mädchens, das im Besitz eines Staatsgeheimnisses ist, zu klären. Freiherr von Hegenbarth zeichnet genau alle Stationen seiner gefährlichen Mission auf.

Mehr als dreihundert Jahre später geraten seine Erinnerungen in die Hände von Chefinspektor Hagenberg und erweisen sich als Schlüssel zur Lösung eines aufsehenerregenden Mordes, der sich in der Blutgasse in Hainburg ereignet hat.

Verlag: Books on Demand
ISBN: 978-3848254460

Solo Valat

Wien im Jahre 1905. Die Kaiserstadt erlebt eine letzte glanzvolle Hochblüte, aber der große Krieg, der eine Epoche beenden sollte, wirft seine Schatten bereits voraus. Wien ist zu einem Zentrum innenpolitischer Unruhen und internationaler Militärspionage geworden.

Während die Donaumonarchie von Nationalitätenkonflikten zerrüttet wird, ist der Prater mit seinen zahlreichen Vergnügungsstätten ein beliebter Treffpunkt der lebenslustigen Residenzstadt. Eines Nachts wird dort eine junge Frau ermordet. Kurz vor ihrem Tod hat sie versucht, mit dem ehemaligen Rittmeister Manfred Hagenberg, der den Armeedienst unehrenhaft quittieren hatte müssen, Kontakt aufzunehmen. Hagenberg fühlt sich trotz des Widerstandes der Polizei und einflussreicher Armeekreise verpflichtet, die Hintergründe ihres Todes aufzuklären.

Verlag: Books on Demand
ISBN: 978-3738633498

MIX
Papier aus verantwortungsvollen Quellen
Paper from responsible sources
FSC® C105338